PALABRA DE REINA

PALABRA DE REINA

Gema Bonnín

Papel certificado por el Forest Stewardship Council®

Primera edición: octubre de 2023

Travessera de Gràcia, 47-49. 08021 Barcelona

Printed in Spain – Impreso en España

ISBN: 978-84-666-7713-4
Depósito legal: B-13.804-2023

Compuesto en Llibresimes

Impreso en Liberdúplex
Sant Llorenç d'Hortons (Barcelona)

BS 7 7 1 3 4

Para Manuela, mi madre

Reina de todas las reinas y modelo de majestad femenina.

William Shakespeare,
Enrique VIII

PRIMERA PARTE

CENIT

I

Amanece en Kimbolton

Es Inglaterra el país en el que he sembrado la mayoría de mis dichas y desconsuelos, y no desearía que fuera de otro modo, pero mi mente viaja ahora a una tierra lejana y a un tiempo aún más distante. Regreso a la Toma de Granada, imperecedera en mi memoria. En los últimos días he dedicado dilatados ratos a pensar en ella. Parece otro mundo; otra vida. Quizá lo fue. Sin embargo, todavía siento en mi piel las caricias gentiles del sol mediterráneo, el abrazo perfumado del aire andaluz, con su fragancia de azahar.

Tal añoranza no me impide pensar en mí misma como reina de estas tierras extranjeras. Porque eso soy, reina, y lo seré hasta el día de mi muerte o la de mi esposo, lo que acontezca antes.

Mi esposo… Cuánto tormento inflige sobre mi pobre y cansado espíritu, con todo lo que le he entregado.

«Pero nunca le diste lo más importante».

Una voz se burla en mi cabeza.

No. No le he dado un heredero varón. Pero la hija que compartimos tiene tantas aptitudes como cualquier hombre. Tal vez más. Es despierta, inteligente, fuerte, sacrificada, comprometida. Rasgos que, como madre, empecé a ver con claridad hace apenas unos años, dado que María es aún joven, en su más tierna infancia. Se acentuarán con el tiempo. Y qué menos: por sus venas corren mezcladas la sangre Tudor y la Trastámara, una combinación poderosa, pues aunque no guardo favorecedor recuerdo de mi suegro, no puedo ignorar el mérito de sus logros; en cuanto a la otra parte, nadie precisaría de la enumeración de las hazañas de la casa a la que pertenezco. O pertenecí.

Exhalo un suspiro apenada ante la implacabilidad del olvido; el rostro de mi madre se desdibuja en mi memoria. Isabel, que tantos consejos compartió conmigo y con mis hermanas; Isabel, decidida y gloriosa en aquel invierno de 1492, cuando culminó, por fin, el cometido que tanto ella como su señor esposo habían heredado de sus antecesores.

Qué absurda idea la de Enrique creer que una mujer es, por inherencia, incapaz de regir una nación como el mejor de los gobernantes. Pese al inmenso cariño que profesé a mi padre y a ese vínculo especial que impulsó al rey de Aragón a calificarme de su «favorita», la clarividencia que los años ha sumado a mis espaldas me hace tomar conciencia de que sus dotes de liderazgo palidecían comparadas con las de mi madre. Es sencillo gobernar cuando el mundo espera que lo hagas y te legitima para ello. Una mujer rara vez cuenta con dichos beneplácitos, si bien es cierto que en el lugar de donde vengo es más tolerable que en la tierra en la que voy a morir, este suelo inglés que he aprendido a amar pese a su gélida crueldad.

Si es el destino de mi María ceñir la corona de Inglaterra, lo hará con la misma resolución que la que se esperaría de un varón. La he educado para ello. Estará lista, no solo por su adiestramiento, sino porque posee las virtudes innatas necesarias. Siendo conocedora de eso, ¿cómo voy a darle la espalda, a admitir el argumento de Enrique y a dejar que se la declare ilegítima? Eso nunca. Eso jamás.

Le debo lealtad, y a mí me debo justicia. Y a Dios, sinceridad. Igual que a mi rey. Igual que a mi esposo. Igual que a Inglaterra. Si el precio por mantenerlas es el destierro, morir en el ostracismo, sea.

Vuelvo a suspirar. Hoy lo hago en demasía, como si el aire me fuera insuficiente.

En esta mañana de lluvia estival del año 1535 contemplo el cielo a través de la ventana con la certeza de que no hay más camino, de que el destino que me aguarda en Kimbolton, donde resido desde hace unas semanas, consistirá en seguir marchitándome hasta que no quede nada de mí.

Cuando mi doncella personal termina de adornarme el cuello con una cruz de oro, me pongo en pie y cojo el rosario que aguarda en la mesa donde me acicalo. Tiempo atrás habría sonreído a la joven sirvienta, pero ahora soy incapaz de hallar fuerzas siquiera para tan minúsculo gesto. Me dirijo a la humilde capilla del castillo, dispuesta a sumergirme en el rezo y dejar que me sane.

Como tantas otras veces, tengo mucho que pedir a nuestro Señor, sobre todo que no abandone a mi hija una vez que me reclame y me reúna con Él. Es la única razón por la que temo morir, porque supondría dejar sola y desamparada a mi pequeña ya no tan pequeña, a la que hace tanto que no veo y que seguramente no volveré a ver.

Enrique nos ha prohibido el contacto, nos ha encerrado en una jaula de silencio y distancia que ni siquiera nos permite paliar con cartas, aunque tanto varios miembros de mi servicio como algunos del suyo, leales, capaces y valientes, se han ofrecido a propiciar entre nosotras una correspondencia secreta, si bien inconstante. Han sido apenas un par de misivas, pero sé que María está tan decidida como yo a preservar su dignidad y no ceder, pese al martirio al que su padre la está sometiendo para forzar ese reconocimiento que tanto ansía.

«No sé de ninguna reina de Inglaterra que no lleve Catalina de Aragón y Castilla por nombre. Mi madre es la única y verdadera esposa de Su Majestad el rey». Eso, según mis fuentes, es lo que responde María cuando le preguntan. Se me hincha el corazón de orgullo cada vez que lo pienso.

Arrodillada frente a la talla de nuestro Señor, alzo el rostro y me deleito en el pensamiento de que mis padres, en particular mi señora madre, están imbuyendo de su fuerza a mi hija.

Cuando termino de rezar me encuentro con un miembro de mi servicio que me informa de que tengo visita.

—Se trata de Su Majestad, alteza —informa el muchacho.

Frunzo el ceño.

—¿El rey ha venido?

Asiente.

Parpadeo, perpleja. Ni siquiera sé con exactitud cuánto tiempo ha pasado desde la última vez que vi a mi esposo. Años. Todo lo que he sabido de él ha sido bien por carta, o bien por medio de sus informadores o los míos, entre los que se encuentra Eustace Chapuys, el embajador de España. Siento un afecto sincero por él, y sé que es mutuo pues me ha visitado más que cualquier otro y me ha hecho partícipe de cuanto ha visto en esa corte que me es ya tan ajena pero que él, por su labor diplomática, frecuenta.

Camino hacia el recibidor de Kimbolton, bañado en la luz blanca que proyecta el firmamento nublado. Es casi cegadora y apenas me deja vislumbrar lo que sucede al otro lado de las puertas abiertas. Oigo la voz rasgada de mi mayordomo, afectada aún por los fríos del invierno, que casi se lo llevaron. Habla con alguien. La voz de Enrique llega hasta mí como una pluma de cisne perdida en el aire tras un vuelo arduo, largo.

Desconozco el porqué de su visita. No se me ocurre qué puede querer decirme que le motive tanto como para personarse en este páramo desolado, después de todo lo que ha sucedido.

Ahora lo sabré.

Algo dentro de mí que no obedece ni a la lógica de la razón ni a la de los sentimientos, me dice que este será nuestro último encuentro.

Avanzo hacia el exterior mientras los recuerdos de toda una vida que hoy se pone en duda y es objeto de debate por parte de media Europa se agolpan en mi memoria y caen sobre mí como un aguacero ensordecedor.

II

Un futuro truncado

Mayo de 1502

Envuelta en mi viudedad, me senté frente al escritorio, donde mis damas de compañía ya habían dispuesto papel, pluma y tinta. Hacía un mes de la muerte de Arturo y yo aún no había escrito a mis padres para abordar lo acontecido, pese a tratarse de una cuestión de lo más urgente. Las fiebres me habían aquejado hasta hacía poco, las mismas que se llevaron a mi esposo, de naturaleza endeble, tan endeble que ni siquiera me sentía cómoda pensando en él como mi marido puesto que nunca ejerció como tal en sus deberes conyugales. Hubo intentos, hubo intimidad, pero eso fue todo. Mi doncellez seguía intacta, lo que debería haber entrado en conflicto con mi recién adquirida condición de viuda. Sin embargo, no fue así porque reconocerlo habría supuesto un engorro para el rey

Enrique VII dado que se habría visto obligado a devolver mi dote, que tan bien le venía.

«Viejo zorro», así oí a mi padre aludir a él en una ocasión cuando se estaba pactando mi matrimonio con Arturo.

¿Qué decir, pues? Todavía no había asimilado que mi destino se hubiera truncado de semejante manera. Unas semanas atrás era una flamante novia, elogiada por los cortesanos ingleses más distinguidos, admirada por un novio gentil aunque algo pusilánime, y ahora no sabía qué iba a ser de mí. Sonreí al recordar mi primer encuentro con Arturo, pues pese a que nos habíamos escrito cartas en latín durante algunos años, desde que se formalizó nuestro compromiso, descubrimos que el cara a cara nos impedía la comunicación fluida dado que exhibíamos pronunciaciones muy distintas de la vieja lengua, por lo que, hasta que yo aprendiera el inglés, hubimos de recurrir al francés. Me habría gustado relatar aquel imprevisto a doña Beatriz Galindo, mi antigua maestra, a quien llamaban la Latina por los vastos conocimientos que de esa lengua tenía.

En cualquier caso, no era momento para nostalgias. Enderecé la espalda y tomé la pluma, que mojé en el tintero con delicadeza. No obstante, no la saqué, porque hacerlo implicaba escribir de inmediato para evitar derrames innecesarios o una sequedad indeseada, y aún no sabía cómo empezar la misiva a mis padres. Qué curioso: mi educación me proveía de capacidades más que de sobra para acometer esa sencilla tarea y, sin embargo, la incertidumbre por el futuro me tenía amordazada.

—¿Os encontráis bien, señora? —quiso saber una de mis damas de honor, la jovencísima María de Salinas, de apenas doce años.

Resultaba amable, resuelta y leal, lo que me inspiraba la clase de simpatía particular que pronostica una buena amistad. También ella había tenido que dejar atrás España para encomendarse a una nueva vida a mi servicio, y también a ella Inglaterra le había hecho promesas de prosperidad y familia, pues era mi responsabilidad obrar en favor del progreso de los miembros de mi séquito. Por lo tanto, su futuro se veía contagiado de la zozobra del mío.

Tragué saliva. No podía ni debía mostrar indecisión.

—Tan solo estaba pensando, no os preocupéis —le dije con una sonrisa.

Escribí la carta, cuyo contenido procuré despojar de pasión en una redacción madura y serena de los hechos, y se la encomendé a María para que la hiciera llegar al correo pertinente.

En la misiva comunicaba a mis padres mi predisposición para asumir mis nuevas obligaciones en función de lo que se decidiera con respecto a mi persona. No hacía falta ser muy avispado para comprender que solo había dos alternativas: o regresaba a España como infanta, o permanecía en Inglaterra como viuda. La complejidad estribaba en lo que podía derivarse de una u otra. En el caso de mi vuelta, se me concertaría otro matrimonio ventajoso con algún príncipe europeo o con el representante de alguna casa con la que mi familia quisiera evitar una posible enemistad. La aversión por Francia solía ser una máxima efectiva para tal menester. Si, por otra parte, permanecía en Inglaterra, mi viudedad debería hacerse efectiva a todos los efectos, lo que implicaba unos títulos, una pensión y unas haciendas concretas que pasarían a formar parte de mi patrimonio y de cuya gestión tendría que ocuparme. Aquello no parecía práctico para nadie, ni siquiera para mí. Por muy favorable que pudiera parecer una vida apacible en la que me hubiera librado de la obediencia que se presume a una esposa y la diligencia que se espera de una reina, a mí no me habían educado para eso. Tampoco era a lo que aspiraba. Mas lo acataría sin rechistar, si era lo que me esperaba. En mi fuero interno latía el temor a que, con la muerte de Arturo, mis posibilidades de desposarme de nuevo hubieran mermado. Y yo tenía aspiraciones familiares, maternales.

—No me corresponde a mí decidirlo, sino a Dios —susurré en la quietud de mi aposento.

En ese momento, la figura de María de Salinas se recortó en el umbral de la puerta. Sus ojos, tan abiertos y brillantes como los de un cervatillo, presagiaban una noticia inesperada.

—Señora —dijo—, han venido a visitaros el príncipe de Gales y sus hermanas.

Me erguí de inmediato, alterada por la presencia de mis cuñados. Ya no me encontraba en Ludlow, donde había residido con mi esposo, sino en Richmond, un lugar mucho más agradable y al que mi suegra había accedido en numerosas ocasiones para velar por mí mientras me recuperaba de la misma dolencia que se había llevado a su primogénito. No era extraño que sus demás hijos estuvieran allí; sin embargo, me sorprendió.

—¿Sin avisar?

—Piden disculpas por el inconveniente que su inesperada visita pueda ocasionaros, pero aseguran que no ha sido por mala fe dado que la decisión de venir se tomó de manera apresurada, urgidos por la necesidad de compartir con vos el dolor de la pérdida de su hermano.

¿Qué contestar a eso?

—¿A doña Elvira le parece bien?

—Le irrita la falta de decoro. Aun así, está aguardando vuestro permiso.

—Ya —murmuré—. De acuerdo, permitidles el paso.

María asintió y desapareció pasillo adelante. Yo me afané en mejorar mi aspecto, pues estaba algo demacrado tras las fiebres, y el clima húmedo y frío de Inglaterra no era gentil con mi persona. Mi cabello rubio rojizo se había oscurecido y mi tez pálida lucía un tono casi cetrino.

Una vez lista, bajé a la sala de estar donde aguardaban doña Elvira, mi fiel dueña, quien prácticamente ejercía de madre desde que me despedí para siempre de la mía, y los hijos del rey Enrique VII: Enrique, Margarita y María. No los veía desde los festejos nupciales y recordaba bien lo afectuosos que habían sido conmigo, por lo que no pude evitar esbozar una sonrisa, aunque fuera una triste, empañada por la ausencia, ahora perpetua, de quien fue la razón de que nos conociéramos.

El pequeño Enrique cumpliría once años en unas semanas,

pero su infancia se había extinguido en cuanto el corazón de su hermano prorrumpió su último latido, pues su muerte le convertía a él en heredero de la Corona. Sin poder evitarlo, pensé que era una mejora para el Reino, y enseguida me sentí mal por ello, aunque estaba segura de que no era la única en trazar semejante razonamiento. Enrique mostraba una seguridad y una confianza arrolladoras, una fuerza de carácter más cautivadora que cualquier virtud de la que su hermano mayor hubiera podido hacer gala. Desde que nos conocimos me miraba con una mezcla de admiración y cercanía, como si fuéramos viejos amigos. Recordaba haber bailado con él en mi boda frente a las miradas divertidas de todos. Y también haber reído con él, con su galantería infantil, con su carisma casi irresistible.

—Cuñada —me saludó con una suave inclinación—. Lamento las circunstancias de este reencuentro, mas no el reencuentro. Es un placer veros.

—El placer es mutuo, alteza. No sé cómo expresar la gratitud que siento ante la consideración que me transmite vuestra visita.

—Queríamos que supierais que no estáis sola, Catalina —intervino Margarita, la mayor de los tres—. Os tenemos en nuestros pensamientos y oraciones.

Sonreí.

—Tomad asiento.

Nos acomodamos en las sillas enteladas frente a la chimenea mientras doña Elvira permanecía sentada en un rincón, vigilante al tiempo que bordaba. La madera crujía impredecible de vez en cuando, como aquejada por las humedades, pero el fuego del hogar pugnaba por desterrar aquel ambiente frío.

—Nos alegró saber que os habíais repuesto por completo de las fiebres —comentó lady María.

—Habría deseado hacerlo antes para poder acudir al cortejo fúnebre de vuestro hermano —apunté—. Siempre me sentiré apenada por no haber estado presente en un evento tan crucial.

—Lo estabais —señaló Enrique—. Yo os tenía en mente.

Fue entonces cuando consideré por primera vez la posibilidad de desposarme con Enrique. Era seis años menor que yo y por eso no me lo planteé antes. Sin embargo, en ese momento me pareció la solución perfecta. Él crecería y ocuparía el lugar de Arturo como rey. ¿Por qué no tomar también a la que había sido la esposa de su hermano si ese matrimonio no llegó a consumarse? No existían motivos de peso para no hacerlo.

No obstante, esa era una conclusión a la que tendrían que llegar los demás en consenso.

—Os lo agradezco —dije procurando que no me temblara la voz.

Fue una velada agradable en la que conversamos acerca de distintas cuestiones, no todas serias o relevantes, pues de ese modo nos permitíamos un respiro ante la gravedad de los últimos acontecimientos. Enrique no parecía abrumado frente al reto que ahora encaraba, y ello me llevó a pensar que, quizá, la naturaleza enfermiza de Arturo fuera algo tan consolidado en su persona que su hermano pequeño ya había atisbado un futuro en el que una muerte temprana lo convirtiera en heredero a la Corona, a pesar de no haber recibido toda la formación necesaria para ello, pues esta siempre se puso a disposición de Arturo.

En cualquier caso, sí gozaba de unas aptitudes de las que el antiguo príncipe de Gales careció y que eran tan deseables para gobernar como la educación más refinada. Aun así, el joven príncipe tenía tiempo de paliar dichas faltas, puesto que su padre, el rey, gozaba de buena salud.

III

La voz de una princesa

Junio de 1503

Fueron tiempos convulsos para mí. Me trasladaron a Durham House, una modesta residencia londinense, y allí permanecería hasta que se resolviera del todo mi situación. Mis progenitores se resistían a renunciar a la alianza con la Corona inglesa que mi matrimonio con Arturo habría garantizado, pues la rivalidad con Francia escalaba rápidamente y mi padre necesitaba el respaldo que Inglaterra podía brindar ahora que sus territorios napolitanos se estaban viendo amenazados por las pretensiones de Luis XII. Así las cosas, mi madre instó al papa a conceder la bula necesaria para erradicar cualquier mácula que la teología pudiera prever en un hipotético matrimonio entre el príncipe Enrique y yo. Aquel trámite podría haberse hecho de rogar, pero mi madre era quien era y no pocos deseaban congraciarse con ella. Habría sido curioso cuando menos que los llamados Reyes Católicos hubieran tenido que andar con ruegos a Roma.

De todos modos, esa bula no resultaba imprescindible, pues todos eran conocedores de los pormenores de mi matrimonio con Arturo y de que jamás llegamos a encontrarnos carnalmente como esposo y esposa. Aun así, mi señora madre quiso dejarlo atado y bien atado, garantizar que no habría dudas, nada que empañara mi condición.

Mi futuro estaba en manos de don Rodrigo González de la Puebla, el dignatario que desde hacía más de una década servía a los intereses de mis padres en Inglaterra. A medida que iban pasando los meses y se me informaba de los avances en las negociaciones sobre mi porvenir, mis impresiones sobre él sufrieron un deterioro notable. Era un hombre de modales torpes y orígenes cuestionables, pero lo peor era que jamás me pareció que pusiera todo su empeño en defender mis intereses. Al contrario, parecía como si excusara la postura inadmisible del rey Enrique, quien no solo se había negado en redondo a devolver mi dote, sino que además no me reconocía los réditos que me correspondían como viuda. «Manteneros a vos y a vuestra corte supone unos gastos a los que la Corona no puede hacer frente», había argüido el viejo zorro. Incluso puso en entredicho que me correspondiera el título de princesa de Gales.

Las instigaciones de mis padres a que se ocupara de mí le llevaron a proponer una solución que De la Puebla, en su ineptitud, aceptó sin poner reparos y que consistía en que fuera el propio rey quien me desposara, ya que su mujer, Isabel, había fallecido a comienzos de ese año al dar a luz a una niña que tampoco había sobrevivido, lo cual me llenó de tristeza.

La idea me horrorizó.

Desoí las recomendaciones de mi dueña y ordené que dispusieran mi montura para ir al palacio de Richmond, donde Su Majestad residía.

Al llegar me condujeron sin más demora a la sala de audiencias y por el camino me avasalló De la Puebla.

—Señora, si pudiéramos hablar en privado antes de...

—No —le corté sin miramientos.

Mi impertérrita negativa le desconcertó tanto que ya no tuvo tiempo ni ánimo de dirigirme una palabra más antes de que llegara a la sala de audiencias, donde hallé al rey, con expresión hastiada, junto a sus consejeros más fieles. Sentado a su lado se encontraba también su heredero, el príncipe Enrique, quien me saludó con una inclinación de cabeza.

Por aquel entonces mi inglés ya había mejorado lo suficiente y me sentí capaz de dirigirme al monarca en su propia lengua.

—Majestad —lo saludé al tiempo que doblaba las rodillas para ofrecerle una grácil reverencia—, acudo a vos como mi propia representante con la intención y esperanza de llegar a un arreglo beneficioso para ambos y nuestras respectivas casas. —Hice una pausa—. Estamos de acuerdo en que la unión de nuestras familias sería tremendamente ventajosa, y es por ello por lo que consideráis ser vos quien me tome por esposa.

Sin embargo, esa es una vía que, por cuestionable que sea, dado que me separan de vos casi treinta años, mientras que con vuestro heredero únicamente lo hacen seis, me sugiere cierto recelo con respecto a lo conveniente de dicha alianza. La mía no es cualquier condición de princesa, pues no soy solo hija de reyes, sino que lo soy de una reina cuyos territorios, como bien todos podemos anticipar, no van a dejar crecer en los próximos años, puede que décadas. En cuanto a mi padre, su legitimidad en tierras italianas se ha visto reforzada porque, según me ha contado de su puño y letra, el papa lo respalda sin reservas. Inglaterra se beneficiaría en abundancia de tener por aliados a semejantes monarcas a través de la sagrada unión del matrimonio, y el largo plazo es esencial en una alianza de esta envergadura, por lo que mi compromiso con vuestro hijo sería la baza más inteligente. Sé que vos también lo pensáis, precisamente porque sois inteligente. Quizá era el desconocimiento acerca de mis pretensiones lo que os ha hecho dudar. Por eso he juzgado oportuno venir aquí hoy y despejar toda duda con relación a mi predisposición: quiero servir a mi familia, pero sobre todo quiero servir a Inglaterra porque para eso vine y es lo que, de todo corazón, ansío hacer.

El príncipe Enrique no pudo reprimir su sonrisa, mas yo sí tuve que hacerlo, por muy contagiosa que la suya me resultara. Aquel gesto me dio a entender no solo que estaba de acuerdo con mis argumentos, sino que compartía los anhelos que derivaban de ellos.

Los demás miembros de la corte que estaban presentes contenían a duras penas los murmullos y suspiros de sorpresa. Hasta entonces yo no había sido más que la dócil princesa extranjera que los grandes monarcas usaban como moneda de cambio y que poco o nada tenía que hacer a la hora de decidir su futuro. Pero yo no era como las damas inglesas a las que estaban acostumbrados. Mis hermanas y yo recibimos prácticamente la misma formación que nuestros hermanos varones, a petición de nuestra madre, que había reinado con la misma diligencia que los grandes líderes y cuyo sexo nunca supuso, a ojos del mundo, un defecto en lo que a la habilidad de gobierno se refería. Derecho, historia, filosofía, heráldica, música, aritmética, idiomas... No iba a dejar que fuera en balde.

El rey se rascó pensativo la barbilla y asintió despacio. Hice bien en señalar aquel movimiento como una jugada astuta y en aludir a la inteligencia del propio rey. Podía ver en sus ojos y en la forma en que movía los dedos que no quería quedar como un necio, un hombre que errara en sus juicios y que tomara las decisiones en función de cualidades que no tuvieran que ver con el más sobresaliente de los intelectos.

—Tendréis noticias en los próximos días, señora —concluyó.

La reunión tocó a su fin y abandoné la estancia, no sin antes compartir una última mirada con el príncipe.

El joven Enrique, de casi doce años, y yo, de diecisiete, firmamos nuestros esponsales en junio de ese año.

IV

La más ilustre señora

Diciembre de 1504

Que mi discurso no cayese en saco roto y el rey Enrique accediera a firmar aquel tratado que me convertía en la prometida de su hijo, quien me desposaría en cuanto cumpliera quince años, tuvo un impacto en mí mayor del que vaticiné, no solo a efectos administrativos y políticos, sino también personales. La noticia me sobrevino como un relámpago de poder, de libertad, de dignidad. Sentí que era dueña de mi destino y que tenía las herramientas y los talentos necesarios para manejarme en el intrincado mundo de la corte inglesa.

Durante los meses posteriores mi situación y la de mi séquito en Durham House no fueron tan penosas como hasta entonces, pues la economía mejoró ostensiblemente, aunque no rebasó los límites de la frugalidad.

Las lágrimas regresaron a mis ojos la fría mañana otoñal en la que me anunciaron que mi madre estaba muy enferma; tanto, que se había retirado a Medina del Campo, lugar en el que, como solo sus parientes sabíamos, siempre había deseado morir.

Cuando unas semanas después llegó la confirmación de su fallecimiento creí estar preparada para encajar el golpe con entereza, y así lo hice en apariencia, pero mi interior se derrumbó. En primer lugar porque era mi madre y en segundo porque su muerte daba la vuelta al tablero político y mi situación volvería a verse comprometida. Nadie en mi séquito compartía esa preocupación en particular, puede que ni siquiera doña Elvira, pues era necesario estar versado en ciertas cuestiones para comprender bien el alcance que su muerte podía tener en el ámbito político, sobre todo porque la heredera a la corona de Castilla era mi hermana Juana, a quien tanto echaba de menos y que tanto padecía en su matrimonio, aunque siempre había arrastrado, como rasgo inherente a su carácter, cierta tendencia a la tristeza. La ausencia de un heredero varón era algo que, con toda seguridad, quitaba el sueño a mi padre. Aunque aquel no era un inconveniente definitivo ahora que había enviudado.

En cualquier caso, mi valor como princesa y futura esposa del príncipe Enrique se vería reducido y, conociendo al rey inglés como lo conocía, no me cabía duda de que en breve haría gala de ese carácter voluble y me informaría de la nulidad del tratado que prometía mi mano a su hijo. Aunque tal vez ni siquiera se dignara informarme.

Pensaba en ello mientras organizaba el luto y las liturgias

correspondientes por la muerte de Isabel de Castilla. El silencio se había apoderado de Durham House y solo doña Elvira se atrevió a quebrarlo.

—El mundo ha perdido a una de sus más ilustres señoras —comentó sin mirarme.

Su rostro enjuto se dirigía a una de las ventanas y sus ojos inquisitivos se perdían en el danzar de los copos de nieve que caían incesantes desde el cielo.

—Confiaba mucho en vos —dije.

—Y esa confianza ha sido el mayor elogio que he tenido el honor de recibir. —Se volvió hacia mí—. ¿Os preocupa el futuro de Castilla?

—Me preocupa mi hermana Juana. Es muy vulnerable y ahora se encuentra atrapada entre las ambiciones de su esposo, que codicia las tierras que le pertenecen a ella por derecho, y los vaivenes de mi padre, quien también las anhela.

—Y todo pasa por dominar a Juana.

—Así es.

—Pobre muchacha. Imagino que vos desearíais que fuera vuestro padre quien la controlase.

—Yo desearía que fuera ella la dueña de su destino dado que es ella quien legítimamente debe suceder a mi madre, según su testamento y toda ley. Si doña Isabel gobernó Castilla en solitario, no veo por qué no habría de hacerlo su hija.

—Vos sabéis tan bien como yo que, pese a ser inteligente y culta y haber recibido una educación envidiable, vuestra hermana carece del aplomo necesario para gobernar, y me atrevería a decir que también de la aspiración.

En eso tenía que dar la razón a doña Elvira. Juana era demasiado pasional y a menudo sucumbía a los designios del corazón antes que a los de la cabeza. Sin embargo, nunca lució aquel rasgo como algo de lo que se avergonzara o quisiera corregir. Ella era así, como un oleaje indómito en el que a veces podía llegar a ahogarse.

—Juana estaría en disposición de hacerlo si se rodeara de las personas adecuadas —concluí—. La compañía de espíritus nobles es algo que todos necesitamos. Por otra parte, sus aspiraciones no pesarán más que su sentido del deber. Su educación lo garantiza, igual que la mía en mi caso.

—Sabia reflexión, aunque no me sorprende viniendo de vos.

Fijé mis ojos aguamarina en doña Elvira con una mezcla de desconcierto y rubor. No solía dedicarme palabras tan amables.

—Gracias —musité.

Se acercó a mí con sus andares firmes y las manos entrelazadas en un gesto tenso.

—Os recomiendo que escribáis a vuestra hermana y a su esposo cuanto antes. Ahora son ellos a quienes debéis acudir para que intercedan por vos en caso de que nuestro estimado rey Enrique decida dejar de ser tan… generoso.

—Veo que sus inclinaciones traicioneras no son solo evidentes para mí.

—No, querida. Escribid a vuestra hermana y a vuestro cuñado —me dijo por último con una mano apoyada afectuosamente en mi hombro, que no retiró hasta marcharse instantes después.

V

El agravio de una mano amiga

Agosto de 1505

Don Rodrigo González de la Puebla acudió a Durham House para despedirse, pues regresaba a España varios meses después de quedar parcialmente relegado como embajador. Mis padres hicieron caso de cuanto en mis cartas les narré acerca de la excesiva adulación que De la Puebla brindaba al rey inglés, obviando en ocasiones los intereses de sus señores, los reyes españoles, por lo que acordaron enviar a un segundo embajador que compensara los desatinos de su predecesor. Se trataba de Gutierre Gómez de Fuensalida, quien había acompañado a mi hermana Juana durante su estancia en Flandes.

Se me encogía el corazón al pensar que aquel había sido uno de los últimos asuntos de los que se había ocupado mi madre.

Me reuní a solas con don Rodrigo dado que doña Elvira había salido a hacer unas compras junto con María de Salinas y otras damas inglesas que pasaron a formar parte de mi servicio en cuanto me desposé. A mi dueña le gustaba supervisar de primera mano nuestra economía doméstica. Y lo hacía a conciencia, pues nuestros ingresos, tal y como previmos, menguaron tras la muerte de mi madre y la pérdida de valor estratégico de mi persona. Enrique VII se había vuelto incluso más desconsiderado. No había solicitado audiencia con él para interpelarle por las malas condiciones en las que nos manteníamos mi personal y yo porque era consciente de que el buen efecto que causaban mis intervenciones dependía de un delicado equilibrio que consistía en no abusar, en no dejar que se acostumbraran a esa versión resuelta, autoritaria y sólida de mí misma.

—Señora —me saludó don Rodrigo mientras tomaba asiento, ataviado con sus ricas ropas de seda granate con aplicaciones doradas—. Tenéis buen aspecto.

Yo no podía decir lo mismo de él. Unas profundas ojeras enmarcaban sus ojos y su piel relucía a causa de haber sudado con profusión.

—Y vos sois un pésimo mentiroso, mi buen señor, lo cual es una característica que apreciar en un embajador.

De la Puebla carraspeó y se removió en su asiento, como si estuviera incómodo. Ladeé la cabeza. Quizá creyó que le mentía o que estaba siendo cínica. ¿Sería así? Lo cierto era que no había hecho aquel comentario con más intención que la de mostrarme cortés, pero él tenía que estar al tanto de mis reparos con relación a su desempeño como representante de Castilla y Aragón y defensor de nuestros intereses, por lo que quizá lo hubiera interpretado de otra manera. Fruncí el ceño. No, no era eso. El rictus compungido de su rostro, la forma que tenía de mover con nerviosismo los dedos... Intentaba decirme algo, pero no sabía por dónde empezar.

—¿Qué sucede, don Rodrigo?

—Se trata de vuestra dueña, señora. Doña Elvira... Doña Elvira simpatiza con la causa de vuestro cuñado Felipe en la pugna contra vuestro padre por controlar Castilla. Como sabéis, ambos desean reforzar su posición y para ello resulta clave una alianza con Inglaterra. Don Juan Manuel, el hermano de doña Elvira, es partidario de que sea vuestra sobrina Leonor, y no vos, quien se despose con el joven príncipe Enrique y está trabajando incansablemente para ello. Me temo que ha recurrido a su hermana para labores de espionaje que ella ha ejecutado con eficacia.

Casi pude notar cómo la sangre me huía del rostro. ¿Leonor casada con Enrique? La hija de mi hermana no sumaba ni siete años... Pero Enrique tenía catorce. Pasado un tiempo, aquella no sería una diferencia significativa y quizá resultara más atractiva para un futuro rey, ya que garantizaba más años de fertilidad que desposar a una mujer mayor que él, como era mi caso.

Muy despacio, me puse en pie.

—¿Estáis seguro de lo que decís?

—Absolutamente. Mis informadores así lo atestiguan. Más aún, he tenido en mis propias manos misivas que lo corroboran, si bien las devolví a su cauce original para no levantar sospechas. De no ser así, os las habría traído para que no dudarais de mí. Pero confío en que os baste mi palabra.

En realidad no necesitaba que me lo prometiera o jurara. Tan pronto su voz se extinguió en mis tímpanos supe que decía la verdad, pues desde la muerte de mi madre y en los últimos meses doña Elvira se había mostrado muy interesada en la correspondencia que yo mantenía con mi hermana Juana. De hecho, era la propia dueña quien la recibía y me la entregaba, lo que le dio acceso a las señas de Felipe, de modo que sabría adónde escribir si le era menester.

La punzada que atravesó mi corazón solo fue comparable a la que sentí el día que me anunciaron la muerte de Arturo y mi futuro se deshizo como si fuera un puñado de arena en una mano temblorosa.

—Agradezco esta muestra de lealtad y buen juicio, mi señor De la Puebla. No lo olvidaré.

Inclinó la cabeza, se puso el sombrero y se marchó sin añadir nada. No era necesario.

Cuando mi dueña llegó yo todavía no había decidido qué hacer. La expulsaría de mi servicio, por supuesto, pero me restaba decidir cómo y cuándo. No deseaba ser injusta ni con doña Elvira ni conmigo. No quería dejarme llevar por la ira o por el dolor de la herida reciente en la que se había convertido aquella traición. Tampoco que ella se aprovechara de mi evidente vulnerabilidad en un momento en el que me sentía abandonada y desorientada por tamaña felonía. Agradecí que mi madre no estuviera entre nosotros para ser testigo de semejante ignominia, pero entonces algo en mis entrañas, una inteligencia primaria, un instinto, quizá, me dijo que de haber seguido con vida aquel par de rufianes no se habrían atrevido a tanto.

Así que dejé que pasara la tarde y me fui a dormir. Mi buena amiga María de Salinas, que se había convertido en una joven sensata y perceptiva, reparó en mi malestar y me preguntó al respecto, mas no le conté nada.

No pegué ojo en toda la noche, pero para cuando salió el sol no me sentía cansada; al contrario, estaba muy despierta. Mandé llamar a doña Elvira, a quien recibiría en la sala de estar privada. A mi lado, María bordaba apaciblemente. Ya le había ordenado que permaneciera junto a mí en esa entrevista e insistí en que, aunque le pareciera que el encuentro con mi dueña adquiría unas dimensiones que ella no debía presenciar por su gravedad, no se moviera de donde estaba.

Oí el repiqueteo de sus chapines sobre el suelo y noté que se me aceleraba el corazón. Aquel iba a ser un episodio desagradable, de los que se revestían de amargura en la memoria.

La vi entrar. Su semblante permanecía en calma, como si esperase oír alguna consulta sobre mis bienes o sobre la administración de la hacienda, una de tantas que le había hecho en los últimos años. Casi tuve ganas de sonreír, aunque sin pizca de alegría.

Me puse de pie y aquello sí alarmó a mi dueña.

—¿Qué ocurre, señora?

—Eso tendría que haberos preguntado yo hace tiempo, doña Elvira: ¿qué ocurre? ¿Qué ha sucedido que me haga merecedora, a mí o a mi familia, del agravio que me habéis dispensado?

La mujer tragó saliva, pero salvo eso no movió ni un músculo. Su rostro, surcado de escasas aunque profundas arrugas, permanecía hierático.

—No comprendo a qué os referís.

—Mis disculpas, debo ser más clara: quisiera saber qué es lo que os ha llevado a velar por los intereses de mis rivales, señora mía. A velar por los intereses de mi sobrina Leonor por encima de los míos, sobre todo cuando ello supone mi caída en desgracia en su favor.

Leonor era hija de Juana de Castilla y Felipe de Habsburgo; la amenaza era ineludible. Me dolía aquel sentir puesto que se trataba de mi sobrina, hija de una hermana a la que estimaba de manera indecible, pero sabía que ni la pequeña ni su madre tenían realmente poder sobre lo que estaba sucediendo. Es más, mi intuición me susurraba que la propia Juana sufría con aquel devaneo.

El rostro de doña Elvira se había tornado blanco por completo. No tenía excusas que ofrecer ni explicaciones que dar. Estaba todo dicho y su dignidad, aderezada quizá con un poco de orgullo, la empujó a reconocer la culpa.

—Siempre fui una fiel servidora de vuestra madre, señora.

—Pero no mía —comprendí.

No dijo nada. Se limitó a desviar la mirada.

—¿Sabéis?, no os tenía solo por una segunda madre. También os consideraba una gran mujer, la clase de mujer que entiende la lealtad en una medida reservada únicamente a los grandes espíritus, a los que saben que uno puede seguir sirviendo a su señor incluso tras la muerte. Al fallarme a mí, le habéis fallado también a ella. Y al final todos rendimos cuentas, mi buena señora, aquí o frente a Él. Vos no seréis una excepción.

Aquello debió de sonarle como una amenaza porque abrió en demasía los ojos y tensó los músculos de los brazos.

—Os pido mil perdones.

—No es necesario. No seré yo quien os juzgue. Mi única represalia consistirá en expulsaros de mi servicio, del que, como comprenderéis, ya no podéis formar parte. Y espero no volver a veros. —Suspiré—. Ahora marchaos.

Doña Elvira tardó en reaccionar, pero finalmente lo hizo. Ejecutó una sentida reverencia y se fue.

María de Salinas me miraba atónita.

—Señora...

—Podéis llamarme Catalina.

—No osaría...

—Os lo ruego. Aquí nadie me llama por mi nombre y me siento una extraña. —Me acerqué a ella y la tomé de la mano con dulzura. Las pupilas brillaban en su graciosa cara redonda—. Llevamos casi un lustro juntas. Veo el afecto en vuestros ojos cuando me servís y sé que es sincero. Sois lo más parecido a una familia que tengo en esta fría tierra inglesa.

Una lágrima resbaló por aquellas mejillas que aún conservaban la frescura de la infancia, y me sonrió.

—Vos también lo sois para mí.

Aquello me entristeció, porque aunque la joven María se encontraba a mi servicio y trabajaba para procurarme bienestar, comodidad y compañía, era ella la que estaba bajo mi responsabilidad y no al revés. Si las cosas hubieran salido como tenían que hacerlo, me habría hallado en disposición de procurarle un buen esposo, una buena casa. Pero no. No obraba en mis manos hacerle ni una mísera promesa de prosperidad.

—Sé que la incertidumbre sobre el futuro os hostiga tanto como a mí y os pido perdón por no poder daros consuelo.

María negó con la cabeza mientras en sus labios se abría camino una sonrisa comprensiva.

—No querría compartir desdicha con nadie más ni sufrirla por nadie más.

Me contuve de estrecharla entre mis brazos. Allí estaba ella, con la firmeza, el deber y el honor latiéndole en las venas, todo por mí, por formar parte de mi séquito. Pensé en Francisca de Cáceres, una gran amiga, además de dama de compañía, a la que había fallado, como a todas, y cuya actitud se había agriado como consecuencia de aquel fracaso. Ansiaba regresar a España, retomar la vida que había dejado allí y emplear sus años de juventud en encontrar un buen hombre al que servir y al que dar hijos.

Le apreté las manos con cariño y traté de ignorar el miedo que se esparcía por mi vientre como un veneno; miedo a perder todo aquello que aún no había tenido pero que se me había prometido; miedo al fracaso, a ser una pobre mujer convertida en incordio y relegada al olvido.

María parecía comprender que el despiadado destino que compartíamos se cebaba en mí con más ahínco que en las demás. Era cierto que mis damas de compañía estaban perdiendo años de su vida por mi causa, pero no por mi bien, no como sacrificio que se hiciera en mi beneficio. Aquella era una situación que nos ahogaba a todas, con la diferencia de que a mí se me añadía la culpa y la decepción, el peso de todo un futuro diluido. Desde niña me hablaron de Inglaterra, de que mi lugar estaba allí, ocupando el trono junto a su soberano. Crecí con esa idea en la cabeza, todas mis lecciones, todos mis estudios y esfuerzos se llevaron a cabo con el propósito de prepararme para tal fin. Y ahora que había llegado el momento, la hora de asumir el deber que explicaba y justificaba mi existencia, no era más que una princesa que apenas podía mantenerse a ella y a su corte sin apelar a la generosidad del rey, lo que, a mi modo de ver, me convertía en una mendiga.

Cuando María regresó a sus labores, miré a mi alrededor. Las paredes oscuras de la casa tenían manchas de moho que cada mes se hacían más grandes, y tuve la impresión de que esas máculas acabarían tiñendo también mis esperanzas, enfriadas por las aguas grises del Támesis. Recé en silencio por mí y por todas las personas que tenía a mi cargo.

VI

Hermanas

Febrero de 1506

Hacía mucho que no sentía tanta dicha como la que me embargaba aquella mañana de mediados de febrero en la que mi hermana Juana y yo por fin íbamos a reunirnos después de diez años, una década que parecía una eternidad. Una tempestad que había hundido varios navíos de su flota los llevó a ella y a sus acompañantes hasta las costas inglesas. El rey Enrique los acogería hasta que fuera seguro reemprender el viaje.

Acudí a Windsor con mi séquito. Hasta el miembro más despistado del cortejo se habría dado cuenta de mi emoción, que a duras penas contenía. No obstante, cuando mi hermana y yo nos encontramos en el recibidor tuvimos que guardar las formas y someternos a los protocolos y las formalidades que nuestros cargos nos exigían. Sin embargo, una vez nos hallamos en las cámaras privadas de la residencia real, tan solo acompañadas por lo más selecto de nuestros respectivos séquitos, nos permitimos echarnos la una en brazos de la otra. Había temido que el tiempo hubiera matado nuestra complicidad, pero no me hizo falta más que aquel abrazo para comprender que no había sido así.

Vi a Juana envejecida pero hermosa, tanto como siempre lo había sido, y le puse una mano en la mejilla en un gesto de ánimo, de confortación, quizá, para darle a entender que era sensible al lenguaje en el que el sufrimiento se había inscrito en su rostro.

Tomamos asiento.

—Os habéis convertido en una mujer muy bien parecida, hermana —me alabó ella—. Tenéis la belleza serena de nuestra madre. Como una perla reluciente en las profundidades de un océano gris.

—Inglaterra es bastante más gris que España, como habréis podido comprobar.

—Aun así, os sientan bien sus vientos. Se os ve fuerte, Catalina.

—Quisiera sentirme así también.

La sonrisa de Juana se disipó.

—Me consta que os encontráis en una situación muy precaria, y no sabéis cuánto lo lamento. E intentado ponerle remedio, pero resulta harto complicado.

—No dudo de vuestro empeño, hermana... De todos modos, dejemos eso. Habladme de la nueva esposa de nuestro padre.

El rey Fernando se había desposado el año anterior con Germana de Foix, una muchacha de la que yo lo ignoraba todo salvo que era francesa y que apenas tenía dieciocho años.

—Pues como bien sabréis, es más joven que nosotras. No obstante, parece mayor, no por su aspecto, sino por su actitud. Tiende a la resignación y al sosiego con una facilidad impropia de la juventud.

—Eso es porque juzgáis a todos como os juzgaríais a vos —dije, y Juana se echó a reír. Interpreté su risa como una concesión a mi acusación—. ¿Es buena mujer?

Se encogió de hombros.

—Cumple con su deber. Ojalá pudierais ver algún retrato suyo. Su semblante siempre desprende tedio —añadió no sin cierta malicia.

Sonreí a mi vez, pero fingí indignación ante su falta de consideración.

—Sois terrible, Juana.

—Soy sincera. Hablando de retratos, enviaré a nuestro pintor de cámara a que os haga uno un día de estos, ¿os apetece? El señor Michel Sittow es un excelente artista y vos sois una excelente modelo. Madre hizo mucho hincapié en lo bien que posasteis para el maestro Juan de Flandes en una de las cartas que me escribió durante mi primer año de casada. Dijo que no os movisteis ni un ápice.

—Don Juan me pidió que me estuviera quieta y eso hice. Por otro lado, tendríais que haber visto cómo me miraba madre mientras tanto. Habría sido temerario siquiera parpadear.

Reímos. Juana negaba con la cabeza mientras una sonrisa afectuosa le adornaba el rostro.

—Admiro vuestro tesón, vuestra obediencia. Sois la princesa ideal, Catalina.

—Ser princesa no es tan importante como ser otras cosas.

—¿A qué os referís?

—A la maternidad, ¿a qué si no? Habladme de vuestros hijos.

—Lozanos y creciendo a una velocidad de vértigo. Es terrible cómo pasa el tiempo, ¿verdad?

Asentí lentamente. La melancolía característica de Juana asomaba en sus ojos castaños.

—Cinco hijos y todos vivos es una bendición —comenté mientras recordaba lo mucho que habían sufrido nuestros padres al ver morir a más de uno de sus vástagos.

—Vos seréis madre, Catalina —dijo Juana de pronto, no como si me hubiera leído la mente, sino como si lo hubiese leído en lo más profundo de mi alma, donde atesoraba mis miedos.

Tragué saliva.

—¿Cómo lo sabéis?

—Simplemente lo sé. Y seréis una madre estupenda.

Sonreí.

—Tendré que pediros consejo, Juana.

—Y yo os lo prestaré, Catalina. Aunque no sé…

—¿Qué?

— Nunca me he sentido del todo satisfecha…, como si la felicidad me fuera esquiva. Quizá se trate de mi incapacidad para asirla. No sé si soy la más indicada para dar consejos sobre nada.

Le cogí las manos y la miré a los ojos.

—Admiro tanto vuestro ímpetu, Juana... Siempre lo he hecho. Ya de pequeña me parecíais la más valiente de todos nosotros. Os atrevéis a sentir las emociones en todo su esplendor y no las rehuís, sois fiel a vuestro espíritu, incluso cuando sobrepasa la convención. A mí eso me parece valentía.

—Soy incapaz de tomarme las cosas con la entereza que muchos querrían. Desconozco hasta qué punto es algo digno de admiración.

—Podéis verlo de ese modo o del mío.

—Pero vos no sois así.

Me encogí de hombros.

—No es una elección. La naturaleza es algo que aceptar o que intentar corregir, nada más.

—¡Por todos los santos! ¿Desde cuándo sois tan sabia, Catalina?

—No blasfeméis. Y tengo mucho tiempo para pensar.

—Y para rezar, imagino.

—Eso siempre, Juana.

—Ya veo que sois tan devota como cuando os dije adiós por última vez.

—Yo diría que más. Y vos mantenéis vuestro escepticismo —añadí en un susurro, pues nuestros padres, al percatarse del desapego religioso de mi hermana, nos insistieron en ocultarlo y en ser discretas, y esa orden se había hecho costumbre.

Juana asintió cabizbaja.

—A veces me pregunto si ese escepticismo no será la causa de mi desdicha. Mas no sé enmendarlo.

Le acaricié el dorso de la mano con el pulgar.

—Rezaré por vos.

—Os lo agradezco.

Su distanciamiento de Dios, que se remontaba a su infancia, era lo que más me preocupaba de ella. Sabía que se encontraba en una tesitura política de desgaste, que su marido le infligía dolor con sus infidelidades, pero la ausencia de Dios en su vida era lo que de verdad condicionaba su estabilidad, pues suponía lo único que le permitiría lidiar con fortaleza con las otras dos vicisitudes.

¡Qué habría sido de mí durante esos lóbregos años en Durham House sin el consuelo que me ofrecía nuestro Señor!

—¿Cómo está Felipe? —indagué, consciente de que aquel era un asunto delicado.

Algo relampagueó en la mirada otoñal de Juana. No era pena, sino furia.

—Tan disperso como de costumbre —contestó queda.

No me atreví a preguntar nada más, si bien creí discernir en sus palabras una nota de... ¿desprecio? No podía asegurarlo, pero tuve la sensación de que a Juana le irritaba el comportamiento indecoroso de su esposo no solo por la afrenta que le suponía como mujer, sino como hija de reyes. Lo consideraba zafio y, quizá, hasta inmaduro, y yo sabía que mi hermana estaba muy por encima de su pobre esposo en los ámbitos que realmente importaban: belleza, formación, presencia e intelecto. Eran habladurías más que fundamentadas entre la élite española. Y, sin embargo, su corazón latía anclado en él. Lo amaba pese a todo, y ese amor convivía con la ira y el dolor de las deslealtades.

«Qué relación tan compleja», pensé.

Me congratuló que no hubiera necesitado más que una escueta frase para vislumbrar el torbellino de emociones y pensamientos que se agolpaba en su interior. El nuestro siempre fue un vínculo estrecho, fuerte. No solo habíamos crecido juntas, sino que nos comprendíamos como si fuéramos parte de la otra. No en vano, nacimos del mismo vientre y de nuestra piel brotaba la misma sangre.

Cabía la posibilidad de que hubiera errado en mis valoraciones, mas las entrañas me decían que no era así.

Nos despedimos con otro sentido abrazo, corazón con corazón, como los que nos dábamos cuando éramos niñas.

Fue al decirle adiós, el adiós definitivo, cuando me di cuenta con contundente clarividencia de que la había echado de menos prácticamente toda la vida, desde que a los diez años me vi obligada a despedirme de ella, a dejarla marchar hacia su destino de esposa y madre junto a un hombre de alcurnia que, con toda seguridad, no la merecía. Juana no era solo mi hermana; era mi amiga. En aquel reencuentro habíamos hablado de madre, de padre y de nuestros hermanos. De las tardes de verano en Granada jugando entre los olivos. La comprensión y el arropo que me brindaban su compañía eran inigualables precisamente porque compartíamos un pasado, una infancia. Por eso nadie veía a través de mí como lo hacía Juana, como si el alma asomara a mis pupilas cuando estas recibían el estímulo de su atención, del mismo modo en que yo era capaz de ver a través de ella.

Me pregunté si volveríamos a coincidir en otra ocasión.

Me dije que no. En mi memoria perviviría su imagen de niña y también la de ahora, una mujer aún en su plenitud, hermosa y vigorosa. No obstante y con toda probabilidad, moriría sin conocerla envejecida, sin saber en qué coordenadas de su rostro aparecerían las primeras arrugas, sin descubrir si el cabello canoso le favorecía o no. Tampoco ella lo sabría de mí. Era curioso.

Y cruel.

Pero me consolaba pensando que algún día nos reuniríamos de nuevo, y allí estaría también madre, al igual que nuestros hermanos Juan e Isabel.

Una esquirla afilada de tristeza rasgó mi ánimo al pensar que Juana, por sus recelos en cuanto a la fe, tendría que enfrentarse a la vida sin un consuelo del que yo me beneficiaba enormemente.

VII

El sabor de la lealtad

Abril de 1507

En vista de que nadie más notaba el apremio que a mí me embargaba por asegurar las negociaciones entre España e Inglaterra, me convertí en embajadora por la gracia del rey Fernando, mi padre, quien siempre había sentido debilidad por mí, a pesar de que en los últimos años eso no lo hubiera llevado a ayudarme en mi miseria. Era consciente de que tenía otros asuntos que atender, algunos de ellos verdaderamente urgentes, y que, antes que padre, era rey. Con todo, no pude evitar que un regusto amargo me inundara el paladar con cada carta que recibía, misivas en las que solo me pedía paciencia en lugar de ofrecerme una solución alternativa con la que salvaguardar mi dignidad de infanta. Claro que, por otra parte, él nunca llegó a saber hasta qué punto era precaria mi situación en Inglaterra. Jamás supo que, en más ocasiones de las que estoy dispuesta a admitir, tanto mis damas de compañía como yo nos vimos obligadas a comer carne en mal estado porque no había otra cosa.

Recibí mis acreditaciones con la diligencia esperada. Al menos ahora, como embajadora, podría pelear por mis intereses sin ningún tipo de reserva asociada a mi condición de princesa o de viuda, pues ya no era solo eso.

Por esa razón fue a mí a quien llamó Su Majestad para tratar, con la seriedad y la gravedad correspondientes, un asunto que llevaba meses circulando por la corte y que, por descontado, había llegado a mis oídos, lo que me confirió tiempo para meditar y prepararme para aquel encuentro. Sabía lo que me iba a decir y sabía lo que debía contestarle.

El rey Enrique me recibió en una estancia amplia con una mesa redonda en el centro y una enorme chimenea de piedra que calentaba el aposento desde una de las paredes laterales. Mis ojos se posaron un momento en un retrato de Isabel de York, su esposa fallecida hacía ya cuatro años.

—Lady Catalina —me saludó el monarca con su voz rasgada, más de lo habitual, quizá debido a un reciente resfriado del que ya estaba recuperado pero que había preocupado seriamente a la corte—. Sed bienvenida.

—Gracias por recibirme, majestad —dije.

Hice una grácil reverencia y tomé asiento, obedeciendo al elocuente ademán que me dedicó el rey en dirección a una silla.

—Como sabéis —empezó—, vuestra hermana Juana enviudó el pasado septiembre. Tanto ella como su esposo, que en paz descanse, causaron una honda impresión en mí. Sobre todo ella, en quien no he dejado de pensar desde que supe que se había quedado sola. Toda buena mujer necesita de un buen marido. Y viceversa.

—Estoy de acuerdo —asentí—. Os ruego, pues, que compartáis conmigo los pormenores de vuestra propuesta, si es que hay propuesta alguna.

—Sabéis que así es. Quisiera convertir a vuestra hermana Juana en mi esposa.

Me quedé inmóvil. Medité mi respuesta durante unos instantes.

—¿Por qué? —pregunté.

A él pareció contrariarlo mi indagación, aunque no tardó en reponerse de la sorpresa. No hablaba con su antigua nuera o con una princesa extranjera. Hablaba con la embajadora del Reino más importante de Europa y, pronto, quizá del mundo. Yo lo miraba sin parpadear, a la espera de que dijera lo que tuviera que decir.

Tragó saliva.

—Juana no es solo hermosa y probadamente fértil, que son las únicas cosas a las que podría prestar atención un hombre en lo tocante a desposar a una mujer. Posee el pedigrí adecuado para ser reina de Inglaterra, al igual que vos, pero además de eso se me antojó… cautivadora, apasionada, dedicada y fiel. Toda mujer debería mirar a su esposo como ella miraba a Felipe. Con esa… vehemencia.

Su boca pronunció «vehemencia», pero su voz dijo «ardor».

—A Felipe no le miraba así porque fuera su esposo, sino porque era quien era. Estaba profundamente enamorada de él.

—Sin duda podrá doblegar ese sentimiento en la dirección que necesite.

Esbocé una sonrisa casi imperceptible. Qué ignorante era el pobre zorro inglés. No solo ignorante de las mujeres y del amor, sino también de mi hermana Juana y su carácter. Eran los sentimientos los que la doblegaban a ella y no al revés. ¿Acaso no había oído las nuevas llegadas desde Castilla? La vida de mi hermana había consistido durante siete meses en el acompañamiento ininterrumpido del féretro de su esposo de tierra castellana en tierra castellana, con una única pausa en enero para dar a luz a su hija, a la que había llamado Catalina en mi honor, como me hizo saber en una carta que recibí en marzo. Dicha misiva contenía también el dolor por su viudedad, no de forma explícita, sino en las sombras que sus lágrimas caídas habían dibujado en el recio papel.

Y aunque sospechaba, por cómo me había descrito su situación, que no hubo solo pesar en la razón que la llevó a realizar semejante periplo, sino una meditada estrategia con la que pretendía reforzar su figura ante los castellanos, no se podía negar que padecía de corazón roto. Se me partía el alma al imaginarla recorriendo las tierras de Castilla enfundada en negro, embarazada de casi ocho meses, cabizbaja y en silencio.

No saqué a Su Majestad del error. Por primera vez en mi vida sentí que era imposible resistirse a la naturaleza egoísta que a veces nos sobreviene a los seres humanos. Yo necesitaba a mi hermana. La quería conmigo para tener una familia en aquella fría isla en la que no terminaba de hacerme un hogar; la quería a mi lado para tener a quien acudir cuando precisara ayuda. La quería como reina de Inglaterra para no sentirme tan desamparada.

—Transmitiré vuestras pretensiones a mi padre, el rey Fernando. Pese a que, como sabéis, la última palabra la tiene mi hermana, le escribiré a conciencia acerca de vuestra buena voluntad y de vuestro afecto sincero.

—Os lo agradezco, lady Catalina.

Regresé a Durham House sintiendo que la culpa me reconcomía las entrañas. ¿Culpa por qué? «Por haber perpetrado esta traición», dijo una voz en mi cabeza. «¿Qué traición?», le contesté . Sabía muy bien que Juana nunca se casaría con Enrique por gusto, que si lo hacía sería por conveniencia, por presión, por ceder a mi chantaje emocional, quizá, si es que esa era la carta que decidía jugar en mi favor cuando le escribiera. Pero la decisión final era suya, y bien podía rechazar la propuesta. Sin embargo, era muy consciente de que en aquella negociación no había pensado tanto en el bien de mi hermana como en el mío propio.

El regusto agrio de la ternera medio podrida todavía impregnaba mi lengua y, aun así, era menos amargo que el que me dejaba el pensamiento de que estaba siendo desleal con Juana. Pero era difícil pasar por alto mi situación y aún más no querer remediarla a toda costa. Necesitaba ayuda.

Escribí la carta con la intención de que mis deseos personales y mi obligación moral como embajadora y hermana encontrasen un equilibrio en el que coexistir. La lacré, soplé la vela que había utilizado como lumbre y me dirigí a mi capilla particular en busca del único consuelo que nunca me fallaba, no sin antes solicitar el servicio de mi confesor.

VIII

Atenciones entre rosas

Marzo de 1508

Mi tesitura mejoró, y no fue porque Juana cediera a mi petición. Rechazó de forma tajante la posibilidad de un casamiento con el rey Enrique, algo que yo ya esperaba y que al viejo monarca no le quedó más remedio que aceptar. Aquello, junto con la velocidad a la que se deterioraba su salud, lo llevó a trasladarnos a mí y a mi corte al palacio de Richmond en calidad de prometida del príncipe de Gales. Era primordial para Inglaterra establecer lazos fuertes y sólidos con España, y de nuevo yo era la mejor baza que tenían para aquel menester.

Una mañana de primavera, mientras paseaba por los perfumados jardines de Richmond en compañía de mi estimada María de Salinas, un paje se nos acercó para decirnos que el príncipe Enrique solicitaba conversar conmigo. Apenas había compartido algunos instantes con él desde mi traslado. Solo sabía que aparentaba más de los dieciséis años que tenía, que su forma de caminar, de moverse y hasta de mirar eran muy diferentes a las de su hermano Arturo, pues rezumaban vigor y confianza.

Asentí, y María se alejó con el paje para dejarnos cierta privacidad. Enrique aguardaba junto a los rosales la señal de su enviado y, en cuanto la obtuvo, se acercó con una sonrisa en los labios. Su pelo rojizo emitía unos destellos cobrizos en su encuentro con los rayos del sol y sus ojos azules eclipsaban la belleza del cielo. O eso me pareció.

—Mi señora —me saludó.

Ya me superaba en altura, pero, en un indecoroso arrebato de liviandad muy impropio de mí, hice una reverencia frente a él sin apartar mis pupilas de las suyas, gesto que supe de inmediato que le resultó más seductor que insolente.

—Alteza.

—Ante todo quiero que sepáis que lamento mucho los infortunios a los que os habéis visto sometida. Si de mí hubiera dependido jamás habría renunciado a vuestra mano, pues sois la princesa más notable que he tenido el placer de conocer, la única a quien genuinamente he deseado desposar.

Esa declaración hizo que se me desbocara el corazón. Sin embargo, mi revuelo interior no debía traslucirse, así que antes de contestar tomé aire y pensé bien lo que quería decir.

—Me conmovéis, príncipe Enrique, pero no son necesarias tantas alabanzas. Acepto mi deber para con Inglaterra con gusto y no preciso de adulaciones que suavicen la naturaleza de mis obligaciones.

—No son adulaciones vacuas, mi señora, lo sabéis bien. Ni siquiera cuando me imaginaba a mi hermano con una corona en la cabeza lo envidié tanto como cuando lo vi desposaros.

—Solo erais un niño.

—Los niños tienen corazón. ¿Recordáis cómo bailamos en vuestras nupcias? Porque yo no he podido borrar de mi memoria el sonido de vuestra risa aquella noche.

—Recuerdo que me hicisteis reír —admití sorprendida.

No esperaba semejante despliegue de sensibilidad y sentimentalismo por parte del joven príncipe. Tal vez era cierto lo que se decía de él en la corte: tenía alma de poeta. No en vano, gustaba de componer canciones y de interpretarlas con la pasión propia de los bardos más expertos. Sentí un calor que no tenía nada que ver con la presencia del sol sobre nuestras cabezas.

Entonces se plantó delante de mí, obligándome a detenerme en mi paseo, me tomó con firmeza de las manos y me miró directamente a los ojos.

—Insistiré a mi padre para que rubrique cuanto antes nuestro compromiso; de ese modo, no podrá romperse. Él sabe que es lo más inteligente, además de lo correcto. Ansío convertiros en mi esposa, Catalina. No como futuro rey, sino como hombre, y haré todo lo que esté en mi mano para que suceda.

Me percibí cerca del desmayo, por el calor, por el ímpetu

de sus palabras, por la sensación abrasiva de sus ojos en mi piel. Desvié la mirada, azorada, y retiré mis manos de las suyas. No podía creer que me hubiera hablado así, de aquella manera tan franca, tan vehemente, casi lasciva. No podía creer lo mucho que me había agradado.

Deseé de todo corazón que él no lo notara. Tragué saliva.

—No dudo de vuestra buena voluntad, Enrique. Rezaré para que triunféis en vuestra empresa, que también es la mía.

Sonrió y comprendí que mi actitud comedida y decorosa le divertía y atraía a la vez.

Se despidió con una inclinación de cabeza y, sin añadir nada más, se perdió en dirección al palacio. Su paje fue tras él.

María se acercó a mí en silencio.

—¿Lo habéis oído? —pregunté sin mirarla, pues mis ojos todavía estaban anclados en el punto en el que había visto desaparecer al príncipe.

—Todo, señora.

—¿Y qué os parece?

—Es muy apuesto.

Sonreí con una mezcla de incredulidad y solaz.

—Me refiero a sus modales. No ha hecho gala de la moderación y la sensatez que se espera de alguien de su posición, ¿no es cierto?

María se encogió de hombros.

—¿Y es eso malo? A mí me resulta refrescante encontrarme con un espíritu auténtico en esta corte tan repleta de falsos espectros que solo dicen lo que se espera de ellos o lo que saben que no supone riesgo alguno. Es aburrido.

Miré a mi fiel dama con satisfacción.

—Estoy de acuerdo. Me ha transmitido la misma clase de libertad que mi hermana Juana. Esa facilidad para dar rienda suelta al corazón... Hay nobleza en esa forma de sentir, aunque esté contraindicada para las gentes como nosotros.

—En mi opinión eso los vuelve aún más audaces, señora.

—Sí. —Retomamos nuestros andares—. Mi madre nunca lo aprobó.

—Vuestra madre, Dios la tenga en su gloria, pertenecía a otra época, Catalina. Los tiempos han cambiado y los reyes y las reinas de hoy son solo el reflejo del mundo nuevo que se avecina.

El aroma de las rosas perfectamente cuidadas se coló en mi nariz y en mi cerebro de manera que nunca más volvería a aspirar su fragancia sin asociarla a aquel lugar, a aquellos años tempranos en los que todo estaba por decidirse y el futuro resplandecía con el brillo de lo que solo puede imaginarse. ¡Cómo me protegió entonces la ignorancia tácita de lo que no es posible prever!

El sol radiante bañaba Inglaterra con su luz, y por primera vez en mucho tiempo tuve la sensación de que lograría desterrar las sombras de mi alma atormentada por años de incertidumbre.

IX

Anillos y coronas

Abril de 1509

María interrumpió mis oraciones con su presencia. No dijo nada, por supuesto, pero el repiqueteo de sus chapines sobre el mármol de la capilla fue aviso suficiente. Y no solo era un aviso, sino también un anuncio, pues tanto ella como los demás miembros de mi servicio tenían órdenes estrictas de no interrumpirme en mis deberes religiosos a no ser que hubieran de darme la única noticia que importaba esos días.

Apresuré mi rezo, me santigüé y me volví hacia mi fiel dama de compañía, quien asintió levemente con la cabeza. Ahí estaba la confirmación. Volví a santiguarme.

—Dios lo tenga en su gloria. ¿Está todo dispuesto para el luto? —pregunté.

—Así es. Los funerales darán comienzo esta semana en la cripta de Westminster.

—Muy bien.

Vestir el negro nunca era plato de buen gusto, pero en esa ocasión tampoco resultaba del todo amargo. Esa ocurrencia hizo que me avergonzara al instante.

«Y acabas de salir de rezar», me reproché a mí misma. Mas no podía evitarlo. Enrique VII no me había tratado como correspondía en los ocho años que llevaba en Inglaterra. Únicamente en sus últimos meses había creído conveniente otorgarme las dignidades y atenciones que merecía. Y no solo eso, sino que me había mandado llamar en numerosas ocasiones nada más que para conversar, para asegurarse de que me encontraba a gusto, para conocer mejor a la futura reina de su país. Para redimirse, me pareció a mí. Quería irse al otro mundo sin lacras espirituales, y mi existencia lo era, pues él era tan consciente como yo de las penurias que me había hecho pasar con sus vaivenes y sus exigencias absurdas en cuanto a los pagos de mi dote, que no habían llegado a completarse por razones obvias.

No tenía nada que reprochar a aquel último intento desesperado de obtener mi perdón y posiblemente el de Dios. La redención era tan cristiana como cualquiera de los sacramentos, pues ninguna persona estaba libre de pecado. Si su muerte me escocía era más por Enrique que por otra cosa. Le había tomado un afecto inconmensurable. En mi fuero interno incluso me atrevía a bautizar aquel sentimiento como amor, y la orfandad era una carga pesada para cualquiera, pero más para un muchacho de diecisiete años con la presión de la corona sobre la cabeza. Con todo, Enrique era un joven resuelto, quizá el más resuelto que había conocido, y sabría desempeñar su papel con entereza, estaba convencida.

Por otra parte, nuestro compromiso se había rubricado unos meses atrás, y ahora se acelerarían los asuntos que nos concernían como futuros marido y mujer, sin duda alguna, aunque no parecía pertinente mencionarlo, ni siquiera a mi buena amiga María.

Eran días para el duelo.

—Imagino que lo nombrarán rey de inmediato —comenté mientras recorríamos los fríos pasillos del ala de Richmond en la que nos habíamos instalado.

—Mañana —contestó una voz masculina que no esperaba oír.

El rostro de Tomás Moro nos recibió al doblar la esquina. Se trataba de un hombre alto, de semblante afable y facciones agradables que inspiraban confianza. Supe que estaba ante él por su atuendo y porque nos habíamos citado ese día, ya que lo cierto era que no había tenido el placer de conocerlo aunque ansiaba ponerle remedio.

—Señora —añadió al instante con una reverencia—, es un verdadero honor conoceros.

Los dos miembros de mi servicio que lo acompañaban me miraban con expresión interrogante.

—Marchaos —les indiqué para su alivio—. Yo guiaré al señor Moro hasta la sala de estar.

Y allí fuimos a parar. María encendió el fuego de la enorme chimenea de piedra y nos sirvió vino.

—Mucho me temo, señor mío, que debo haceros esperar unos instantes antes de poder disfrutar de una conversación que confío en que sea de disfrute mutuo. He de cambiar mis ropas en vista de las circunstancias en las que ahora nos hallamos.

—Por supuesto. No habría osado intervenir en la rutina a la que debéis ceñiros hoy de no ser porque me he enterado de la triste noticia al llegar. Solicité marcharme, pero me aseguraron que me despacharíais vos en caso de que no juzgarais correcta mi presencia aquí en estos momentos.

—Mi servicio me conoce bien... Pero no pretendo despediros ni mucho menos. Hacedme el favor de aguardar mientras me cambio de ropa, no tardaré. Y disculpadme por no poder atenderos de inmediato.

—Debéis hacer lo que corresponda, señora.

Al cabo de unos minutos regresé a la estancia en la que Tomás Moro todavía esperaba en pie. Enlutarme me permitía continuar con mis quehaceres sin dispensar ofensa o desconsideración alguna.

—Tomad asiento, os lo ruego.

—Muchas gracias, señora.

María, también de luto, se acomodó en una de las sillas de la esquina, donde la aguardaba su bastidor con un bordado recién empezado.

Tomás Moro despertó mi curiosidad la primera vez que oí hablar de él, hacía ya unos años. Hombre de leyes que abrazaba el humanismo, se había educado en Oxford y en el New Inn de Londres. En 1504 pasó a formar parte del Parlamento y fue poco después cuando su nombre llegó a mis oídos. De lo que se decía de él me llamaban la atención dos cosas: la primera era su fervor religioso. La segunda, su integridad moral, pues no había dudado en oponerse a ciertas medidas adoptadas por Enrique VII que no le parecieron correctas, por muy impopular o peliaguda que pudiera resultar su postura.

—Contadme, mi buen señor —empecé—, ¿cómo sabéis que el príncipe Enrique se convertirá en rey mañana?

—Es mi trabajo saber esas cosas. Las leyes son la única herramienta que de verdad nos permite anticiparnos al devenir del mundo. Sin ellas estamos perdidos.

—Pero no todo el mundo las respeta y el devenir del mundo también lo condicionan dichos individuos, ¿no es cierto?

Soltó una tenue risa, gratamente sorprendido por mi habilidad para la conversación.

—En efecto. No obstante, la mayoría de los hombres estarán siempre del lado de la ley, porque es la mayoría la que decide qué es ley y qué no.

—¿Y qué ocurriría si un día la mayoría perdiese el norte? ¿Qué sucedería si de pronto se convirtiera en legal algo que vos no aprobáis, bien por razones de intelecto o de moral?

—El intelecto siempre puede doblegarse a la necesidad. La moral, en cambio, es más incorruptible porque toda moral proviene de Dios. Toda moral verdadera, por supuesto.

—Así que un hombre debe aferrarse a sus creencias por

encima de sus deseos, de sus inclinaciones e incluso de su vida.

—Un hombre y una mujer, así es.

—Oh, ¿creéis que a la mujer se le pueden exigir las mismas virtudes morales que al hombre?

—Por descontado. La mujer tiene inteligencia y espíritu, ambas reflejo de su condición de hija de Dios.

—No son muchos los que piensan así.

—Tengo entendido que vuestra madre sí.

Sonreí ante la mención. Siempre era reconfortante comprobar que la reputación de la reina Isabel seguía viva y traspasaba fronteras. Bien lo merecía. De hecho, con cada año transcurrido tras su muerte lo creía con más firmeza, y no era la única.

—Tanto yo como mis hermanas recibimos una educación exquisita, sí.

—Por lo que se cuenta de ella, vuestra madre tenía una percepción de lo que es el catolicismo de lo más refinada. Igual que vuestro padre, me atrevo a decir.

—Ambos fueron siempre muy devotos —concedí—. ¿Seguís su ejemplo en lo tocante a vuestra hija?

—Margaret solo cuenta cuatro años, pero ya está recibiendo educación. Creo que tiene mucho potencial.

Sonreí.

—Me alegra oír eso. Es afortunada por teneros como padre.

La velada no se alargó mucho más, pues a ninguno de los dos nos pareció apropiado, habida cuenta de que el rey acababa de morir y de que ambos teníamos obligaciones que atender a raíz del fallecimiento. No obstante, me llevé una muy grata impresión del señor Moro. Quizá encontrase en él a mi primer aliado inglés además de Enrique y sus hermanas, que tan amables habían sido siempre conmigo.

Aquello me hizo pensar que debía solicitar una visita para expresarles mis condolencias en persona.

Junio de 1509

Cuando el sacerdote nos declaró marido y mujer sentí que mi espalda se liberaba de un peso invisible, una losa cuya carga había alcanzado una magnitud de la que no fui del todo consciente hasta que me zafé de ella.

La ceremonia, mucho más discreta y moderada que la que protagonicé con Arturo, tuvo lugar en la capilla del palacio de Greenwich.

Faltaban diecisiete días para que Enrique cumpliera dieciocho años y, mientras que a algunos hombres esa edad todavía los anclaba en un aspecto infantil, él era muy varonil: alto, de hombros fuertes, con unos ojos azules que reflejaban la infinidad de los cielos estivales y que transmitían confianza, ilusión, fulgor. Algo se desataba en mi pecho cada vez que me miraba con aquellas pupilas abrasivas. El deseo llameaba en su expresión contenida y me veía obligada a respirar profundamente para serenar mis impaciencias y tensiones sobre el lecho nupcial. Los intentos fallidos con Arturo me dieron alguna noción, pero eso era todo. La consumación del acto seguía siendo un misterio para mí en cuanto a sensaciones y buena parte del proceder. Sin embargo, así como en el pasado fue un misterio que temer, ahora era uno que anhelaba. El añadido que el deseo suponía para la voluntad era un valor con el que no había contado pero que, sin duda, condicionaba mi predisposición, la reforzaba.

El banquete y los festejos posteriores transcurrieron a mi alrededor como una ensoñación, rápido y a la vez despacio, sin que tomara nota de los detalles insignificantes que conformaban el tejido del que estaba hecha la corte. Los ricos tapices que revestían las paredes mostraban escenas tan festivas y coloridas como la que estaba teniendo lugar, y por un instante tuve la sensación ineludible de que había pasado a formar parte de la historia de aquellas tierras. Los vestidos flotaban sobre el suelo de madera como pétalos atrapados en un remolino, dibujando estelas de color en la sala como resultado de las danzas alegres y alborozadas de una celebración largo tiempo esperada.

Cuando llegó el momento de consumar la unión, nos perdimos escalera arriba hacia las cámaras privadas del rey. Allí mi fiel María de Salinas me ayudó a desvestirme. Un camisón blanco que yo misma había confeccionado ocultaba mis curvas. Al otro lado de una pequeña puerta de madera hallaría la estancia en la que se encontraba el lecho nupcial.

María me recogió el cabello en una trenza floja y se separó de mí.

—Estáis lista.

Yo la miré, incapaz de decir nada. Me tomó de las manos y, cuando nuestros ojos se encontraron, me sentí arropada por sus límpidos y gentiles iris castaños.

—Cualquier mujer sería afortunada de yacer con un hombre tan gallardo y respetable como Su Majestad. Y él arde en deseos por vos, Catalina. No tenéis nada que temer.

Esbocé una sonrisa.

—Habláis como si supierais de qué.

—Lo que va a suceder ahí dentro no es solo carnal, mi señora. Y de espiritualidad las dos sabemos más que suficiente. Irá bien.

Qué suerte había tenido con María, Dios mío. Él me la había enviado, no cabía otra explicación.

Le sonreí y me volví hacia la puerta, que atravesé unos instantes después. Al otro lado aguardaba Enrique, también con un camisón, y los testigos que debían dar fe de que nuestro matrimonio se consumaría. Procuré no mirarlos en un vano intento de engañarme a mí misma. Me obligué a convencerme de que no estaban, pues me incomodaba su presencia, lo cual me sorprendió, ya que no era la primera vez que pasaba por aquel trance que, además, tenía bien asimilado como parte natural del procedimiento de las bodas reales.

El tacto de los labios de Enrique sobre los míos me ayudó a obviar aquellos ojillos inquisitivos que sabía que nos observaban. Jamás me habían besado así, con ese ímpetu, esa pasión. Cierto que no era yo muy ducha en besos, pero sentí aquel gesto como una primera experiencia no solo romántica, sino también vital.

Sostuvo mi cabeza con cuidado y, con sus labios aún rozando los míos, susurró:

—Sois muy hermosa.

No tuve ocasión de responder.

Me condujo al lecho y se tumbó a mi lado al tiempo que me besaba. Nos refugiamos en el calor de las sábanas y, sin darme cuenta, mientras su mano recorría la cartografía de mi cuerpo, separé las piernas a modo de invitación tácita. Su tacto ejercía un poder corrosivo en mi piel y creí que me derretiría de un momento a otro. La temperatura de mi cuerpo aumentó inevitablemente e irradió un calor que pronto nos envolvió a los dos, un incendio. Cuando sentí sus dedos explorando mi entrepierna un débil gemido escapó de mis labios. Con el tiempo aprendería a leer la excitación en la neblina que empañaba los ojos azules de Enrique, que me miraba con la boca entreabierta y la respiración pesada, extasiado por el deseo. Me besó el cuello, ascendió, y a la par que percibí sus labios en mi lóbulo izquierdo noté que entraba en mí. Contuve la respiración para que no se me escapara la voz, pues no me parecía decoroso. Sin embargo, pronto me resultó imposible reprimir los jadeos suaves que nacían en mi garganta a causa de las acometidas tan vehementes como placenteras a las que me sometió mi joven esposo.

El aliento cálido de Enrique perló mi frente de sudor y alcé la mirada para verle tensar la mandíbula y estudiar su rostro contraído y sus ojos cerrados. Parecía estar llegando a una cumbre que a mí aún me quedaba lejana, pero la escalada era placentera de todos modos. Cuando alcanzó esa cima su cuerpo se tensó, duro como una piedra, permaneció inmóvil unos segundos y después se dejó caer sobre mí envuelto en una vulnerabilidad que yo jamás había visto en un hombre.

Apenas fui consciente de que los testigos se retiraban, y fue entonces, al saberme sola con mi esposo, cuando lo abracé y besé con una ternura hasta el momento desconocida. Él, con la cabeza apoyada en mi pecho, recuperaba el ritmo normal de la respiración. Yo reparé en la viscosidad de su semilla derramada casi por entero en mi interior y me concentré en ella, deseando que diera frutos.

Nos venció el sueño.

La abadía de Westminster se recortaba gloriosa contra el intenso azul de aquel cielo despejado de verano. El clamor de las gentes retumbaba en mis tímpanos y me llenaba de gozo. Durante la procesión que tradicionalmente se celebraba como antesala a la coronación, esos cánticos de apoyo y simpatía ya habían llegado a nosotros, el joven y prometedor matrimonio que gobernaría Inglaterra. Aquella mañana de junio seríamos ungidos rey y reina. Y el pueblo no solo parecía contento con la idea, sino entusiasmado. Extasiado. La noche anterior, que pasamos en la Torre de Londres, me dormí pensando en la intensidad del compromiso que se gestaba en mi alma: un compromiso para con el pueblo inglés, para con aquellas tierras que hacía tiempo que se habían convertido en mi hogar, aunque no las hubiera percibido como tales hasta ahora.

El peso de la corona que lucí aquel día, con perlas y seis

zafiros engastados, era un recordatorio del sagrado deber que se esperaba que desempeñara hasta el día de mi muerte. Me llevaron a Westminster en una litera de paño de oro flanqueada por majestuosos palafrenes blancos. Mis cabellos dorados con destellos de fuego que caían libres y ondulados por mi espalda refulgían al sol.

El interior de la abadía nos recibió con una luz casi celestial. Lo primero que vi fueron los tronos, colocados en una plataforma frente al altar mayor. Lo segundo, al arzobispo de Canterbury, sobre quien recaía la trascendental tarea de coronarnos reyes.

La ceremonia se detuvo mucho en Enrique, como era natural, mientras que en mi caso y por mi condición de reina consorte no hubo ni juramentos ni nombramientos con la espada. Miré de reojo el cetro de marfil rematado con una paloma que sostenía en mi mano izquierda; sentí el tacto frío del anillo que me habían colocado en el dedo anular de la mano derecha.

—Por el poder que me concede Dios y su santa Iglesia, os declaro reina de Inglaterra —sentenció el arzobispo, y una llamarada de orgullo, dignidad e identidad se prendió en mi pecho.

X

El temple de una esposa

Enero de 1510

Comíamos en silencio y los dos sabíamos por qué. Durante las fiestas de Navidad, Enrique había tenido una conducta muy poco decorosa con una joven cortesana mientras yo, en un avanzado estado de gestación que me impedía bailar o participar de las celebraciones en modo alguno, observaba la escena. Los juegos, las sonrisas, los besos no muy castos, aunque fueran en la mejilla. Lo que más me molestaba no era que dedicara a otras las atenciones que solo debían ser para mí y que, bajo ningún concepto, yo podía ofrecer a nadie más —ni me apetecía—, sino la despreocupación con la que lo había hecho.

Sofoqué los celos iniciales recordando lo que mi madre decía sobre los hombres y su condición, sobre la debilidad de su espíritu en lo que a resistirse al pecado de la lujuria se refería. También ella sufrió aquel desplante por parte de mi padre, pero jamás la vi atormentada por eso.

«Los reyes tienen amantes —nos decía a mí y a mis hermanas—. No lo pueden evitar. Las reinas, en cambio, sí podemos conservar el dominio sobre nosotras mismas y por eso debemos hacerlo. Sucumbir al sentimiento de ofensa no es más que una admisión tácita de que nuestra posición como esposa legítima es susceptible de amenaza, y ese nunca ha de ser el caso. Lo que ha unido Dios ni toda la lujuria del mundo podría separarlo. Por lo tanto, lo que debemos proteger no es nuestro orgullo de mujer, sino nuestra dignidad de esposa».

—Os agradecería que no flirtearais tan abiertamente con vuestras amigas cuando estoy delante, Enrique —le dije sin rodeos—. O cuando cualquiera está delante, ya puestos.

Soltó el tenedor con el que había estado llevándose el jabalí a la boca y me miró.

—Como decís, son amigas. No veo por qué debería ocultar el afecto que profeso a quienes aprecio, Catalina.

—No juguéis esa carta conmigo, Enrique, insultáis mi inteligencia y también la vuestra.

Con el puño apretado dio un sonoro golpe en la mesa. Apenas me moví.

—Me preocuparía más por cómo afectan vuestros celos a vuestra dignidad como reina antes que por mi inteligencia. No esperaba exigencias tan pueriles por vuestra parte, Catalina.

—¿Exigencia pueril es pedir que en público tengáis un mínimo de deferencia hacia quien está engendrando a vuestro hijo?

Respiró profundamente por la nariz, como solía hacer cuando se enfurecía y no quería ceder a la ira. Cerró los ojos un momento, volvió a coger el tenedor y con el cuchillo empezó a cortar la carne.

—No discutamos. No es bueno para vos ni para el bebé. Pero si es lo que queréis, moderaré mis afectos. Lo último que deseo es haceros sufrir.

Y por alguna razón no pude creérmelo del todo. Mas no dije nada. Sonreí con una falsa complacencia y seguí comiendo.

Nuestro primer año de casados bien podía parecer un sueño. Enrique me dedicaba todas y cada una de sus exhibiciones de gallardía en las justas y los torneos, en los que vestía mis colores deliberadamente. Hasta mandó bordar nuestras iniciales entrelazadas en multitud de prendas y tallarlas en cada rincón de sus estancias. Corría hacia mí con cualquier novedad y me hacía partícipe de la toma de decisiones. Incluso procuraba que los encuentros oficiales con mis embajadores tuvieran lugar en mis dependencias, de manera que, de algún modo, me cedía las riendas en asuntos que le correspondían. Ningún rey tenía por qué realizar semejantes concesiones. Él las hacía, pero ahora las combinaba con flirteos extramatrimoniales.

Esa era una mancha en nuestra idílica relación de enamorados, sin duda, pero no una peor que la que hubiera tenido cualquier matrimonio próspero. Era algo con lo que yo contaba antes incluso de casarme. Lo que me escamaba era lo rápido que me había visto obligada a lidiar con ese contratiempo, pues había esperado que Enrique tardase más en sucumbir a tales placeres dada la naturaleza sincera y vehemente del amor que sentíamos el uno por el otro. Pero lo que llevaba toda la vida sospechando se confirmaba con aquel revés: los hombres no aman igual que las mujeres. No pueden. No saben.

El parto se adelantó, por eso supe digerir la noticia cuando me dijeron que la niña había nacido muerta. Un alumbramiento que se precipita nunca es buena señal. Aun así, me dolió. Me dolió en la esperanza que había crecido junto con mi vientre durante aquellos meses en los que supe que una vida se gestaba en mi interior. Me dolió en la maternidad frustrada. Me dolió en mi amor por Enrique, quien tanta necesidad tenía de descendencia.

La matrona hizo amago de llevarse el cuerpecito, pero la detuve con mis palabras antes siquiera de reparar en lo que estaba diciendo. La mujer me miró con expresión interrogante.

María de Salinas, que me acariciaba el rostro con un paño húmedo, se quedó inmóvil.

—Quiero verla —dije casi en un susurro.

La matrona torció el gesto.

—No os lo recomiendo, alteza.

—Quiero verla —repetí, esa vez con más severidad.

La mujer cedió a mi mandato y se acercó con el bulto envuelto entre los brazos. Se inclinó y me la mostró.

La visión del cuerpecito aún inmaduro me sobrecogió más de lo que había esperado. Vi sus manos, sus pies, su cabeza... Aparté la mirada e hice un ademán que indicó a la matrona que podía retirarse y llevarse a mi hija mortinata con ella.

—Al menos habéis sobrevivido, alteza —murmuró María mientras retomaba la delicada tarea de secarme el sudor de la piel—. Por un momento creí que nos abandonaríais.

—No hasta que haya cumplido con mi deber. Si he de morir al dar a luz al heredero de Enrique, que así sea, pero moriré habiendo perpetuado su estirpe, eso te lo juro.

—Si lo juráis es que así será, Catalina. No lo dudo. Sois joven y probadamente fértil. Es cuestión de volverlo a intentar.

Miré a María con los ojos muy abiertos. Mi respeto hacia ella se renovaba casi a diario. Una vez más, demostraba saber qué era lo que yo necesitaba oír, y no solo lo entendía con una precisión meridiana, sino que me lo decía con el tono y la cadencia adecuados.

Durante los meses de embarazo había estado barajando nombres en secreto: Enrique si era niño, resultaba indiscutible. Pero si nacía niña..., eso me dejaba más opciones. Pensaba en llamarla Isabel, por mi madre y por la de Enrique. Era el nombre que más me complacía y estaba segura de que al rey también le parecería bien. Pero aquella última mañana de enero, con María a mi lado, barajé por primera vez la que acabaría siendo mi elección definitiva unos años después.

—Alteza —me llamó una de mis otras doncellas desde el umbral de la puerta—, el rey solicita veros.

Me incorporé de inmediato con la intención de transmitir una entereza que no sentía pero que se presuponía en mi rango, por mucho que acabara de dar a luz a una niña muerta. Además, no quería añadir gravedad al pesar que con toda seguridad Enrique sentía ya por la pérdida, pues había estado muy ilusionado por el embarazo, mucho más de lo que nunca creí que pudiera ilusionarse un hombre, lo que había hecho que me enamorase incluso más irremediablemente de él.

Me atusé el cabello, desparramado a mi alrededor.

—Que pase.

María se separó un poco de mí y aguardó a que entrara Enrique para retirarse con discreción a una esquina de la pequeña estancia de Greenwich en la que había tenido lugar aquella desgracia.

Mi esposo hizo su aparición envuelto en aquella energía que siempre desprendía, en una vigorosidad contagiosa que no le impedía traslucir el contento cuando lo sentía y la pena cuando era esta la que lo atosigaba. Ahora estaba dolido, pero no hundido. Se arrodilló junto a mi lecho.

—Mi amada —dijo mientras tomaba mi mano izquierda entre las suyas y la besaba con fervor—, ¿cómo os encontráis?

—Cansada —contesté—, pero bien.

—Temí por vuestra vida, y debo confesar que saberos sana y salva merma un poco la tristeza que me embarga por la pérdida de nuestra pequeña.

—Lo siento, Enrique.

—No es vuestra culpa, mi estimada Catalina. La naturaleza es cruel en ocasiones, y esto no es nada que no hayan padecido miles de mujeres antes que vos. Soy optimista, antes de que nos demos cuenta estaremos celebrando el nacimiento de un hijo sano y fuerte, ya lo veréis.

Sonreí, y me besó en los labios como si no le importara mi aspecto demacrado o que me encontrara en un lecho aún manchado. Como si de verdad creyera sus propias palabras y no las hubiese pronunciado solo movido por la necesidad de darme ánimos o de blindarse ante un miedo incipiente. Probablemente así era.

XI

Alma lacerada

Febrero de 1511

Si la muerte de mi primera hija había abierto una discreta herida en mi corazón, la del segundo fue como un hachazo en el pecho. Los nueve meses de embarazo habían resultado en un parto no demasiado largo y decididamente menos complicado que el anterior. Pero lo más importante fue que había sido un parto exitoso.

El primer día de aquel año, 1511, di a luz a un varón al que llamamos Enrique. Mis retinas guardarían para siempre la imagen de mi esposo cogiendo a su hijo recién nacido en brazos, alabando la fuerza de su llanto, sonriéndome con una felicidad y una plenitud que habrían colmado mi alma por siempre si el destino no nos las hubiera arrebatado de un plumazo.

María de Salinas entró corriendo en mis aposentos mientras yo cosía una camisa blanca para Su Majestad. Sus ojos castaños reflejaban el mayor de mis temores y apenas tuve que preguntar.

—El príncipe Enrique se muestra débil, alteza.

Me puse en pie enseguida.

—¿Débil?

—Han llamado a los médicos en cuanto se han percatado de la fiebre. Ya están con él. El rey también ha sido alertado.

Me apresuré por los ahora angostos pasillos de Richmond, que a menudo se convertían en cárcel bajo el prisma de mi percepción subjetiva, cuando la preocupación me atenazaba los pensamientos.

Encontré a Enrique caminando nervioso de un lado a otro frente a la puerta de los aposentos de nuestro bebé. No me atreví a decirle nada. Tampoco él a mí.

En ese momento salió uno de los dos médicos entre cuyas obligaciones se encontraban las de atender a la familia real en general y al pequeño príncipe en particular.

Su rostro era de lo más elocuente. Aun así, Enrique y yo contuvimos el aliento a la espera de que verbalizara la noticia.

—El niño ha fallecido —anunció.

Una tormenta se desató en mi interior con una fuerza inverosímil. Sentí que me fallaban las piernas, y es posible que así fuera porque de inmediato noté la mano firme de Enrique asiéndome por el codo.

—No nos explicamos qué ha sucedido —prosiguió el médico—. Tras un aumento repentino de la fiebre por causas desconocidas, ya que no ha ingerido nada peligroso ni se ha visto expuesto a condiciones adversas, vuestro hijo, majestades, perdió el conocimiento y finalmente su corazón dejó de latir. Ha sido cuestión de horas. No hemos podido hacer nada.

En mi mente retumbaron las salvas que se realizaron en su honor y sembraron el júbilo por toda Inglaterra. En mi memoria restalló el recuerdo del rostro recién nacido de mi hijo, mi pequeño, tan perfecto, tan necesario.

Noté, como si se tratara de un cambio físico, que la escarcha de la decepción y la pena cubría el corazón de mi esposo, quieto a mi lado. Supe que estaba buscando mi rostro. Me tomó de la mano con la intención de entrar en la estancia juntos y despedirnos de nuestro hijo, pero me solté. Esa vez ni siquiera quería verlo, al menos no tan pronto. No lo habría soportado.

Eché a correr hacia mi oratorio, donde me encerré tendida en el suelo con los brazos en cruz. Recé y recé, y me arropé en Dios con una pregunta que me martilleaba la mente: «¿Por qué te has llevado a mi pequeño?».

Y allí estuve hasta el amanecer, cuando mis doncellas entraron para levantarme, conducirme a mis aposentos y alimentarme, temerosas de que enfermara si permanecía en aquel lugar solitario y frío un minuto más, pero no comí. Noté rígida la piel de mi rostro; las lágrimas me la habían resecado.

Después de lavarme la cara pedí ver a mi hijo muerto porque sabía que si no lo hacía jamás terminaría de creer aquella desgracia. El corazón se me partió cuando posé mis ojos en él, que se encontraba en una mesa de piedra de la pequeña cripta en la que lo habían colocado, iluminada solo con algunas antorchas que proyectaban su trémula luz sobre las sábanas blancas que lo envolvían. Permanecería allí hasta que todo estuviera dispuesto para el rito funerario, incluido el féretro de un tamaño dolorosamente pequeño. Si no fuera por el tono azulado de su piel mortecina, habría parecido que solo estaba dormido. Cada segundo de cada día durante las siete semanas que había vivido, aquel niño me había hecho partícipe de una dicha que jamás creí posible, y ahora, de repente, se acababa. Le había visto llorar, balbucear, observar mi rostro y el de sus cuidadores con ojillos curiosos, e incluso sonreír. Sonreír con su boquita abierta y desdentada. Porque había tenido razón para entender, aun cuando todavía carecía de entendimiento, que algo le resultaba amigable. Porque era una persona, con razón y alma.

Y ahora lo perdía para siempre. Perdía todo aquello de lo que había sido testigo durante aquel mes y medio. Y perdía todo lo que el pequeño Enrique podría haberme dado a medida que hubiera crecido.

Con el dedo índice le acaricié una de sus mejillas rollizas y la noté fría. Me eché a llorar con la sensación de que las lágrimas provenían de un océano que me engulliría de un momento a otro y me sumiría en un sueño gélido, silencioso y oscuro. Tardé en darme cuenta de que alguien me estaba abrazando por detrás.

Enrique.

Debía de haber dado la orden de que lo avisaran en cuanto

yo bajara a la cripta, y ahí estaba, acompañándome en aquel trance tan desgarrador. También lo era para él, pero me resultaba difícil creer que lo sintiera del mismo modo. Aquel niño se había formado en mi vientre, era carne de mi carne, lo había llevado en mis entrañas durante meses, sintiendo sus patadas, las vueltas que daba para acomodarse en mi interior, los movimientos acompasados cada vez que oía la voz grave de su padre.

Ninguna de las molestias del embarazo había sido tal para mí, pues las sufrí con el pensamiento de que eran necesarias para sacar adelante a mi hijo y el de Enrique, a un ser humano que en algún momento dejaría de necesitar a sus progenitores para lanzarse al mundo armado únicamente con sus aptitudes y virtudes, alguien que sería el resultado de mi fusión con el hombre a quien más amaba en el mundo.

Y durante siete semanas lo había conocido, aunque siempre me quedarían por conocer sus sueños, miedos, tendencias, gustos, defectos y cualidades. Su voz, incluso.

Dios mío, cuánto tuvo que sufrir mi madre con la pérdida de Isabel y Juan... No me extrañaba que no los hubiera sobrevivido más de seis años. Mucho me parecía para la profundidad de la herida que la pérdida de un hijo infligía en el alma. Si para mí era tan lacerante cuando apenas había pasado tiempo con él, ¿cómo debía de ser perderlos cuando ya eran adultos?

Me volví hacia mi esposo y me refugié en el consuelo de sus brazos, que me estrecharon con fuerza. Apoyé la cabeza en su pecho, a la altura del corazón, pero mis sollozos no me dejaron oír latido alguno. Supe por la rigidez de su cuerpo que Enrique se estaba esforzando por no derrumbarse. Para él, aquel era un trance insólito. Por primera vez se enfrentaba al desconsuelo profundo; por primera vez, la vida le demostraba que nadie, ni siquiera un rey, estaba por encima de los designios divinos. Tenía entendido que, frente a los demás, el rostro del rey se demudaba tanto que ni siquiera los embajadores se habían atrevido a darle todavía el pésame.

Lo abracé aún más.

XII

El buen hacer de una reina

Mayo de 1512

Era una mañana tranquila y apacible en la que el sol inglés se mostraba más extrovertido que de costumbre, por lo que la tentación de dejar mis quehaceres y deleitarme a mi solaz en los hermosos y aromáticos jardines del palacio resultaba apremiante. No obstante, mi responsabilidad como reina pesaba más. De hecho, en los últimos años me había afanado en hacer de mi cargo algo más que un medio para perpetuar el linaje de mi esposo.

En cuanto hurgué en los entresijos sociales que conformaban la realidad de mis súbditos me di cuenta de que había mucho que hacer. Demasiadas personas sufrían por hambre y pobreza, lo que en ocasiones las llevaba a delinquir o a perecer en las calles en el más absoluto desamparo. Ancianos y niños morían ante los ojos impasibles de una Inglaterra en supervivencia y un Londres aletargado.

Por eso todos los meses dedicaba un día entero a firmar la entrega de mensualidades a cargo de la Corona, pues de nada servía tener las arcas reales llenas si su contenido no se destinaba a socorrer a quienes más ayuda necesitaban. El pueblo recibía leña, ropa, carbón y alimento, además del auxilio que provenía de las fundaciones de caridad que yo misma había fundado y en cuya implicación había logrado involucrar a algunos miembros de la nobleza. A veces me personaba en los albergues de los pobres para conocer de primera mano su situación y lo hacía ataviada como una hermana laica miembro de la Tercera Orden de San Francisco, a la que pertenecía, pues no solo era lo adecuado, sino que habría sido de muy mal gusto presentarme ante gente tan desdichada vestida con mis ricas prendas. Constituiría una vergüenza difícil de soportar.

Una vez firmados los papeles pertinentes me detuve en los documentos que habían llegado de Oxford y Cambridge con relación al estado de las cátedras con las que había dotado a dichas universidades, así como las becas con las que pretendía dar una oportunidad de estudio a alumnos en situaciones precarias que tuvieran el talento y la predisposición necesarios para sacar provecho. Me gustaba estar al tanto de sus progresos, comprobar de primera mano el impacto de mi buen hacer.

Mi fiel María de Salinas insistía en que la corte estaba impresionada conmigo y que a mi esposo se le notaba el orgullo en el rostro cada vez que alguien aludía a mis logros en su presencia, pero yo desestimaba los elogios con un vago ademán. No hacía eso para recibir adulaciones ni para henchir mi vanidad, sino para ayudar al prójimo y convertirme en alguien merecedora de reinar por medio de mis actos, además de mi sangre y mi matrimonio.

Tomás Moro, con quien me había reunido en numerosas ocasiones con motivo de esas ambiciones, me dijo cierta vez que era la clase de reina que Inglaterra llevaba décadas necesitando y que incluso se lo había mencionado al propio monarca, con quien congeniaba sorprendentemente bien. Lo cierto era que resultaba fácil estar en presencia de aquel hombre, pues poseía un carácter humilde, honesto, irradiaba confianza y siempre tenía una palabra amable en los labios o, como mínimo y en el caso de que su interlocutor no fuera de su agrado, educada.

Con su respaldo conseguí invitar a Richmond a decenas de eruditos, filósofos, pensadores, literatos y hombres de ciencia, que fueron recibidos con un cálido entusiasmo. El mismo con el que los acogió Enrique, pues aunque sus inclinaciones lo llevaban a frecuentar demasiado las cacerías, los torneos y las fiestas, también disfrutaba de los libros, de la poesía, de la oratoria y de la música; de hecho, era un excelente compositor. Aquella faceta sensible y culta de mi esposo me seducía sobremanera dado que le confería un carácter especial con respecto al resto de los caballeros ingleses. La corte inglesa había sido tradicionalmente menos refinada que la española, por citar la que más familiar me resultaba aparte de la inglesa, de modo que Enrique no tendría por qué haber desarrollado esas sensibilidades, y sin embargo las tenía. Ahora él y yo, con el apoyo incondicional de Moro y otros cortesanos, poníamos remedio a tantos años de lúgubres costumbres, en las que no solían tener cabida las virtudes del intelecto o el arte. Al menos, no en la medida acostumbrada en otras cortes europeas.

Era una época de esplendor y crecimiento, un tiempo de esperanza en el que las circunstancias solo nos permitían vislumbrar un único futuro de prosperidad y bienestar. Únicamente mis ansias de ser madre y consagrar así mi posición como reina empañaban mi tranquilidad, y solo algunas heridas que no terminaban de cicatrizar ensombrecían mis momentos de júbilo.

XIII

Vestigios de otra era

Septiembre de 1513

Granada vino a mi mente de nuevo, como en tantas otras ocasiones en las que me refugiaba en los brazos amables de una infancia intacta en mi recuerdo, cuando la vida era sencilla y todo estaba por ocurrir. Aunque sería más justo decir que sencilla era mi percepción de la vida y no la vida en sí, pues fueron numerosos los retos a los que tuvieron que hacer frente mis padres, por mucho que se lo ocultaran a sus hijos mientras no fueran lo suficientemente mayores como para entenderlos.

Sin embargo, en mi memoria temprana se esconde un pasaje de horror que nunca he logrado olvidar: los cuerpos mutilados y ensangrentados por las calles de aquella ciudad y sus campos. La Toma de Granada había sido cruel, inclemente y sangrienta, y aunque a nosotros nos trajo gloria, a muchos otros les trajo muerte. Aquello no perturbaba mi conciencia, pues sabía en qué términos se libraron aquellas batallas y qué había en juego, pero una no puede evitar sentir compasión ante la visión de un cuerpo humano tirado en la calle, teñido de escarlata y con una mueca de dolor perenne en su rostro inerte, como si ser hijos de Dios y por ende hermanos no significara nada.

Esa mañana en Flodden, cerca de la intempestiva Escocia, me asaltó el mismo desasosiego. Al paso sobre mi robusta montura, observé el campo verde salpicado de muerte. Los cadáveres de los enemigos de Inglaterra se amontonaban bajo el cielo plomizo de un verano traicionero.

En los últimos meses, los conflictos diplomáticos entre Francia, Inglaterra y Escocia se habían sucedido hasta desembocar en aquella matanza. Escocia, alentada por Francia y los tratos que mantenía con esta, había decidido sublevarse contra Inglaterra, atrevimiento que solía perpetrar cuando el rey abandonaba sus tierras en busca de conquistas francesas, como era el caso, por lo que la amenaza no se recibió con sorpresa en Londres.

A mí, que no conocía demasiado a los escoceses, su intención de atacar Inglaterra me parecía una osadía inadmisible. Inglaterra era una tierra aliada desde hacía más de diez años y su fraternidad con Escocia se había consagrado mediante el matrimonio de Margarita, la hermana de mi esposo, con el rey Jacobo. Pero ni siquiera eso había enfriado el ánimo beligerante de Escocia hacia Inglaterra y había recaído en mí la tarea de sofocar aquel fuego.

Enrique se encontraba en Francia presentando batalla como miembro de la Liga Santa, de la que España formaba parte como su activo más poderoso. Así que mi esposo y mi padre se hallaban al otro lado del mar, bajo el amparo del papa, mientras yo estaba sola en aquella remota isla como reina regente.

Sin embargo, no necesité tutela ni auxilio, tan solo la confianza de los hombres que Enrique había dejado a mi disposición y del Reino. Y me la concedieron, pues pronto vieron que era tan capaz y resuelta como cualquier líder varón, y cuando viajamos al norte para ocuparnos del asunto escocés, pasé revista a las tropas, charlé con los generales y formé parte de los consejos y las reuniones donde se trazaba la estrategia bélica para vencer en aquella contienda.

En los años previos a mi marcha de España, mi padre y yo habíamos compartido largas tardes de charlas y confidencias en las que me instruyó en el arte de guerrear, nociones a las que no había tenido que recurrir hasta aquel verano de 1513. Me sorprendió lo bien que recordaba aquellas lecciones que Fernando de Aragón impartió a la que, decía, era su hija favorita, no con la idea de que fueran a resultarle útiles en el futuro, sino con la de satisfacer una curiosidad infantil del todo inofensiva a la vez que alimentar una vanidad masculina que se lucía más en el ámbito de la paternidad.

Pero al final sí resultó útil. Los escoceses habían sufrido una derrota indiscutible. El duque de Norfolk se acercó a mí al trote.

—Alteza —me llamó, y me volví con expresión interrogante—. La muerte del rey Jacobo se ha confirmado. Ha perecido en combate.

Asentí despacio. Noté el viento frío en la piel de mi rostro, la única que llevaba al descubierto. Reyes que morían en batallas, en condiciones crudas e inmisericordes, como cualquier hombre. Parecía cosa de otro tiempo, de otra era.

—Que se ocupen del cuerpo —dije—. No olvidemos que era rey y cuñado de Su Majestad.

Norfolk asintió y espoleó su caballo para alejarse. Suspiré. El peto de piel repujada con engarces con el que había decidido ataviarme para la ocasión se amoldaba a mi vientre abultado, en el que ahora sentía unas patadas que, si bien habitualmente me traían mucha dicha, no lo hacían aquella mañana.

Reyes que morían. Reyes que estaban por nacer.

Era siempre tan incierto el destino de los hombres... Y a menudo tan cruel... Una corona en la cabeza no salvaba a nadie.

Sobre el pecho sentía el tacto duro de mi crucifijo de plata. Me llevé una mano enguantada al cuello, cogí la cadena, saqué la joya y la besé.

XIV

Espejismos

Marzo de 1514

Tal y como me habían informado al salir de la capilla, hallé a Enrique en mis aposentos, con su vestimenta de noche y la mirada perdida en el fuego atrapado en la chimenea. No supe cómo reaccionar. Hacía mucho que nuestros encuentros habían dejado de ser íntimos y especiales para pasar a ser un mero trámite. Y tampoco habían sido numerosos. Podía contarlos con los dedos de una mano y aún me sobrarían.

Mi triunfo en Escocia el verano anterior no renovó su devoción hacia mí, como yo había esperado, sino que avivó su frialdad y distanciamiento. Gestionaba la victoria escocesa como un mérito propio, a pesar de que, en el fondo, sabía que no lo era. Entendí que su infructuosa incursión en Francia, cuyo fracaso podía atribuirse en parte a la pronta retirada de las huestes de mi padre, había hecho mella en su dignidad de rey al tiempo que mi victoria había menoscabado su orgullo de hombre, algo insólito teniendo en cuenta que Enrique acostumbraba aplaudir mis logros, en particular aquellos que no se presuponían al alcance de las mujeres; jamás tuvo inconveniente en elogiar abiertamente mis cualidades como embajadora y consejera, así como mecenas.

Su irritación me resultaba anómala, aunque podía explicarse a través del comportamiento fementido de mi padre. Enrique estaba furioso con él, se sentía utilizado. Tras promesas de gloria en Francia por parte del rey de Aragón como herramienta de persuasión para que su yerno se uniera a él contra el enemigo común, Enrique, espoleado por la sed de gloria natural en un joven rey, se lanzó a la ofensiva y logró hacerse con dos pequeñas ciudades en la frontera norte: Tournai y Thérouanne. Sin embargo, hasta ahí llegaban sus grandes conquistas, todo porque Fernando II decidió no participar en igual medida en ellas y se limitó a despachar las peticiones de ayuda de mi esposo con vanas excusas. En ningún momento se planteó descuidar sus intereses por respaldar los de Enrique, pero le venía bien que las tropas inglesas incordiaran a los franceses en la frontera norte.

Cierto resquemor hacia la hija de tan engañoso aliado, aunque esta fuera su esposa, podía entenderse.

Con todo, había algo más. Yo sospechaba de Thomas Wolsey, un hombre que se enroscaba a la oreja del rey y le susurraba todo aquello que jamás se habría atrevido a decir en mi presencia. Sus inclinaciones francófilas no me pasaban inadvertidas, claro que tampoco él ignoraba las mías en el sentido contrario. Él y yo éramos las personas más cercanas a Su Majestad y remábamos en direcciones opuestas al respecto de políticas exteriores. Era muy consciente de que Wolsey tenía ojos y oídos en mi séquito, lo que me hacía recelar hasta de la seguridad de mis correos.

Pero ahora ya había pasado el otoño y el invierno tocaba a su fin. Las frustraciones que Enrique trajo consigo del campo de batalla se habían diluido en el correr de los días y al cabo solo pervivían las voluntades importantes, las que forjaban dinastías y gobernaban reinos. Al final, yo seguía siendo su esposa y era a mí a quien debía acudir para asegurar la Corona.

Aquella presión no me entusiasmaba. Aun así, estaba más que preparada para lidiar con ella. Era mi deber, para eso había sido educada. Y Enrique me amaba. Quizá no con las mismas gentileza y honestidad con las que yo lo amaba a él, pero me amaba.

Se volvió para mirarme.

—Sois muy hermosa —fue lo que dijo, y me acordé de nuestro primer encuentro carnal, hacía ya casi cinco años.

Tres sencillas palabras que apelaban a mis sentidos más superficiales... A pesar de ello, no pude evitar sentir una esquirla de debilidad en mi corazón, una vulnerabilidad y una gratitud que se agolparon en mi garganta y atenazaron mi voz. A mis veintiocho años ya no me sentía todo lo deseable que querría. Las mujerzuelas que frecuentaban el lecho de Su Majestad solían ser más jóvenes, tener la piel más tersa y las carnes más firmes e inmaculadas, pero pese a todo él seguía siendo capaz de mirarme directamente a los ojos y afirmar sin que le temblara la voz que yo era hermosa. Porque así me veía, y la verdad de un rey era la verdad de todos.

O así lo creí.

Sonreí azorada. Separé los labios para hacerle una pregunta, pero se ahogó en los suyos, que pronto sentí sobre mi boca con un ímpetu y una pasión que había estado a punto de olvidar.

Vestía de diario y Enrique nunca se había enfrentado a los intrincados mecanismos de la moda femenina, por lo que me preocupó que no supiera cómo proceder. En vano, porque supo desnudarme con una facilidad inesperada por mi parte, aunque comprensible si tenía en cuenta que entre sus placeres se contaba el de pasar mucho tiempo en compañía femenina. No dediqué a ese pensamiento más que un segundo, dispuesta a disfrutar sin reservas ni subterfugios de las atenciones de mi esposo.

Primero cayó al suelo mi tocado al estilo inglés, lo que dejó mi cabello al descubierto. Enrique lo liberó mechón a mechón, deshaciéndose de la redecilla de perlas y las horquillas que lo sostenían en un recatado recogido. El rubio ceniciento que caracterizaba mi melena se tornaba más oscuro con los años, pero no perdía ni la forma ni el brío. Se deslizó en una cascada ondulada sobre mi espalda y el fuego aprovechó para arrancar de ella unos destellos cobrizos que atrajeron la atención de mi esposo. Tomó un mechón de mi cabello, lo acarició, se lo llevó al rostro y aspiró su fragancia sin apartar los ojos de mí. Me resultaba fascinante su habilidad para la seducción, como si hubiera tenido que sobresalir en ella por supervivencia, nada más lejos de la realidad. Su posición y aspecto habrían compensado con creces cualquier torpeza en el ámbito de la sensualidad y aun así la dominaba. Eso me resultaba atractivo hasta casi lo impúdico.

Con delicadeza, me despojó del corpiño granate y finalmente de mis faldas y enaguas. Me besó con un ímpetu y una urgencia tales que sentí que me flaqueaban las piernas. Se separó con suavidad de mí y me miró con esa neblina tan familiar en sus ojos azules, la que pronosticaba deseo, ardor, desenfreno. Me acarició el cuello, y sentir cómo hundía sus dedos en mi cabello hizo que me pusiera de puntillas en busca de otro beso. Me gustaba que fuera más alto que yo, más fuerte, dominante. Me gustaba el cariz rasgado que su voz adoptaba cuando llevaba mucho tiempo sin hablar y esa forma tan suya de mirar a la gente, como si tuviera los atributos necesarios para proclamarse rey en cualquier circunstancia y realidad, incluso en una vida en la que su sangre no le hubiera garantizado corona alguna.

Mientras me conducía al lecho pensé que estaba locamente enamorada de mi esposo, que el amor traía una dicha capaz de curar todos los males y que un matrimonio regio en el que hubiera nacido aquel sentimiento tan noble y extraordinario era sin duda una bendición. Ningún matrimonio que se cimentara sobre aquello podía desmoronarse. La semilla que se plantó aquella noche germinaría solo para traer, una vez más, muerte temprana a mi lecho ensangrentado.

XV

La antesala de la traición

Octubre de 1515

Recibí al recién nombrado cardenal Wolsey en mi despacho, sentada tras el escritorio desde el que administraba las ayudas para el pueblo y los programas universitarios a los que había dotado de varias becas. Cuando entró y se inclinó cordialmente al verme sentí un aguijonazo de ira en el pecho. Qué extraño en mí, pero aquel hombre me irritaba hasta lo insospechado. Vestía el rojo propio de su rango, lo que le hacía destacar en el entorno austero de mis dependencias.

En los últimos meses había medrado hasta conseguir el favor casi incondicional de Enrique, quien parecía confiar en el viejo cardenal más que en sí mismo. Wolsey era un hombre astuto y ambicioso, una combinación peligrosa que exigía mi atención más acusada. No me pasaba inadvertido que era él quien proporcionaba a mi esposo sus amantes. No siempre, por supuesto, pues el rey tenía instinto más que de sobra para cazar solo, pero el cardenal alentaba esa faceta desinhibida e indecorosa de Su Majestad. Fuera como fuese, eso no era lo único que me desagradaba de él. Al fin y al cabo, los hombres siempre encuentran cómplices entre sus congéneres que condonen sus fechorías. Que Wolsey fuera cardenal, miembro de la Iglesia y, en definitiva, siervo directo de Dios no quería decir nada. Los brazos del diablo eran largos y podían llegar a la casa del Señor de la mano de hombres de espíritu corrupto.

Lo que más fatiga me causaba de su persona era ese afán por mediar en favor de los franceses, como si él lo fuera, empeño en el que no había cejado. Ya no se trataba de simples simpatías. Velaba por los intereses de aquel país rival más que por los de cualquiera, lo que me llevó a la inequívoca conclusión de que tenía relación con dignatarios de Francia, quizá hasta con su propio rey, y no un vínculo cordial cualquiera, sino la clase que se sustenta en el intercambio de favores. No sabía qué le habían prometido a cambio de remar en dirección a Francia desde la corte inglesa, pero tampoco me importaba demasiado. Solo sabía que Francia era enemiga de mi familia y que Inglaterra, para hacer honor a la alianza forjada por medio de mi matrimonio con Enrique, debía mantenerse firme frente a aquel protervo país, junto con España.

—¿Vuestra alteza ha solicitado mi presencia? —dijo Wolsey.

—Así es.

Me puse en pie. Tenía más que meditado qué iba a decirle,

aunque la decisión no había resultado sencilla. Durante semanas me había debatido entre permanecer en silencio y dejar que Wolsey continuara infravalorándome e ignorando el peligro que mi clarividencia respecto a sus intenciones podía suponer para él, o hacérselo saber. Al final me decanté por lo segundo.

—Mi esposo os ha tomado aprecio.

—No puedo sino esperar ser merecedor de semejante honor, alteza.

Pasé por alto su falsa modestia y rodeé mi escritorio mientras le dedicaba una sonrisa tan artificiosa como el palacio en el que nos encontrábamos.

—Es bueno que el rey se rodee de hombres honestos que solo velen por el bienestar de la Corona y de Inglaterra, hombres capaces y bien educados que sean conscientes de cuán absurdo sería anteponer sus pretensiones personales a los intereses de Su Majestad.

—Estoy de acuerdo —coincidió Wolsey.

Su voz destilaba conformidad, pero en sus ojos se apreciaba el nerviosismo natural ante la acusación tácita que acababa de lanzarle. Me complació ser testigo de su inquietud. Tenía que saber que yo no era ninguna tonta, que era capaz de ver en él lo que a mi esposo le pasaba desapercibido por el momento. Por el momento, y eso era clave.

—Aunque no es que el rey requiera de esas buenas compañías para mayor entendimiento de lo que acontece en su corte. Es observador e inteligente… Al final, termina por darse cuenta de quién está de su parte y quién no.

Wolsey entrelazó las manos y cogió aire, pensativo. Sus labios finos se tensaron en un rictus de astucia maliciosa.

—Diría que todos los que frecuentamos Richmond estamos de su parte, ¿o me equivoco?

—La parte del rey también es la de su familia, eminencia, así que deseo de corazón que estéis en lo cierto, pero me daréis la razón en que la confianza siempre es la antesala de la traición.

Wolsey sonrió y asintió complaciente.

—Sin duda, alteza, es una sabia reflexión. ¿Puedo ayudaros en algo en particular?

Lo medité un instante, pero finalmente negué con la cabeza.

—Tan solo quiero desearos suerte en la ardua tarea que es servir tan de cerca a Su Majestad. Servirle bien, quiero decir. No es sencillo. Servirle mal tampoco lo es; se paga caro.

—Gracias por vuestros buenos deseos —dijo impertérrito.

Hice un ademán que permitió marcharse al cardenal. Fue entonces, al quedarme sola, cuando lo sentí.

Esa suerte de puntapié interno que confirma vida gestándose en el vientre. Me llevé las manos al abdomen y sonreí. El miedo a un aborto desde que empezó a faltar mi sangrado me había tenido atenazada en la intimidad de mi pensamiento, pero ahora podía respirar un poco más tranquila... Aunque no del todo. La vida me había demostrado en demasiadas ocasiones lo frágil que era un bebé incluso cuando ya había nacido. Sobre todo cuando ya había nacido. Según mis cálculos saldría de cuentas el próximo febrero.

Abandoné mi despacho en dirección a mi oratorio. Tenía que rezar.

XVI

Una vida por otra

Febrero de 1516

Cuando me pusieron a la niña en los brazos tuve que esforzarme por no llorar, aunque esa vez no serían las lágrimas amargas que la maternidad acostumbraba a traerme, sino otras bien distintas, de júbilo.

Contemplé el rostro de mi hija y me pareció fuerte y sana. Claro que un buen alumbramiento no prometía salud perpetua ni para la niña ni para mí, pero había algo en ella, en la serenidad con la que dormía, que me hizo pensar que también yo podía descansar, no solo físicamente. No era un varón, cierto, mas, al contemplar su pequeño rostro aún hinchado, su naricilla, sus labios y sus ojitos cerrados, no me importó que no lo fuera. Era un milagro de Dios.

—María —susurré sin poder ahogar el timbre de emoción que brotó en mi voz.

Su tocaya María de Salinas, que se encontraba a mi lado, sonrió con emoción.

—Es tan hermosa... Digna hija de reyes.

—¿Ha sido informado mi esposo?

—Sí. Está de camino.

Asentí.

Enrique ya no acostumbraba aguardar al otro lado de la puerta durante mis partos. En los últimos años su entusiasmo respecto a la paternidad se había enfriado, y no podía evitar sentirme responsable.

El repiqueteo de la lluvia contra las ventanas ya no era tan intenso como lo había sido a lo largo de la noche. El amanecer se acercaba.

Mi esposo llegó a la estancia al cabo de un rato con el vigor que lo caracterizaba. María de Salinas se separó del camastro en el que se encontraba su señora para permitir el paso al rey.

—Dejadme verla —ordenó Su Majestad con un timbre de urgencia y entusiasmo en la voz.

Fui incapaz de disimular la sonrisa que su ánimo contagioso me inspiró.

—Esta es María, vuestra hija.

Le mostré a la niña entre mis brazos y la tomó con delicadeza para contemplarla mejor.

—Parece fuerte.

—Las parteras aseguran que el suyo es un llanto potente, una muy buena señal de salud.

—Bien. Autorizaré las celebraciones por su nacimiento e informaré al consejo de que mi hija será bautizada María en honor a mi hermana.

Eso era lo que le había dejado pensar la vez que hablamos de nombres y barajamos el de María cuando nos enfrentamos a la posibilidad de que la vida que llevaba en el vientre no fuera la de un varón. Yo prefería pensar que se llamaba así por mi estimada, queridísima amiga que me había acompañado en mi día a día desde que abandonamos España. La miré de soslayo y vi que su sonrisa permanecía intacta en sus labios rosados.

Enrique me devolvió a nuestra hija y depositó un suave beso en mi frente al tiempo que me acariciaba la mejilla con fervor.

—Algún día anunciaremos el nacimiento de un varón —me susurró al oído.

Fruncí el ceño sin saber cómo interpretar sus palabras. ¿Era un ruego? ¿Una consolación? ¿Una exigencia? En cualquier caso, ¿por qué no desterrar, aunque fuera durante un día, la preocupación que tanto lo carcomía si aquella era una jornada feliz, de júbilo, en la que nos habíamos convertido en padres de una criatura sana y perfecta?

Enrique se apartó de mi lado y volví a mirar a mi hija. Sí, perfecta. Entonces comprendí que la satisfacción que mi esposo había expresado no se debía al valor de María en sí, sino a la prueba en la que se traducía su existencia, la que demostraba que yo seguía siendo capaz de dar a luz hijos sanos y que solo era cuestión de tiempo que al final tuviéramos un niño. Pero al cogerla en brazos Enrique únicamente había querido comprobar su robustez; al cogerla en brazos, solo proyectó en ella el anhelo de que hubiera nacido con otro cuerpo. No advirtió lo maravillosa que era por el simple hecho de estar allí y ser fruto del amor que existía entre él y yo. O que había existido. Era perfectamente consciente de que los fuegos de la pasión se habían apagado en Enrique en lo que a mí respectaba, o quizá quedaban ascuas débiles, pero en cualquier caso tenía la esperanza de que, más allá de los ardores de la carne tan propios de los comienzos y, sobre todo, de la juventud, aún guardara hacia mí un afecto sincero, cosecha de un pasado, un presente y un futuro compartidos. ¿Podían los hombres amar así?

Besé a mi hija en la frente y le hice una promesa silenciosa: que lucharía por ella y por convertirla en una mujer capaz cuyos conocimientos y habilidades compensaran con creces la inconveniencia de su sexo. No la relegaría a los puestos casi decorativos con los que solían conformarse las damas inglesas en aquella corte que, hasta mi llegada, se desenvolvía en las sombras del desconocimiento y la ignorancia. María era Tudor y Trastámara y debía tener una educación acorde con la dignidad de su sangre.

Oí un murmullo al otro lado de la puerta y entonces me percaté de que estaba sola en la habitación. Ni Enrique ni tan siquiera María se encontraban ya allí, pero sin duda eran sus voces las que me llegaban. ¿Cuándo se habían ido? ¿Fue María quien salió tras el rey o el rey le ordenó que lo hiciera para poder hablar con ella discretamente? Cualquier opción era factible, pues su amor por mí los había unido a lo largo de los años y en ese vínculo habían encontrado cierto congenio, por lo que su relación permitiría tanto lo uno como lo otro. Hablaban en voz baja de forma que la lacónica conversación fue casi ininteligible para mí.

Cuando María volvió a entrar, descifré la tensión en su rostro contraído.

—¿Qué sucede? —quise saber.

—Alteza... —empezó—. Hace unos días llegaron nuevas de España. No os dimos parte por prescripción médica.

—O sea, que son malas noticias.

—Lo son, alteza. —María se mordió los labios y, sin mirarme, se acercó más a mí—. Vuestro padre ha fallecido —anunció al tiempo que devolvía su mirada a mi rostro—. Enrique lo supo hace tan solo dos días y me lo comunicó de inmediato. Acordamos que sería yo quien os diera la noticia. Lo siento mucho, Catalina.

Un Fernando de Aragón joven y fornido brotó en mi memoria como una flor al comienzo de la primavera. A lomos de su montura alazán, tenía un porte majestuoso, como de héroe de leyenda. O eso me parecía cuando tan solo era una niña y en el mundo no había un hombre más fuerte ni más listo que mi padre. Curiosamente, así lo recordaría siempre; no como el anciano que casi se desentendió de mí en cuanto puse un pie en territorio extranjero y que se casó con una mujer mucho más joven que la más pequeña de sus hijas, una de las cuales había mandado confinar en una torre en Tordesillas sin que le temblara el pulso, sino como aquel monarca victorioso responsable, junto con su capaz esposa, de ultimar la lucha que había heredado de sus antepasados y a la que, como ellos, había dedicado buena parte de su vida.

Volví a mirar a mi hija.

—Nos esperan días de luto —concluí en voz baja.

XVII

La mirada del león

Agosto de 1517

Había ocasiones en las que el sol inglés no tenía nada que envidiar al español. Me sentaba bien; más aún, hasta yo me encontraba de buen humor. Y así pasé todo el verano gracias a algo que sucedió en primavera y que me había granjeado la devoción de muchos de mis súbditos, detalle que Enrique sabía apreciar, pese a que en esa ocasión había nacido de un enfrentamiento directo con él.

El pasado mayo, imbuida de una tremenda compasión, me presenté ante el rey vestida de blanco y con el cabello suelto, dispuesta a suplicar por la vida de algunos aprendices a quienes se acusaba de participar en el Mal Día de Mayo, una revuelta en la que muchos jóvenes que se dedicaban a aprender un oficio, acompañados por mendigos y vagabundos, asaltaron casas y comercios de extranjeros pudientes que amasaban una fortuna que ellos no podían ni soñar, con independencia de cuán duro trabajaran.

Los alemanes con sus manjares, los flamencos con su joyería y sus armaduras y los italianos con sus sedas y sus terciopelos podrían haber recurrido a la mano de obra inglesa para sacar adelante sus negocios y, así, alimentar a tantas familias locales que necesitaban sustento. En lugar de eso, sin embargo, se limitaban a pasearse con todos sus lujos por entre las residencias que bordeaban el Támesis sin dedicar ni medio segundo de atención a las penurias de los londinenses, lo que terminó de avivar un resentimiento que desembocó en violencia. Al grito de «¡Aprendices y gremio!» iniciaron reyertas que se recordarían en Londres durante mucho tiempo. Los soldados y el fuego de los cañones de Su Majestad terminaron por sofocar la revuelta, que acabó con más de una decena de sus líderes ahorcados y centenares de jóvenes, muchachos de apenas quince, dieciséis o diecisiete años, apresados a la espera de idéntico funesto destino.

Fui yo, que tan de cerca había visto las penurias de los ciudadanos, quien intercedió por ellos. No justificaba lo que habían hecho, pero entendía muy bien la rabia y, sobre todo, la desesperación subyacente detrás de aquel acceso de ira que los llevó a delinquir y atentar contra el prójimo. Lo hice pese a que, en dichos disturbios, se derramó también la española entre las demás sangres extranjeras. Creo que fue eso lo que impelió a Enrique a acceder a mis súplicas, que pronuncié delante de varios de los condenados, pues acudí a la sala en la que los estaba juzgando en cuanto tuve noticia de la situación. Ya tenían una soga al cuello cuando llegué.

No tardaron en difundir la historia por todas partes. Y yo no tardé en notar el renovado afecto de mis súbditos por su reina. Me querían. Me querían pese a no haberles dado un príncipe todavía. Y ese afecto me llenaba de dicha. Tanta que todavía la sentía aquel verano, tres meses después.

Esa mañana me encontraba paseando por los cuidados jardines de Richmond en compañía de mi fiel María de Salinas y de dos doncellas más que caminaban a nuestras espaldas. Una de ellas, Bessie Blount, tenía solo quince años y había pasado a formar parte de mi séquito en primavera, aupada a las altas esferas por su propio padre, que servía a Su Majestad desde hacía años. La inquietud me embargó en cuanto me reuní con ellos para valorar su admisión entre mis damas de compañía. La joven Elizabeth era muy hermosa, con su piel marfileña, sus ojos azules y límpidos, su cabello trigueño que competía con las pocas alhajas doradas con las que habían adornado su cuello y sus orejas. Detuve mis ojos en la piel tersa de su escote pronunciado, en las curvas definidas de aquel cuerpo menudo. Demasiado bonita. Saldé aquel encuentro con el compromiso de meditar sobre su incorporación y darles una respuesta al cabo de pocos días.

En la soledad de mi oratorio, reflexioné. ¿Qué era lo que me hacía sentir aversión hacia su belleza? Mis pensamientos recaían en el miedo a que Enrique se fijara en ella. No era una cuestión de vanidad o de envidia lo que me hacía observar a aquella muchacha con recelo; era la amenaza que su feminidad vertía sobre la mía. A mis treinta y un años yo ya no era tan deseable como antes, pero aunque lo fuera no habría bastado para saciar el hambre de Enrique, esa libido que parecía vencer cualquier atisbo de recato y de deferencia hacia su esposa. Enrique disfrutaba de los placeres de la carne tanto como para ansiar no solo cantidad sino también variedad. Se cansaba rápido de la belleza una vez que la cataba. Había aceptado esa faceta de mi esposo, aunque eso no significaba que me agradara.

Por otra parte..., ¿acaso los nobles que recurrían a la influencia de Su Majestad para introducir en la corte a sus hijas y a sus sobrinas desconocían el peligro al que las exponían? No me gustaba pensar en Enrique como un depredador, pero lo era. Tenía veintiséis años y se creía dueño y señor de todo aquello sobre lo que posaba la mirada.

¿Qué fue, entonces, lo que me hizo aceptar a Bessie entre mis filas?

—Rechazar a una muchacha por su belleza no hará que los escarceos de vuestro esposo mengüen, Catalina —me había dicho María una tarde en la que le confesé mis tribulaciones—, mas sí harán que una joven honrada no acceda al cumplimiento de sus aspiraciones por algo de lo que no tiene la culpa.

—Pero ¿son sus aspiraciones o las de su padre?

—En el caso de las muchachas de su clase, ¿qué diferencia hay? La cuestión es que negarle lo que solicita no acabaría con aquello que alimenta vuestra intranquilidad.

María siempre tan sabía. Tenía razón. Tenía toda la razón.

Si rechazaba a Elizabeth, al cabo de unos días me propondrían a otra candidata, quizá no tan atractiva, o quizá más. Y yo necesitaba damas de compañía. Mi posición así lo exigía.

Así pues, aquella mañana de agosto flotábamos con ligereza entre las rosas y los lirios del perfumado jardín cuando nos cruzamos con Charles Brandon y el propio Enrique, pues acostumbraban a disfrutar de un paseo juntos después de jugar al tenis.

Brandon me inspiraba simpatía, igual que a María, que de hecho era madrina de una de sus hijas, y es que el duque de Suffolk siempre fue un hombre honesto de lealtad incuestionable hacia Su Majestad. Eso me tranquilizaba, ya que sabía que Enrique podía confiar en él. Era agradable comprobar que mi esposo no solo se rodeaba de serpientes interesadas como el cardenal Wolsey, sino que contaba con auténticos amigos que compartirían con él visiones sinceras sobre los asuntos que le ocuparan, y Dios sabía que Enrique necesitaba de perspectivas limpias que arrojaran luz sobre las dobleces que ocultaban ciertas personas.

—Buenos días, señoras —saludó el rey.

—Majestad —murmuraron mis damas al unísono al tiempo que hacían una rápida reverencia.

Me limité a inclinar la cabeza.

—¿Quién ha salido vencedor del partido?

—Su Majestad, como de costumbre. —Charles sonrió—. Le he pedido la revancha, pero no ha querido renunciar al sabor de la victoria tan pronto.

Enrique soltó una sonora carcajada.

—Mañana, Charles, mañana.

A nadie más permitía semejantes confianzas. Era reconfortante verlos tan próximos tras lo acontecido hacía apenas dos años, cuando Charles desposó a María, la hermana del rey, sin permiso de este ni de nadie, lo que le valió una prolongada expulsión de la corte así como una importante sanción económica. A pesar de todo, la estima en la que Enrique tenía a su amigo le hizo fingir ceguera ante el delito de traición que había cometido al contraer nupcias sin autorización con una princesa de Inglaterra. Al cabo de unos meses zanjaron el asunto, e incluso se celebró una boda en el palacio de Greenwich que sustituyera en el recuerdo y en la noción de todos aquella ceremonia secreta y prácticamente clandestina que había tenido lugar en París, cuando Charles fue a recoger a María tras quedar ella viuda. Mi cuñada amaba a Charles Brandon, era una realidad, y en el fondo no podía evitar alegrarme de que viviera los sinsabores del matrimonio con alguien de quien estaba realmente enamorada.

—Os sienta bien la vida de casada, lady María —observó Brandon—. Tenéis buen aspecto.

En junio, mi María había celebrado el primer aniversario de su casamiento con un ilustre caballero llamado William Willoughby. El matrimonio fue un arreglo que yo misma organicé, ya que deseaba para mi amiga la felicidad de una vida cristiana en familia. Si tardé en hacerlo fue porque no quise conformarme con cualquier hombre para ella. William era un noble señor, no mucho mayor que ella, bien educado, de gesto afable y compromiso fiable. María, tal y como había observado el duque de Suffolk, parecía disfrutar genuinamente de su vida de casada.

—Soy muy dichosa, excelencia.

A continuación preguntó a Charles por el estado de su ahijada, y mientras él respondía me percaté de que los ojos de Enrique se habían perdido en algún punto a mi espalda. No necesité volverme para saber que lo que le había robado la atención era el rostro de Elizabeth Blount. Suspiré. Ahí estaba. Reconocía esa forma de mirar, tan descarada, tan apremiante, como el león que detiene sus ojos en el antílope que se sabe indefenso y condenado.

XVIII

La promesa de una madre

Noviembre de 1518

El ardor en la garganta por los gritos de dolor, el cuerpo entumecido por las largas horas en la misma postura. El sudor perlando mi piel, las esperanzas quebradas. Ocho meses de náuseas, tirones de espalda, almorranas, fatiga, mareos y vértigos. ¿Para qué? Para enfrentarme a la pérdida de un hijo mío una vez más.

Hija, en realidad. La última que parí.

Di a luz muerte, como de costumbre. Ni siquiera lloró. No estoy segura ni de que le latiera el corazón cuando me la sacaron del vientre. No quise verla y luego me arrepentí. Había sido mi hija por mucho que hubiera nacido exánime. Mientras creció en mis entrañas vivió, y yo era su madre. Y no me había atrevido ni a mirarla. Pero es que no habría sido capaz de conservar en mi memoria el recuerdo de su rostro y su cuerpecito inerte sin enloquecer.

Fue un parto duro, largo... Creo recordar que vi un amanecer y un anochecer desde el lecho ensangrentado. Enrique ni siquiera acudió a mí cuando todo hubo terminado. Y me sorprendí al darme cuenta de que no quería que lo hiciera.

Cuando recuperé las fuerzas me trasladé a mis aposentos recién aseados por mis damas de compañía, que se habían marchado sin olvidar un solo detalle, desde la chimenea encendida hasta un ramo de lavanda y tomillo que habían dispuesto en un jarrón para que perfumara la estancia. Solo Maud Green permaneció allí para atenderme. Después de casi una década a mi servicio ya la consideraba una amiga, pues el suyo era un carácter apacible, considerado y sencillo que solía reconfortarme cuando María de Salinas no estaba, como en esa ocasión.

Mi fiel amiga tenía obligaciones conyugales que atender, y mi parto temprano la había encontrado al norte de Inglaterra, en unas tierras que gestionaba junto con su esposo. Lo más probable era que no le hubiera llegado todavía la triste noticia. Curiosamente, lo último que había sabido de ella a través de una carta que me escribió y que leí poco antes de tener las primeras contracciones era que estaba encinta y que si algo lamentaba era no tenerme a su lado para hacerme partícipe de su milagro. No pude evitar pensar que la posibilidad de que María engendrara y diera a luz una vida no sería un milagro, solo uno de esos regalos que nos brindaba la naturaleza; el milagro sería que lo hiciera yo.

—Alteza —me saludó Maud en cuanto entré—. ¿Qué necesitáis?

Esbocé una sonrisa cansada.

—Ay, Maud, siempre tan eficaz... Me alegra teneros conmigo.

—Cuanto preciséis, alteza.

—Me consta que lleváis muchas horas seguidas de trabajo para asegurar mi comodidad y complacencia. ¿No os echará de menos vuestra familia?

—Mi familia se siente honrada de serviros a través de mí. Mi hija os envía sus mejores y más entusiastas deseos.

—Ah, la pequeña Catalina —dije mientras me metía en la cama—. Debe de haber crecido mucho desde la última vez que la vi.

—Así es, seis años tiene ya, mas no se olvida de su estimada madrina —explicó Maud con dulzura al tiempo que remetía los bajos de la ropa de cama—. Os admira en la distancia.

Palabras así acunaban mi pobre corazón convaleciente. Me hizo pensar en mi propia hija.

—Quisiera ver a María.

—Ya he ordenado que la traigan, alteza. Creí que sería bueno que os reunierais con ella cuanto antes.

Acaricié el dorso de la mano de Maud con el pulgar en señal de afecto y gratitud. Ella me miró con sus enormes ojos verdes abiertos como platos. Quizá fuera el primer gesto de esa índole que tenía con ella, tan cercano y cariñoso. No estaba segura. En mi mente siempre germinaba la idea de una caricia para con la gente a la que apreciaba, pero luego rara vez lo materializaba, pues como reina era muy consciente de mi posición y lo que se esperaba de ella. No obstante, aquel día no me sentía ni reina ni esposa. Tan solo mujer.

Maud se dirigió hacia el espeso cortinaje granate que colgaba de la pared e hizo amago de correrlo, pero la detuve.

—No. Dejad abierto. Me vendrá bien el sol.

—¿Estáis segura?

—Sí. Siempre me gustó el sol de noviembre —dije recordando los otoños desnudos de Granada y Medina del Campo—. Es el más indulgente del año.

María llegó acompañada de Margaret Pole, gobernanta de la casa de la princesa y fiel amiga mía que me había servido como dama de compañía durante muchos años, incluso en aquel séquito que tan poco duró cuando me casé con Arturo. Margaret gozaba de una dignidad incomparable, la única mujer inglesa que ostentaba un título nobiliario por derecho propio, el de condesa de Salisbury. Responsable, cabal, dedicada e inteligente, estaba convencida de que no había nadie más apropiado que ella para hacerse cargo de mi pequeña, que ahora se aproximaba a mí con sus pasitos veloces. Dos años y tres cuartos. Ninguno de mis hijos había vivido tanto, ni siquiera la mitad de ese tiempo ni mucho menos.

Era una dicha inconmensurable verla así, risueña, enérgica y con su propia autonomía. Si algo le llamaba la atención, se acercaba para tocarlo; si algo no le gustaba, hacía una mueca. Su cabello pelirrojo era como el de su padre, y sus ojos, de un azul oscuro como el mar cántabro desde el que vi las costas de

España por última vez, hacía ya tanto tiempo, me recordaban a los de mi madre, no por el color, sino por la astucia que desprendían; la clarividencia, como si sus pupilas tuvieran acceso a secretos del mundo que a los demás nos estaban vedados.

—¿Cómo estáis, mi princesa? —le pregunté cuando Maud Green la aupó para sentarla a mi lado.

—Bien —dijo María con su vocecita—. Hoy he *vito* una... una... *butterfly*.

—Mariposa —la ayudé.

Siempre le hablaba en castellano y ella lo aprendía con facilidad, aunque el inglés solía abrirse camino con más facilidad aún.

—¿*Maiposa*?

—Eso es —dije riendo—. ¿Y de qué color era la mariposa?

—*Banca*.

—Ah, mirad, como vuestra piel. —Le di un toque suave en su naricilla, lo que le arrancó una risa cantarina que sanó mi alma—. Os gusta el aire libre, ¿no es cierto?

—Sí.

—El aire libre es maravilloso. —Miré a Margaret Pole—. ¿Hacía buen tiempo?

—Un día espléndido —corroboró la condesa.

No lo dudaba, pero sentí la necesidad de preguntar. Margaret quería a la niña y nunca la sometería al riesgo de un resfriado. Residía en Richmond, al igual que la mayoría de los miembros de la servidumbre de mi hija, que solían ir de acá para allá con sus libreas de color azul y verde como símbolo inequívoco de quién era su señora. Yo misma insistí en que ni

María ni su séquito se alejaran de mí durante, al menos, los primeros tres años, pues ansiaba tenerla cerca, verla crecer, estar en su compañía, hablarle en mi lengua materna y que la aprendiera conmigo. En múltiples ocasiones fui yo quien se ocupó personalmente de sus cuidados, y lo que a otras reinas se les antojaría una bajeza impropia de su rango a mí me parecía un regalo.

—Alteza… —interrumpió entonces Elizabeth Blount, que hasta entonces había permanecido en la sala adyacente donde solían reposar mis damas—. El rey está aquí —anunció.

Me erguí entre mis almohadones y peiné el cabello fino de mi hija. Asentí en dirección a Bessie, que abandonó la estancia.

Al poco, Enrique hizo su aparición. Su aspecto me pareció imponente, más que en otras ocasiones. Era posible que no se debiera tanto a su apariencia como a la noción cristalina de que, con aquel último parto fallido, algo se había resquebrajado entre nosotros para siempre. O quizá sea la memoria lo que me hace pensar en ello con una lucidez y una comprensión de las que carecía entonces. En cualquier caso, cuando lo vi ante mí con sus hombreras abombadas, sus mangas coloridas con un patrón de franjas amarillas y su cadena de oro y rubíes adornando la parte superior del jubón sentí un nudo en la garganta. No era miedo ni congoja. Era vergüenza por mi ineptitud para hacer lo único que de verdad debía.

Al verlo, la pequeña María saltó de la cama y corrió hacia él con un «father» emocionado en los labios. Él la cogió en brazos y la alzó como si no pesara más que una pluma.

—Mi querida María —dijo justo antes de estamparle un sonoro beso en la mejilla—. ¿Cómo os encontráis? Brilláis más que las estrellas.

Mi pequeña rio ante la galantería de su padre.

—Hoy he visto una mariposa —le contó.

—Seguro que no era tan bonita como vos —zanjó, y la volvió a sentar en la cama.

En momentos como aquel habría deseado no tener ni ojos ni oídos para verle como un gran padre, no porque no me alegrara que lo fuera, sino porque me reconcomía pensar que mi incapacidad para traer hijos sanos al mundo había sofocado parte de aquel espíritu. Además, dicha actitud reforzaba mis sentimientos de amor por él, y eso era lo último que necesitaba en ese momento, cuando nuestra relación se estaba viendo herida en lo más hondo. Ya no recordaba la última vez que Enrique acudió a mi lecho por deseo y no por obligación. Y mezclar el deber con un placer tan preciado para él le disgustaba sobremanera, así que cada vez lo hacía menos.

Me miró.

—¿Cómo os encontráis?

Fue una de esas extrañas y escasas ocasiones en las que no fui capaz de reunir la entereza necesaria para responder como una reina lo habría hecho.

—Triste —confesé sin más.

Enrique suspiró y contempló a María con un aire de desesperanza y resignación. Se marchó sin añadir nada.

Sentí unas ganas irrefrenables de llorar. Hice un ademán para que mis damas de compañía abandonaran la estancia y en cuanto estuve a solas con María tragué saliva para disipar el llanto.

Estaba tan cansada... No habría sabido describirlo ni aunque conociera todos los idiomas del mundo. Perder a un hijo era lo más doloroso que me había pasado jamás, y ya lo había experimentado demasiado. Sabía que era ley de vida, pero eso no me proporcionaba tanto consuelo como cabría esperar. Al dolor emocional de la pérdida se sumaban los dolores físicos que acarreaban los partos dificultosos y el pesar que me invadía al pensar que no había cumplido mi más importante obligación como reina: dar a luz a un heredero varón que asegurara la dinastía, una dinastía reciente y de orígenes endebles que no se asentaría del todo hasta que hubiera en el mapa un niño que pudiera perpetuarla.

Miré a María. ¿Cómo una criatura tan extraordinaria, tan magnífica, podía ser insuficiente? Sacudí la cabeza. Creo que mi madre me habría reprendido por pensar así.

«Si bien es cierto que las mujeres tenemos tendencia al sentimentalismo, a la falta de razón en ocasiones puntuales, no es menos cierto que no podamos dominarla y hacer buen uso de nuestra conciencia, que, por otra parte, proviene del mismo Dios que la de los hombres», le oí una vez en una discusión con mi padre.

Sus disputas no eran acaloradas, pero la ira que no se manifestaba en la voz de mi madre solía refulgir en sus ojos, a los que no sabía silenciar. Qué no habría dado por poder hablar con ella una vez más...

Acaricié la cabecita de mi pequeña. No quería volver a

pasar por el trance de perder a un hijo, de llevarlo en mis entrañas durante meses para tener que decirle adiós antes siquiera de poder besarle. Un infortunio más de aquella índole y quizá la pérdida fuera doble. No me veía con ánimos de seguir intentándolo; más aún, tenía la extraña sensación de que mi cuerpo no gozaba ya de la capacidad de concebir. Ese último parto había sido muy duro y a punto estuve de no sobrevivir. Los médicos debieron intervenir con artilugios que no deseaba ni recordar.

Abracé a María. Solo la tenía a ella y los designios eran claros.

—Vos seréis reina —le susurré al oído.

Fue una promesa.

XIX

Celebraciones amargas

Junio de 1519

Torneo, justas, festines, lizas. Todo lo que tendría que haberse llevado a cabo en honor a un hijo mío lo tuvo el bastardo de la joven e inocente Bessie Blount. Sí, inocente, después de todo. En invierno abandonó la corte alegando una indisposición física que se alargó durante meses y meses. Fue en abril cuando empecé a temerme lo peor, que se confirmó en la última semana de primavera: Elizabeth Blount, que había ejercido como una de mis damas de compañía durante los últimos dos años, acababa de dar a luz un hijo de Su Majestad. Un hijo. Un varón.

Sano, al parecer.

Henry Fitzroy se llamó, ni más ni menos. Fitzroy: hijo de rey. La tarde en que María de Salinas me comunicó la noticia me la pasé llorando amargamente, presa de un sentimiento de frustración, impotencia y humillación que apenas me dejaba respirar. Fue la primera vez que me revolví contra mi Señor. «¿Por qué, Dios, bendices a esa muchacha impúdica con aquello por lo que yo tanto te he rogado?». Conseguí sobreponerme a mi malestar recordando que, por muy varón que fuera, Henry era un niño nacido fuera del matrimonio, y la legitimidad de una unión que contara con el beneplácito de la santa Iglesia era algo difícil de paliar si no se tenía.

Mas mi consuelo se vio mermado unos días después, cuando llegó a mis oídos que Enrique no solo había reconocido a su hijo como tal, sino que pretendía presentárselo a la corte en una celebración que coincidiría con la de su vigésimo octavo cumpleaños.

Me reuní con Juan Fisher, mi confesor. Arrodillada en el confesionario, admití mis sentimientos de aversión hacia la pobre Bessie Blount, quien, al fin y al cabo, solo era una joven sin carácter y de espíritu voluble que se había dejado embaucar por el carisma arrollador de mi esposo; yo bien lo conocía. Además, sufriría el castigo de tener que separarse de su hijo, pues la casa real sería la que se ocuparía de criarlo y en ella no había cabida para una dama de tan bajo rango, sin que su condición de madre compensara en lo más mínimo dicha falta.

—No puedo alegrarme por el nacimiento de una criatura inocente. Sé que debería, pues toda vida que pase a formar parte del Reino de nuestro Señor es motivo de júbilo, pero no lo consigo, padre. Ese niño, mal que me pese, amenaza la posición de mi María.

—¿Y qué posición es esa, alteza?

—La de heredera de la Corona. Es nuestro único vástago legítimo y, por lo tanto, a ella le corresponde ocupar el puesto de su padre y hacerse cargo de la dinastía Tudor y del Reino que esta lidera.

—¿No creéis que, como mujer, su destino la aboca a otros menesteres? Traer hijos al mundo, formar una familia y cuidar de ella.

—Sí, lo creo. Es la mayor dicha a la que podemos aspirar. Mas no lo juzgo incompatible con el gobierno de unas tierras, sean de las dimensiones que sean. Sé que es posible. Y le corresponde a ella.

—En ese caso, alteza, solo os resta rezar y aguardar. No descuidéis vuestras obligaciones y recordad que para vuestra hija, como para todos, sois reina antes que madre.

Primero, reina; después, madre.

Para todos menos para mí. Apreciaba mucho a Juan Fisher, su lucidez era un faro que me alumbraba en los trances oscuros, pero en aquella cuestión, por mucho que me empeñé, no conseguí adherirme a su punto de vista y enterrar mis preocupaciones respecto a la posición de María.

Lo peor llegó el 28 de junio, durante la celebración en la que Enrique presentó a su bastardo. Tuve que hacer acto de presencia.

Aplacar mi orgullo no me resultó fácil, pero era lo suficientemente disciplinada para vencer en esa lucha y adentrarme altiva e impasible en el gran salón donde los cortesanos disfrutaban de comida, bebida, bailes y música. En cuanto hice mi aparición, todos enmudecieron. Detestaba la idea de que me compadecieran, de que me observaran con ojos críticos y evaluadores en busca de una flaqueza, de un detalle que revelara mi extenuación. No lo encontrarían.

Los andares de mis damas de compañía detrás de mí me reconfortaron. Me hacían sentir arropada. Avanzamos con paso firme por el salón mientras los presentes se hacían a un lado para no importunar. Me había ataviado con mis mejores galas, aunque no las más festivas: un sobrio vestido granate de falda tupida y mangas anchas con bordados en oro. Sobre el escote cuadrado ribeteado de perlas resplandecía un crucifijo de amatista. Mi cabello estaba oculto bajo el tocado inglés estilo cofia tejado que enmarcaba mi rostro, serio y sereno. El aspecto era crucial en eventos como ese.

Sin desviar demasiado la mirada, capté los rostros inconfundibles de Charles Brandon, Tomás Moro, el cardenal Wolsey, el duque de Norfolk y Edward Stafford, el tercer duque de Buckingham, una de mis primeras amistades en la corte.

Enrique tenía al niño en brazos. No lo había visto hasta ese momento. Sin mirar a mi esposo a la cara, estudié el rostro del pequeño. Cabello rojizo, piel todavía rosada. No era nada mío, pero sí de mi hija. Un medio hermano. Cuán distinto podía ser un mismo vínculo dependiendo de las circunstancias en las que se fraguara. Mis hermanos fueron para mí un apoyo, un refugio, unas amistades, pero para María la existencia de aquel bebé se traduciría en algo indigerible para su integridad social.

Fuera como fuese, Henry Fitzroy no era más que un infante a quien no podía atribuírsele culpa alguna. Tragué saliva y dejé que mis ojos se encontraran con los de mi marido.

—Enhorabuena —le dije sin que me temblara la voz.

Enrique, serio, inclinó la cabeza en señal de gratitud. No prolongué demasiado aquel cruce de miradas. Me sentía derrotada y permanecer allí un segundo más de lo imprescindible no me seducía en absoluto.

En cuanto regresé al pasillo anexo al salón se reanudaron los vítores y el barullo propio de cualquier celebración.

De vuelta en mis aposentos creí que iba a llorar, pero solo encorvé ligeramente mi figura y cerré los ojos. María de Salinas me cogió por los hombros y se inclinó para estudiar mi semblante y determinar si mi malestar iba más allá de lo emocional.

—Alteza —dijo—, debéis descansar. Sentaos junto al fuego.

Me dejé guiar por las manos consideradas de mi amiga.

—Gracias, María.

Maud Green se apresuró a servirme un vaso de agua.

—Habéis mostrado una serenidad y un aplomo solo al alcance de grandes reinas, alteza —continuó María—. Me enorgullece serviros.

Le sonreí.

—Gracias, querida, me reconforta. Hablemos de cosas alegres. ¿Cómo están vuestras respectivas hijas, señoras? Mis dos tocayas.

Ambas habían recibido sus nombres en mi honor y crecían sanas y fuertes. Aunque la de María de Salinas apenas tenía unos meses, yo estaba decidida a seguir sus progresos en lo tocante a su educación con tanto fervor como si se tratara de mi propia familia. Lo había hecho con mi ahijada Catalina Parr, la hija de Maud y su esposo, Thomas Parr, con el que no había tenido el placer de entablar demasiadas conversaciones pero que me inspiraba cierta afinidad por su amistad con el señor Moro, al que tanto apreciaba.

—Oh, mi pequeña está cada día menos pequeña. —Maud sonrió—. Es muy tranquila y observadora. Posee cierto talento para la diplomacia, creo.

—¿En qué sentido? —me interesé mientras bebía.

—Le disgustan las confrontaciones y las evita con destreza.

—¡No me digáis! ¿Forma la diplomacia parte del itinerario de estudio de la escuela? —pregunté en tono jocoso.

Maud era la responsable de la educación de las hijas de mis damas de compañía, por lo que aquel era un tema recurrente. Mis desventuras personales no me habían hecho descuidar el compromiso que había entablado con la corte y su educación, que todavía sufría ciertas carencias culturales e intelectuales que yo, como la infanta de Aragón y Castilla que se había criado en un entorno favorable a las artes y al conocimiento, no podía tolerar. Las mejoras en Inglaterra en tales cuestiones eran ya muy notorias y nadie tenía la osadía de negarme el reconocimiento que me correspondía por ello, pues tanto las cátedras de Oxford y Cambridge como las invitaciones a eruditos y pensadores europeos daban sus frutos de forma incuestionable. La nobleza inglesa empezaba a interesarse por el saber más allá de las limitaciones que les imponía su isla: los programas de mecenazgo estaban a la orden del día y la educación para sus hijos e hijas se concebía ya como mandato moral más que como preferencia personal.

—Tal vez debería. Me invade la impresión de que las mujeres tenemos más maña para dicha tarea.

—Y diría que no erráis en vuestro juicio. ¿Qué hay de la vuestra? —pregunté a María, que se había sentado frente a mí y retomaba sus labores de bordado.

—Llora mucho —contestó con la risa irónica de quien se resigna en el humor—. Uno pensaría que esos pulmones encierran la fuerza de diez huracanes.

Rieron.

—A esa edad tan temprana es un buen presagio —observó Maud al tiempo que azuzaba el fuego de la gran chimenea de piedra—. Pese a los desmanes que nos inflija la vida, mientras podamos ser testigo de los llantos y las risas de nuestras hijas nos sonreirá la buena ventura. Hay madres que se ven obligadas a decirles adiós el día que dan a luz.

Supe por qué lo decía. Bessie Blount había formado parte de mi servicio durante dos años, tiempo suficiente para establecer vínculos con las demás damas e, inevitablemente, también conmigo, aunque en menor medida. Su destino se reducía a un matrimonio pactado con alguien que escogiera su familia y que antepusiera su valor como madre de un bastardo del rey a la virtud que no había sabido conservar para su esposo. La alejarían de la corte para que no interfiriera con la vida de su hijo, a quien con toda probabilidad no volvería a ver hasta que fuera adulto. La relegaban a convertirse en una desconocida para él, una criatura engendrada en sus entrañas y traída al mundo con el sudor, la sangre y las lágrimas habituales.

—No tendría que haberse dejado seducir por la atención de Enrique —musitó María.

—¿Cómo no iba a hacerlo? —replicó Maud—. Es el rey.

—¿Vos lo habríais hecho? —le pregunté seria.

Maud me miró con cierta vergüenza, pero no reculó.

—Si me hubiera visto envuelta en esa tesitura a los quince años tal vez sí, alteza. No me enorgullece, y estoy convencida de que a Bessie tampoco, pues nuestro amor por vos es sincero, mas procuro ser honesta. A esa edad, una no tiene la prudencia ni el seso necesarios para pronunciar una negativa ante el rey, mucho menos la templanza.

Ladeé la cabeza.

—Supongo que no —admití—. Aunque las amantes de mi esposo no siempre son tan jóvenes. La que ha estado entreteniéndolo mientras Elizabeth engendraba a su bastardo tiene veinte años, según me cuentan.

—La vanidad también ciega —apuntó María—. O peor, embriaga.

—¿Vanidad? ¿Es este un asunto de vanidad?

—Yo diría que sí. La vanidad de saberte deseada por un rey.

—Así que vanidad por parte de ellas y lujuria por la de él —murmuré pensativa.

—En cualquier caso, todo pecado está sujeto al perdón —me recordó mi amiga.

—Habéis hablado con el padre Fisher —señaló Maud, divertida.

Más risas. Su compañía era un consuelo. Había otras damas con las que no congeniaba y que, si bien eran fieles servidoras, nunca llegaba a considerar amigas o confidentes, ni siquiera aliadas. Solían abandonar mis filas en cuanto se desposaban y ni a ellas ni a mí nos entristecía el cambio, pero es que habría sido demasiado afortunada si todas hubieran sido como Margaret Pole, Maud Green o María de Salinas.

No obstante, por muy inteligentes y bondadosas que fueran, por muy partícipes que las hubiera hecho de mis desdichas, jamás podrían entender mi soledad, mi desamparo, el sufrimiento que me causaba no cumplir con la obligación de traer al mundo a un heredero para Enrique. No sabía ni cómo describir el oprobio de que otra mujer, una cualquiera como Bessie Blount, hubiera demostrado con su fertilidad que no era mi marido quien tenía dificultades para engendrar, sino era yo.

Todo apuntaba a que moriría sin haber cumplido con lo único que realmente se esperaba de mí, mi cometido principal en la vida.

Con más razón, mi hija María me parecía entonces un milagro.

XX

Una visita familiar

Mayo de 1520

Por mucho que intentara anticiparme a la dicha que me provocaría conocer al hijo de una de mis hermanas, de mi querida Juana, nada menos, la alegría superó con creces mis expectativas. El joven Carlos era un hombre alto, bien proporcionado, de movimientos ágiles y confiados que me recordaban a los de mi padre, y la amabilidad que desplegó ante mí y ante mi esposo me dejó asombrada. De momento, gobernaba los territorios que pertenecían a la Corona española, que no eran pocos, pero si se cumplía el pronóstico que vaticinaba que sería él quien sucedería a su abuelo Maximiliano I, se convertiría en el soberano más poderoso de la historia de la cristiandad, por encima de Carlomagno.

No se me escapaba que Enrique envidiaba a Carlos a la

vez que se esforzaba por congraciarse con él, pues sus vanidades y recelos convivían sin mayor desatino con su visión estratégica de monarca. Era esencial tener a Carlos como aliado, y que fuera mi sobrino reforzaba mi valía como esposa, esa que tan denostada se había visto en los últimos tiempos. Con la visita de Carlos a Inglaterra, Enrique renovó su trato hacia mí, como si hubiéramos vuelto a los primeros años de casados. Sabía que era un hechizo fruto de la situación, pero me abandoné a él y lo disfruté como si no supiera que se desvanecería tan pronto como Carlos partiera hacia Bélgica.

A su llegada organizamos un banquete en su honor del que disfruté como si hubiera sido para mí. Pude hablar en mi lengua materna con distintos miembros de la corte de Carlos, y en sus palabras y acentos me reencontré con viejos fantasmas de una vida anterior en una tierra mucho más cálida y comprensiva, la que había sido mi hogar y mi cuna. María de Salinas también halló consuelo en los testimonios de una Castilla que ya no conocíamos pero que seguíamos percibiendo como nuestra.

Me interesé por el estado de mi hermana, y Carlos me respondió sin un ápice de inquietud o tristeza. Afirmó con rotundidad que la estancia en aquella torre de Tordesillas era no solo lo que necesitaba, dada la fragilidad de su alma y su mente, sino lo que le convenía.

—Mi hermana Catalina le hace compañía —aseveró mi sobrino—. Y están bien atendidas, tía, os lo aseguro.

Quise creerle, pero no me imaginaba a mi Juana, mi irreverente e indómita Juana, confinada entre cuatro paredes como si fuera un pajarillo en su jaula. Qué terrible debía de ser que todo tu mundo se redujera a lo que sucedía entre unos muros de piedra. No querría verme en esa situación, pero si de verdad mi hermana padecía del alma, lo cual no me extrañaba porque era una afección muy acorde con su ánimo y carácter, quizá sí necesitara el reposo y el solaz de un retiro indefinido de la vida pública. Además, Carlos parecía un buen hombre y, por tanto, un hijo decente. Consideré pérfido creer que pudiera mantener a Juana confinada por gusto o por capricho.

Estudié su semblante mientras conversaba animado con Enrique acerca de los revolucionarios diseños que circulaban por Europa para nuevos navíos o la indecencia y corrupción espiritual del ya muy célebre Martín Lutero, cuyas noventa y cinco tesis tanto habían dado que hablar. Enrique le explicó que llevaba tiempo elaborando un texto en defensa de los sacramentos que refutara el ideario principal sobre el que se construía el argumento luterano.

Como yo había oído aquella perorata en más de una ocasión, me permití distraerme con los labios carnosos de Carlos, similares a los que había tenido mi madre. Podía presumir de un prominente mentón que confería carácter a su rostro de rasgos marcados. Tenía arrojo, carisma. Ladeé la cabeza, pensativa. Quizá fueran ciertas las habladurías y Carlos era el progenitor de la niña que Germana de Foix, viuda de mi padre, había alumbrado un par de años ha.

Esa noche germinó en mi mente el principio de una idea, de una pretensión que, si jugaba bien mis cartas, podía ver satisfecha en unos cuantos años. Muy a mi pesar, María estaba prometida al delfín francés gracias a las urdimbres y maquinaciones del cardenal Wolsey, pero como todavía faltaba mucho para que dicho enlace pudiera celebrarse, pues ambos infantes estaban lejos de cumplir la edad requerida, no me impacienté. Tenía margen para dar con la solución a aquel entuerto y no podía contentarme con cualquier alternativa que me lo prometiera: debía ser un camino atrayente, poderoso y casi infalible. En mi sobrino Carlos estaba la solución. Ciertamente era mucho mayor que María, pero ¿hasta qué punto suponía eso un problema? Mientras fuera un hombre piadoso, afable y justo, poco importaban diferencias como esas. Y era un partido mucho más ventajoso para María y para Inglaterra de lo que lo sería jamás el príncipe francés.

Tenía que empezar a trabajar. Debía estar atenta y ser astuta, deslizar con cuidado y disimulo la propuesta para que Enrique la percibiera como suya y, de ese modo, la defendiera como hacía con todo aquello de lo que se consideraba dueño.

A la mañana siguiente se organizó un encuentro entre Carlos y mi hija. Tuvo lugar en los jardines de Richmond, junto al estanque y la ladera norte. Habían dispuesto arcos, flechas y dianas que permitirían a los hombres disfrutar de una entretenida sesión de tiro con arco y a las damas de un agradable almuerzo bajo el sol primaveral.

Antes de comenzar con las actividades de recreo, Margaret Pole trajo a la princesa, acompañada de parte de su séquito.

María caminó diligente hacia su primo, quien se arrodilló con ternura para quedar a su altura y le habló en castellano.

—Es un honor conoceros, mi señora. —Le besó la manita—. Creo que sois la princesa más bonita que jamás han contemplado mis ojos.

María hizo una reverencia y escondió una sonrisa ruborizada.

—Gracias, majestad —le dijo, y sentí que se me derretía el corazón.

Miré a Enrique. Sus ojos resplandecían de orgullo. Con los años había aprendido a amar a María por sí misma al margen de que hubiera nacido con el sexo equivocado. No me sería difícil convencerlo de que una alianza matrimonial con Carlos merecía la pena tanto como para asumir las consecuencias de romper su pacto con el rey francés.

Esa noche abordé el asunto con Enrique mientras cenábamos a solas, ya que una jaqueca puntual retenía a mi sobrino en sus aposentos. Aproveché la ocasión, pues no creía que volviera a gozar de esa clase de intimidad con mi esposo hasta que Carlos se fuera.

—He observado que os entendéis bien con Carlos —comenté—. De hecho, creo que os parecéis.

Enrique alzó la vista del plato, interesado en mi apreciación. Admiraba al joven rey y cualquier comparación con él la recibía como un elogio.

—¿En qué?

—En el vigor y la determinación con que asís las riendas

de vuestros respectivos dominios —repuse—. Creo que os admira. No sois mucho mayor que él, pero esos años de diferencia se traducen en una experiencia que, como rey joven, sabe apreciar. ¿No os ha pedido consejo sobre nada?

—Lo cierto es que sí —dijo Enrique con una sonrisa satisfecha mientras cortaba el lomo de ternera—. Creí que mostraría un carácter más pretencioso, más engreído, pero reconozco que erré en mi prejuicio. Es un hombre humilde.

—Y poderoso.

—Extraña combinación.

No supe si era consciente de la arrogancia en la que él mismo se enfundaba a veces impulsado por su condición de rey y si esa había sido una observación que vertió también sobre sí o si, por el contrario, ignoraba por completo sus fallas y se calificaba como una de las excepciones a tal afirmación. En cualquier caso, aquella no era la cuestión.

—Imagino que tendrá que desposarse en algún momento. Es raro que no esté prometido ya.

Enrique se reclinó en su silla mientras masticaba.

—Sí que lo es. ¿Habéis visto lo afable que ha sido con María?

Contuve una sonrisa triunfal.

—Sí, me resultó enternecedor. Y a ella pareció gustarle nuestro querido invitado.

—¿Creéis que Carlos estaría abierto a reforzar la amistad de nuestros reinos con una alianza más… sólida?

—¿Qué hay más firme que la sangre que lo une a mí? —pregunté. Quería que lo dijera él.

—Descendencia común, claro. Aunque no siempre sea fácil de conseguir —añadió con acritud.

¿Me merecía tal befa? Seguramente no, pero eran mis palabras las que lo habían llevado a ello. Fingí no oírlo.

—Entonces estaríamos hablando de matrimonio.

Enrique asintió.

—No sería descabellado. Habría que estudiar los pormenores del acuerdo que tenemos con el rey francés, pero no será nada que no pueda romperse.

—Ciertamente, mas no nos precipitemos. Es mejor abordar la situación sin prisa... pero con firmeza.

—Estoy de acuerdo. —Bebió un poco de vino especiado sin quitarme los ojos de encima—. A veces olvido lo sagaz que sois, Catalina —dijo al terminar.

No me esperaba un comentario así, pues hacía mucho desde la última vez que me dedicaba un elogio tan directo, y quizá dejé traslucir mi desconcierto, mas me recompuse pronto de la sorpresa.

—Mi sagacidad estará siempre al servicio de Inglaterra y al vuestro, ya lo sabéis.

Enrique asintió.

—Si consentís, quisiera visitar vuestro lecho esta noche.

Parpadeé con perplejidad. Ansiaba entregarme a él como lo había deseado siempre desde la primera vez que lo hice. Anhelaba sus besos y sus caricias. En el fondo y pese a todo, seguía siendo una amante esposa que admiraba y deseaba a su marido.

Temía volverme a quedar encinta y no era un miedo que

pudiera remediar. Mis obligaciones conyugales no me lo permitían. Aquello con lo que antaño soñaba, por lo que rogaba a Dios incluso, se había convertido en un temor paciente, profundo y frío que reptaba por mis entrañas como una serpiente venenosa. La idea de padecer otro embarazo para volver a recibir muerte me sumía en un desasosiego sin igual. Pero si no era capaz de sobreponerme a mis miedos, de doblegarlos a mi voluntad y a los designios de la promesa que había hecho ante Dios al casarme con Enrique, me condenaría en espíritu a una vida de oscuridad y sumisión.

—Por supuesto que consiento —respondí.

XXI

Los temores de Su Majestad

Mayo de 1521

—Sé que nunca os agradó Buckingham, pero no creo que debáis aplicarle tan alta pena, sean o no ciertos los crímenes de los que se lo acusa.

Enrique, sentado frente a mí, levantó la vista del libro que sujetaba entre las manos y que lo había mantenido absorto hasta que mi voz lo devolvió a aquella salita de estar pequeña pero confortable en la que una gran chimenea de piedra acogía un fuego iluminador más que cálido, pues no hacía frío. Detuve mi bordado para devolverle la mirada.

—¿Sugerís, pues, que lo libere?

Qué tramposa pregunta. Él sabía que yo no era partidaria de aplicar la pena capital, salvo en sucesos de indudable gravedad e irrefutables pruebas, y ese no era el caso del desdichado y caído en desgracia Edward Stafford, tercer duque de Buckingham. La suya no parecía una condición nobiliaria corriente, pues sus conexiones con la vieja aristocracia eran fuertes, tanto como para que algún insensato, en las tabernas de la ciudad, se atreviera a decir que era el hombre de Inglaterra con más derecho al trono, más incluso que el propio rey. Jamás lo admitiría en alto, pero cabía la posibilidad de que fuera cierto. Quizá, por una cuestión de sangre, Edward Stafford debiera portar la corona.

Empero ¿hasta qué punto importaba la sangre más que la jerarquía, más que lo que se conquistaba a fuerza de espada, determinación y valentía? No ignoraba las circunstancias en las que mi madre se había convertido en reina de Castilla. Las guerras todo lo empañan mientras se libran, pero sus veredictos son irreversibles. Isabel fue quien salió victoriosa de la guerra de sucesión castellana, no la Beltraneja. Y fue el bando de Enrique Tudor, mi suegro, el que resultó vencedor en la guerra de las Dos Rosas, de la que nació la dinastía de la que yo ahora formaba parte.

Creía de corazón que mi marido merecía estar donde estaba porque sus padres así lo habían dispuesto tras mucho sudor, lágrimas y derramamiento de sangre. Eso no cambiaba el hecho de que Buckingham tuviera argumentos a su favor para reclamar el trono, cosa que nunca había manifestado, al menos en público. Su pecado no consistía en reclamarlo sino en ambicionarlo. Eso era lo que Enrique temía y el argumento que esgrimía en su contra. El duque era un hombre poderoso y muy muy rico. Demasiado para la comodidad de Su Majestad. Por eso me preocupaba que hubiera actuado movido solo por sus temores en lo tocante a su arresto, juicio y posterior condena.

—No osaría —contesté—. Cualquiera que suponga una amenaza para vos la supone también para la Corona, para Inglaterra y para mí. No querría ver en peligro nada de eso. —Mis palabras parecieron apaciguar a Enrique—. Sin embargo... —El recelo en las pupilas de mi esposo se prendió de nuevo al oírme—. Me pregunto hasta qué punto es necesario acabar con su vida. Quizá con encerrarle bastaría.

Enrique suspiró, la clase de suspiro con el que expresaba hastío o irritación. Apreté la mandíbula.

—Catalina —empezó—, sé muy bien hasta dónde alcanza vuestra inteligencia, por eso no voy a molestarme en explicaros qué implica la alta traición y por qué conspirar contra el rey lo es.

—¿Y es eso lo que ha ocurrido? ¿Sabemos con absoluta certeza que Buckingham ha conspirado contra vos?

—¿Acaso habéis estudiado derecho, esposa mía? Sería una sorpresa descubrir tras doce años de matrimonio que desposé a una letrada.

Su ironía ácida no era del todo mala señal. Significaba que el asunto no le estaba crispando tanto como para despertarle ira. Aunque eso bien podía cambiar. La volatilidad del temple de mi esposo era conocida por todos a los que nos honraba con su compañía.

Me arriesgué.

—No sé de leyes —admití—, pero sí sé de vos, y por vuestra parte creo percibir una inquina hacia el conde más condenatoria, quizá, que el movimiento de sus cuentas o los hombres con los que se haya reunido en los últimos meses o las palabras que haya podido pronunciar en arrebatos inducidos por la bebida.

Enrique cerró el libro de golpe con un ruido sordo, seco. El fulgor de las llamas se reflejaba en sus gélidos ojos azules. Su barba rojiza le daba un aspecto más autoritario y severo. Mayor. Nunca me gustó su barba.

—Los tribunales han hablado y se lo ha declarado culpable. Su estancia en la Torre no puede desembocar en una conclusión ajena a una ejecución. Se está procediendo de acuerdo con las leyes del Reino y conforme a la voluntad de su rey y nuestro Señor, que es en muchas ocasiones lo mismo, ¿o no gobierno esta tierra en su nombre? ¿No lo hago por su gracia? ¿No es, pues, mi criterio un valor de peso en cuanto a dictámenes, mandatos y juicios? —Se levantó de un salto, como si la tormenta de pensamientos que inundaba su mente le impidiera mantenerse en reposo—. Es posible, Catalina, que las pruebas que se han presentado contra Buckingham no hubieran sido tan determinantes si se tratara de otro hombre, de cualquier otro hombre, pero el duque tiene sangre Plantagenet corriendo por sus venas, además de unas arcas con las que podría reunir a un ejército mayor que el de la Corona. ¿He de asumir el riesgo que conlleva darle margen para actuar y, de esa manera, obtener pruebas mejores contra él? Esto no es un juego, se trata de mi linaje, de toda mi familia, ¡de lo que soy! ¡Y también de lo que sois vos, Catalina! —Había alzado la voz a medida que hablaba y fue justo en el momento en que pronunció mi nombre cuando me di cuenta de que supuraba cólera y temor, terrible mezcolanza—. Mi posición en el trono no es todo lo fuerte que debiera ser, y de eso sí hay alguien a quien podría culpar con pruebas más que irrefutables —concluyó mordaz.

Sus palabras me hirieron como puñales, mas no sentí su filo en el corazón, en las partes débiles de mí, sino en el orgullo y casi en el intelecto.

—Vuestra posición quizá no esté asegurada a ojos de otros, pero lo está a los de Dios y la Verdad —repliqué—. María os sucederá y gobernará Inglaterra como lo habéis hecho vos, con el mismo compromiso, la misma fuerza y la misma astucia, porque para eso es vuestra hija, sangre de vuestra sangre, a la que estamos educando mejor que a cualquier princesa europea y a la mayoría de los príncipes.

Enrique soltó una carcajada seca y sardónica.

—Quizá me haya pasado la vida sobrevalorando vuestra sagacidad. Que mi linaje esté asegurado a ojos de los demás es lo único que importa, Catalina, ¿no os dais cuenta? ¿No comprendéis que es precisamente de ahí y de ningún otro ámbito desde el que pueden llegar las amenazas que acaben con todos nosotros, con todo por lo que luchó mi padre y todo lo que construyó junto a mi madre?

Asentí cansada y decepcionada.

—Si le dierais a María una oportunidad, si hicierais ver que confiáis en ella como lo harías en un varón para la sagrada tarea de sucederos, nadie pondría en duda su derecho.

—Mas no lo hago —admitió Enrique—. Porque, aunque

sea inteligente y hábil, que lo es, no deja de ser una mujer, y no es el gobierno lo que la naturaleza ha reservado para vosotras. Es el cuidado, es la familia. Otros menesteres.

—La historia está repleta de mujeres poderosas que han sabido liderar con éxito a su pueblo, sabéis perfectamente que podría daros un ejemplo incuestionable ahora mismo.

—Sí, sí, vuestra madre... Siempre ella. ¡Anomalías! Si yo, yo que soy un hombre joven, fuerte y decidido, puedo sentirme amenazado por Buckingham, ¿qué amenazas no se cernirían sobre María? Nunca va a poder librarse de su condición consustancial más débil. Y vos os mantenéis ciega a esa realidad, el Señor sabrá por qué. O quizá no sea ninguna incógnita. Tal vez no tengáis otra manera de soportar el fracaso al que nos habéis condenado a mí y también a vos al no darme lo único por lo que de verdad era necesario desposaros y lo único que da sentido a unas nupcias, por mucho que sea *a posteriori*. Pero ya no hay posteridad para nosotros en ese asunto, Catalina. Ambos lo sabemos.

Su voz se había ido modulando con cada palabra y aquel último reproche, si bien no fue agresivo, sí resultó cruel. Cruel y triste. Había tristeza en sus ojos. Tristeza y una profunda decepción.

Tragué saliva para contener las lágrimas.

—Habría dado mi vida por concederos lo que deseáis, Enrique. Si hubiera muerto en el lecho tras un parto largo y doloroso a expensas de haber dado a luz a un hijo varón, sano y longevo, habría perecido feliz y a gusto. Pero una mujer no tiene poder sobre esas cosas, por mucho que los hombres se afanen en creer que sí, aunque solo sea para permitirse el lujo de culparnos por algo de lo que nadie lo es.

Enrique asintió despacio y volvió a tomar asiento.

—Es posible —reconoció—. Sé que vos también habéis sufrido con esto, Catalina. Sé que ver a nuestros hijos morir o parirlos muertos ha sido vuestra mayor lucha y vuestro más grande pesar. Quizá se trate de una cuestión distinta.

Oír que reconocía la validez de mis tormentos me conmovió y las lágrimas se agolparon en mi garganta —¿qué otra cosa era, si no, el nudo que sentía en torno al cuello?—, pero ese último comentario me ayudó a conservar la serenidad que necesitaba para seguir hablando.

—¿Qué queréis decir? —murmuré.

Se recostó en su silla.

—Nada —musitó—. No importa. En cualquier caso, el asunto de Buckingham está zanjado.

No quise indagar en sus reflexiones, en qué era lo que lo había llevado a insinuar que había una explicación a nuestra descendencia frustrada. No me atreví. No obstante, aquel argumento velado en ese momento sería un arma que me cansaría de rebatir en los años posteriores.

—Muy bien —accedí—. Pero os ruego que no lo sometáis a una pena tan severa.

Se había acordado que Buckingham sería colgado y cortado vivo, tras lo que le descuartizarían los miembros y, junto con sus vísceras, los echarían al fuego ante sus ojos. Después le cortarían la cabeza y terminarían de descuartizar el cuerpo, que sería dividido a voluntad del rey.

—¿Y eso por qué?

—Creo que es sabio e inteligente esgrimir la misericordia cuando hacerlo no supone una alteración en el resultado. Buckingham estará tan muerto si lo desmembráis como si lo decapitáis, con la diferencia de que si os decantáis por la segunda alternativa haréis gala de una piedad que, sin importar si la merece, siempre es favorecedora en la figura de un rey. Sobre todo cuando el condenado es un hombre de tan ilustre condición. Su sangre está ligada sin remedio a Inglaterra, que, al fin y al cabo, fue de dominio Plantagenet durante siglos.

Enrique cerró los ojos y se acarició el puente de la nariz, pensativo.

—Os haré caso —dijo finalmente—. No soy inmune a vuestro buen juicio, Catalina. Pese a todo, siempre os tuve en alta estima.

No le pregunté por esa conjugación en pasado.

Continué cosiendo un rato más, hasta que la sombra del sueño compitió con las que el fuego proyectaba en el suelo de madera. Me despedí de mi esposo y me retiré a mis aposentos, donde mis damas me desvistieron y prepararon mi lecho mientras Maud Green me trenzaba el cabello.

El sueño se apoderó de mí en cuanto hundí la cabeza entre los cojines y apenas pude reflexionar sobre la intensa conversación que había tenido lugar.

Sin embargo, estalló en mi cabeza a la mañana siguiente, con la claridad del amanecer. La reviví en silencio mientras me vestía, mientras rezaba, mientras desayunaba. Saqué unas cuantas conclusiones. La primera era que los sentimientos de Enrique hacia mí se habían visto dañados de forma irreparable. Si alguna vez soñé con que el paso del tiempo o la prosperidad de María trajeran un nuevo acercamiento entre los dos, esa mañana lo descarté. Enrique estaba muy lejos del muchacho gentil que era cuando me casé con él, del joven inexperto que se había quedado embelesado por mi belleza y la experiencia y madurez que mis seis años de más me conferían a sus ojos. La corona lo había vuelto caprichoso e intolerante a la frustración, lo cual se relacionaba directamente con otra de mis observaciones recientes: el rey podía ser implacable. Había una vanidad en él, un orgullo y una vehemencia que lo blindaban ante emociones como la compasión. No siempre, por supuesto, pero sí demasiadas veces.

Iba a decapitar a Buckingham, decisión que tomó sin siquiera pestañear. Buckingham, que había sido el mayordomo en su coronación, que tantos años había vivido en la corte Tudor, primero como caballero en la de Enrique VII y luego en la de mi esposo. No era un mal hombre. Quizá un tanto mal encarado... Claro que «un tanto» resultaba demasiado en un entorno como el nuestro.

Desde una de las ventanas de mis aposentos, mientras aguardaba a que mis doncellas calentaran la tina, vi a Tomás Moro en compañía del rey. Él sí era un hombre de leyes, y aun así podría jurar que le vi torcer el gesto cuando se declaró culpable al perjudicado duque. No me sorprendía. Moro era muy afín a mí, y rara era la ocasión en la que no me consolara ver a mi esposo en su compañía. Enrique le profesaba un afecto sincero, de lo cual podía presumir poca gente. A veces ni siquiera tenía claro que yo pudiera contarme entre ellos.

El duque de Buckingham fue ejecutado el 17 de mayo, y ese día Enrique VIII descubrió algo: que tenía legitimidad para acabar con la vida de un hombre poderoso, el más poderoso, sin que pasara absolutamente nada.

XXII

Ana

Junio de 1522

La primera vez que la vi, que la vi de verdad, fue en un baile. Se había convertido en una de mis damas de compañía hacía un par de días, pero los vaivenes entre los miembros de mi servicio eran tan regulares que apenas prestaba atención a las nuevas incorporaciones, sobre todo porque les correspondían tareas en las que yo no necesitaba estar presente: lavar mis ropas, solicitar mis comidas, limpiar mi cámara, abrillantar mi plata...

Esa noche, no obstante, la joven que me lo quitaría todo brillaba como si ya supiera que aquel mundo le acabaría perteneciendo, aunque ella nunca pertenecería a él.

Ana Bolena no podía presumir de una gran belleza y, sin embargo, capturaba todas las miradas, no solo las masculinas.

Tendría unos veinte años y reía con el desenfado propio de esa edad, aunque yo a esas alturas había pasado las suficientes penurias para que mi risa se tornase más reservada. No sabía de las miserias de la vida de Ana, si acaso las había tenido, o si, por el contrario, había crecido por completo ajena al sufrimiento. Lo único que conocía de ella era que se había educado en la corte francesa —cosa que no me entusiasmaba— y que era la hermana menor de la actual amante del rey, otra joven de mi servicio con una reputación escandalosamente inadecuada. En cualquier caso, no eran más que habladurías, y mi moral me obligaba a dar votos de confianza a aquellos que lo único que tenían en contra eran los chismorreos de la gente, sobre todo si eran mujeres, pues también yo padecía el hacer de las malas lenguas, en especial el de la de cierto cardenal que atesoraba más poder e influencia con cada día que pasaba. Supe que había sido él el primero en verter las sospechas sobre Buckingham en la mente del rey. Claro, cómo no iba a hacerlo. Edward Stafford, que en paz descansara, había sido un gran detractor de Francia, razón por la que, he de admitirlo, me inspiraba simpatía. Eso derivaba en enemistad con Wolsey, esa maldita sabandija francófila.

Cerré los ojos y me reprendí por pensar así del prójimo, aunque mereciera tales calificativos.

Bebí de mi copa mientras seguía con los ojos a la Bolena, que bailaba alegremente con el embajador italiano. ¿Qué era lo que la hacía tan hipnótica? ¿La astucia de sus ojos oscuros? ¿El dominio de su sonrisa ladina? ¿El deje de irreverencia que se desprendía de sus gestos y su habla? Su mejor cualidad física era, bajo mi criterio, su abundante cabellera negra. El resto, si uno se fijaba, era más bien insustancial. Tenía el cuello demasiado largo, aunque lo lucía con gracia. Su tez era más bien cetrina, pero algo en su semblante irradiaba luz.

Desde mi sitio, sentada a la larga mesa rectangular, hice un gesto al duque de Suffolk, que se acercó diligente.

—¿Alteza?

Me incliné hacia él para hablarle sin tener que levantar la voz.

—¿Qué podéis decirme de ella? —inquirí sin dejar de observarla.

Charles siguió la dirección de mi mirada y comprendió.

—Oh, lady Ana. Es una doncella encantadora, muy carismática. Está cosechando muchas simpatías en la corte.

—¿También vos sois presa de su hechizo? —bromeé.

Intentó reprimir una sonrisa, pero no lo consiguió.

—Digamos que siento debilidad por aquellos que vencen a mis rivales en el mismo juego en el que ellos me vencieron a mí.

—¿Qué se supone que significa eso?

—Es una extraordinaria jugadora de cartas, o eso tengo entendido.

—Seguro que ardéis en deseos de comprobarlo.

—Tras el baile, si nada se tuerce.

Lo miré con fingida seriedad. Su actitud era refrescante. Nuestras escasas conversaciones a menudo giraban alrededor de mi ahijada Catherine, la hija de María de Salinas, a quien el duque de Suffolk había adoptado como su pupila, su protegida. Cuando mi vieja amiga se ausentaba era a él a quien recurría para conocer las nuevas acerca de su familia.

—Se mueve como si se hubiera criado entre estos muros —comenté mientras Ana iba de una esquina del salón a otra con el mentón alzado y su vestido verde revoloteando grácilmente a su alrededor.

—Eso mismo pensé la primera vez que la vi —coincidió Suffolk.

—¿Que fue...?

—En marzo, alteza. En el baile de máscaras que organizó mi esposa.

—Oh, sí, me lo contó. Las damas que participaron representaban... ¿qué era? ¿Talentos? ¿Virtudes?

—Virtudes, mi señora. Ana encarnaba la perseverancia, si mal no recuerdo.

—La perseverancia... —repetí pensativa—. Una buena cualidad. ¿Creéis que le hace justicia?

—No la conozco lo suficiente para saberlo, alteza.

—Comprendo. El tiempo lo dirá, imagino, como bien suele hacer. No os entretengo más, excelencia —le dije, e hice un gesto con el que le permitía alejarse.

Charles inclinó la cabeza en señal de respeto y se marchó.

Proseguí mi inspección. Tiempo atrás me habría unido a la danza y la habría disfrutado como la que más, pero esos días pasaron y mi entretenimiento ahora consistía en observar. Detuve mis ojos en Enrique, que seguía hablando con Wolsey, aunque esa vez no me pareció que estuviera prestándole tanta atención como hasta hacía unos momentos, cuando me fijé en la menor de las Bolena. Me di cuenta de que el efecto que causó en mí también había hecho mella en Su Majestad, pues la contemplaba con un destello de curiosidad en el semblante. Claro que para él la curiosidad tenía connotaciones distintas.

«Que vaya con cuidado o acabará sustituyendo a su hermana», pensé mientras bebía de nuevo.

Le adornaba el escote un collar de perlas de cuyo centro colgaba la letra B en una sencilla pieza dorada. Entonces sus ojos negros se posaron en mí. No aparté la vista porque como reina no me podía permitir semejante reacción, pero admito que la naturalidad con la que me devolvió el gesto me desconcertó. No tardó en desviar la mirada y retomar la conversación que ahora la ocupaba.

Dirigí mi interés hacia otros rincones de la estancia sin dar más vueltas al asunto; sin saber, sin sospechar siquiera, que aquella mujer traería mi más incontestable ruina.

XXIII

La lucidez en la tristeza

Octubre de 1523

Las aguas del Támesis se mecían tranquilas aquella tarde de otoño. El cristal de la superficie apenas arrancaba ya reflejos al sol trémulo que se escudaba en el ocaso. Soplaba una brisa fresca, gentil al roce con la piel. Sentí el deseo de deshacerme del tocado que ocultaba mi cabello para permitir que flotara libre por mi espalda, mas no lo hice. La compañía no era adecuada.

El humanista Juan Luis Vives, natural de Valencia, me acompañaba. Habíamos ido a visitar a los franciscanos observantes de Syon en un convento al que se llegaba mejor en barca. Siempre era grato rodearse de personas como aquellas, templadas, centradas, cercanas a Dios por su compromiso diario con la oración y la contemplación.

Luis Vives no llevaba demasiado tiempo en suelo inglés y apenas había coincidido con él en un par de ocasiones. Aun así, no necesitaba más para saber que la suya era una compañía tan valiosa como el mayor de los tesoros. Su íntima amistad con Tomás Moro y Erasmo de Róterdam ya me inspiraba una simpatía particular, pero que además fuera español era cuanto necesitaba para querer hablar con él y hacerlo en nuestra lengua materna. Una de las primeras consultas que le hice tuvo como objeto disipar dudas en relación con el intelecto femenino y dar con argumentos que reforzaran mi postura a ese respecto. Luis Vives me complació al argumentar que una niña inteligente podía llegar más lejos que un niño que no lo fuera tanto, ya que el poder intelectual no era algo que estribara en el sexo. Sin descuidar las labores afines a la feminidad, como bordar, era oportuno que una dama se versara en otras disciplinas como la gramática y la filosofía.

—¿Qué os parece Inglaterra, don Luis?

Apartó su mirada marrón del horizonte y la posó en mí.

—Traicionera, alteza.

Alcé las cejas.

—¿Traicionera? ¿Y eso por qué?

—Porque es hermosa y tranquila, hasta silenciosa, pero en su silencio late la fiereza dormida de los hombres que la habitan. He notado que los ingleses no son las gentes toscas y simples que se piensa en el continente. Estas semanas en la Universidad de Oxford me han puesto en contacto con mentes verdaderamente agudas, agudas en un sentido útil y ambicioso, no clarividente.

—¿Teméis en lo que pueda convertirse este reino cuando salga de su letargo?

No necesitó preguntarme a qué letargo me refería: Inglaterra había sufrido mucho con la guerra civil que tuvo lugar el siglo anterior, aquel conflicto del cual había brotado la rosa Tudor que ahora presidía todos los salones y adornaba todos los estandartes.

—Oh, vos también lo habéis notado pese a la cantidad de años que hace que no cruzáis sus fronteras.

—No dejo de ser extranjera, señor.

—Admito que os esperaba más inglesa, más mimetizada con sus costumbres y su forma de entender la vida.

—Tengo muy presente quién soy y de dónde vengo. A mi hija le hablo en castellano siempre que puedo.

—Hacéis bien. Es una hermosa lengua la nuestra. Además, es imprescindible conocerla en el mundo de hoy. Vuestros padres, Dios los tenga en su gloria, pusieron nuestra tierra a la vanguardia. Al resto, simplemente, le queda seguirla.

Los mozos, todos ingleses, remaban con la vista al frente, sin entender ni una palabra de lo que decíamos. Sonreí.

—Me gusta eso. —Callé un momento—. No habéis respondido a mi pregunta. ¿Os preocupa el rumbo que pueda tomar este reino?

—Creo que tiene potencial para ser un enemigo tan formidable como Francia.

Eché el cuerpo hacia atrás en un gesto de escepticismo.

—¿Y por qué habría de ser un enemigo?

—Porque nuestra España puede convertirse en el imperio

más grande que se haya visto jamás en la tierra. Eso no se consigue sin un precio, que en este caso sería la antipatía de quienes nos envidien, es decir, de todos. Al fin y al cabo, franceses, italianos, ingleses, holandeses y españoles no somos tan distintos, y la envidia se digiere peor sin admisión de superioridad. Un perro no envidia a un león: lo teme. Pero un perro endeble sí envidia a otro más fuerte.

—¿Queréis decir que en Europa somos todos perros?

Luis Vives curvó sus labios en una media sonrisa taimada.

—Es posible. En cualquier caso, los otros perros no permitirán que ninguno de nosotros se convierta en lobo y deje atrás a los demás.

Asentí pensativa. Las sombras que el crepúsculo proyectaba sobre el Támesis se alargaban como dedos anhelantes en el cuerpo sin vida de un ser querido. El agua del río, sosegada, casi inmóvil, parecía transportarnos como si flotáramos en el cielo anaranjado que se reflejaba en ella.

—Sois muy lúcido —lo elogié.

Vives agachó la cabeza en señal de agradecimiento.

—Tan solo hay que observar y entender la naturaleza humana. Somos incapaces de allanar el camino a la paz.

—Eso es muy poco humanista, señor. Poco renacentista.

—Lo sé, y no me enorgullece. Vivimos una época de optimismo en la que el hombre está decidido a ser mejor, a construir estados que persigan un ideal de armonía, cultura y prosperidad que apenas deje margen para la desdicha. No obstante, la historia sugiere que el ser humano tiende de forma natural a la beligerancia.

Torcí el gesto. Era un análisis descorazonador. El propio Vives se mostraba taciturno.

—¿A qué creéis que se debe?

—No lo sé —admitió—. Medito sobre ello a menudo. ¿Es posible que, en el fondo, nos asuste la felicidad? ¿Cabe la posibilidad de que nuestra naturaleza corrupta y pecaminosa esté más cómoda en el caos y la adversidad de la lucha, con todas las penas que esta trae consigo?

—Nunca lo había pensado así. En el punto medio se halla la virtud, pero he de decir que entre la gloria absoluta y la tristeza profunda yo siempre escogería la segunda.

Vives arqueó sus espesas cejas negras.

—¿Por qué?

Inspiré antes de contestar. Me deleité en el abrazo del aire fresco, del aroma a lavanda que provenía de la orilla, del graznido libre de los patos.

—Porque en la desdicha siempre cabe la posibilidad de la consolación, mientras que el juicio y el sentido de lo ecuánime fácilmente naufragan en el mar del bienestar. Ahogado en gozo, uno puede olvidarse de Dios, uno puede creer que no lo necesita.

—Entiendo —musitó Vives—. Argüís que el sufrimiento nos ancla en la realidad de nuestra condición de humanos, la realidad de que esta vida es solo la antesala del Reino de Dios, la auténtica vida.

—Eso es. No podemos pretender erradicar todo el sufrimiento de este mundo, pues es a través de él que el Señor nos juzga. Es a través del sufrimiento que purgamos nuestros pecados y nuestras culpas. Quien no ha experimentado el dolor carece de herramientas para probarse digno y merecedor de la misericordia divina.

—Vuestra fe es lo suficientemente fuerte para que os atreváis a escoger la tristeza por encima de la felicidad. Claro que no todo el mundo es tan firme de espíritu.

—Así me educaron mis padres, y pretendo transmitir el mismo mensaje a mi hija.

—He sabido que es una jovencita muy aplicada.

Un faro de orgullo se encendió en mi pecho.

—Sí, lo es. No parece que haya disciplina que se le resista, aunque podría ser más sobresaliente en latín.

—¿Tiene dificultades?

—En absoluto. No obstante, la noto tensa cuando debe realizar traducciones, como si no confiara en sus conocimientos.

—Quizá podría ayudarla.

—Mentiría si dijera que no he pensado en ello, pero no querría ser descortés imponiéndoos mis deseos.

—Sois la reina, alteza, y vuestros deseos son mandato para mí. Cumpliría muy alegremente con él.

Sonreí satisfecha. La educación de María era mi prioridad y la supervisaba en su totalidad. Un cambio era algo que llevaba sopesando desde hacía varios meses, y aquel hombre parecía el candidato idóneo para imbuir en mi hija nuevos conocimientos y una perspectiva más próxima a la que recibí yo en mis años de infanta.

XXIV

Hágase su voluntad

Julio de 1524

Una pila de carne, vísceras, sangre y ojos abiertos. Casi una montaña. Trepaba entre los cuerpos, me asía a pequeños bracitos inertes de manos diminutas y dedos rechonchos. Cejar en la escalada se traducía en caer a un abismo interminable de muerte y cadáveres a los que pronto se sumaría el mío. No acababa, y me veía obligada a aferrarme con fuerza a los miembros de aquellos infantes, algunos nonatos, que conformaban el inmenso pico escarlata desde cuya cima se emitía un haz de luz blanco purificador.

Las lágrimas me abrasaban las mejillas, el olor a carne quemada impregnaba mis fosas nasales. ¿Quemada? ¿Por qué quemada? Aquellos niños no presentaban signos de haber muerto en ninguna hoguera. No lo pensé demasiado. Seguí abriéndome camino entre todos aquellos cadáveres menudos hacia lo alto, donde podría descansar, escapar de aquel paisaje de horror envuelto en llamas...

Ah, fuego. Ahora lo veía. Estaba por todas partes. A punto de llegar, distinguí lo que había en la cumbre: María me miraba con los ojos muy abiertos y muy... vacíos. María, que era la mayor de todos aquellos niños muertos, coronaba el montón. Ella, a diferencia de los demás, había sobrepasado el año, y de hecho presentaba el aspecto de una niña ya crecida. Pero, como todos ellos, también estaba muerta, aunque sin manchas de sangre sobre su piel de mármol.

Me desperté sobresaltada con un grito ahogado en la garganta. Me llevé una mano a la frente y noté la pátina húmeda que la cubría. Respiré profundamente.

—¿Alteza? —inquirió en voz baja Eleanor Radcliffe, la dama a la que correspondía velar mis noches esa semana—. ¿Os encontráis bien?

—Estoy bien —respondí desde la oscuridad—. Un mal sueño. —Hice una pausa. Sabía que la joven Eleanor estaría esperando instrucciones, mas no tenía claro si deseaba volver a dormirme. No tardé en decidir que no, condicionada por mi temor a caer de nuevo en aquel delirio onírico tan desagradable y que tanto había removido mi, por qué no decirlo, conciencia—. Llamad a María de Salinas.

Oí que Eleanor abandonaba la estancia para satisfacer mis órdenes.

Al cabo de un rato demasiado largo para mi propio bien, María entró en mi alcoba con un candil trémulo en la mano.

Nadie la acompañaba. En la intimidad de sabernos solas, le relaté mi mal sueño.

—Sé que tiene que ver con los hijos que he parido y que no han salido adelante —concluí—, pero no sé cómo interpretarlo.

María, arrodillada junto a mi lecho, sostenía mis manos temblorosas.

—No es preciso que tenga interpretación alguna, Catalina. Habéis sufrido con esas pérdidas, un sufrimiento tan profundo que vuestra alma no lo ha olvidado aunque vuestra consciencia crea que sí, y por esa razón solo puede torturaros en sueños, eso es todo.

—¿De veras lo creéis?

—Sí. ¿Vos no?

Me encogí de hombros y agaché la mirada.

—No lo sé. ¿Y si de algún modo yo tengo la culpa de que mis embarazos fueran tan infructuosos?

—¿Cómo ibais a tenerla?

—Quizá no me cuidé lo suficiente mientras estaba encinta. Quizá haya pecado de vanidad o soberbia en algún momento de mi vida y la infertilidad sea la penitencia que me impuso Dios.

María de Salinas abrió mucho los ojos.

—No habláis en serio. Sois la mujer más piadosa que conozco, no hay mácula en vuestro historial lo suficientemente importante para que Dios se tome la molestia de castigaros, mucho menos de ese modo tan cruel.

—Pues tal vez se trate de algo… físico.

Mi fiel dama de honor arrugó el entrecejo con genuino desconcierto.

—¿Habláis de vuestra salud? ¿Es que no os sentís bien? ¿Sospecháis que padecéis una enfermedad?

—No, no es eso... —Me costaba expresar en voz alta el pensamiento que en el rato de espera hasta la llegada de María había germinado en mi cabeza. Pero ella era mi mejor amiga, mi mayor confidente junto con mi confesor. Y, por su condición de mujer, me resultaba más sencillo hablar de aquello con ella que con un capellán—. Nunca he experimentado la pequeña muerte, que dicen los franceses, ese momento de éxtasis que se supone que tiene lugar en el lecho conyugal.

—Oh —musitó María—, entiendo.

—No me malinterpretéis, me resultan placenteras las relaciones con Enrique, al menos la mayoría, pero no creo haber sentido ese estallido de goce que los hombres suelen alcanzar y que tan imprescindible parece para el derrame de su semilla. No es descabellado que antaño se considerase necesario que en nosotras también se diera.

—Pero todo eso son supercherías, Catalina. Prueba de ello es la existencia de vuestra hija. Además, la creencia de que esa... pequeña muerte es necesaria hace referencia a la concepción. Vos habéis concebido en numerosas ocasiones. Vuestra fertilidad está probada. —Me acarició el dorso de una mano—. Yo tampoco alcancé ese éxtasis cuando concebí a mi Catherine.

—¿Lo habéis sentido en alguna ocasión?

—En alguna, sí. Por eso sé que esa noche no fue una de

ellas. Y ahí está mi hija, sana y hermosa, como la vuestra. Los motivos por los que vuestros retoños no salieron adelante no nos conciernen, Catalina, son asunto de Dios, y ni vos ni Su Majestad podéis culparos por ello. No os corresponde, y es una osadía actuar como si así fuera.

Tenía razón. Mis hijos habían muerto y yo no entendía por qué. Habían muerto en contra de mis deseos y rezos más profundos y sinceros, y no había una razón a mi alcance. Eran circunstancias inclementes que incitarían a cualquiera a la desesperación. No obstante, María de Salinas había acertado al recordarme la magnitud de la voluntad de Dios.

Asentí.

—Mi hija María es un milagro —murmuré con el rostro de mi pequeña destellando en mi mente—. Dios permitió que viviera y se quedara a mi lado, lo que me lleva a pensar que tal vez tenga grandes planes reservados para ella.

—Es la hija de dos reyes —me recordó mi amiga—. No puede aguardarla menos que la grandeza. Sin duda es un milagro de niña.

Se puso en pie y caminó hasta las pesadas cortinas, que abrió de par en par.

Amanecía.

La mañana discurrió con normalidad salvo porque solicité la compañía de María de Salinas, y solo la suya, en todo momento. No me consideraba una mujer dependiente o débil, pero ese día mi pobre y cansado corazón necesitaba el bálsamo de una buena amistad. Desde que se había casado, mi fiel dama frecuentaba la corte menos de lo que me habría gustado, pero por fortuna no eran tantas las temporadas que pasaba alejada de Londres, en la casa solariega de la familia de su esposo, quien también disfrutaba de la vida en la corte.

Después del desayuno y de rezar nuestras oraciones con nuestras hijas, nos sumergimos en el verdor de los jardines de Greenwich, donde nos encontrábamos, y caminamos detrás de nuestras pequeñas mientras jugaban y reían varios pasos por delante. Todo, por supuesto, bajo la atenta mirada de la guardia real.

El sol arrancaba destellos de fuego al cabello rojizo de mi María, mientras que el pelo azabache de Catherine, mi ahijada, parecía absorber cuanta luz había a su alrededor. Tenían ocho y cinco años, respectivamente, y pese a la diferencia de edad que las separaba se llevaban bien y se divertían juntas. Catherine miraba a María como si fuera la niña más lista del mundo, y esta se deleitaba silenciosamente en aquella admiración profesada con tanta franqueza. No tan en secreto como pensaba, claro. Nada escapaba a los ojos de su madre.

—Es una de las sensaciones más hermosas que recuerdo —dijo María de Salinas a mi lado.

—¿Cuál?

—La de ver que entre nuestras hijas también nace la amistad.

Curvé los labios en una sonrisa alegre. Sí que era una sensación hermosa. Mecía mi alma como los brazos de una madre acunarían a su bebé inquieto.

—Han tenido la suerte de conocerse antes de lo que lo hicimos nosotras —comenté.

—No mucho antes. Es reconfortante pensar que se tendrán la una a la otra cuando ya no estemos.

—Sí. —Callé un momento. Aspiré la fragancia de las rosas que impregnaba el aire estival—. Creo que ese es el precio de la maternidad, ¿sabéis? Ser consciente de que un día dejaremos atrás a nuestros hijos. Estar ciertas de que, por muy tarde que muramos y muy adultos que ellos sean, seguirán teniendo problemas y sintiéndose tristes y perdidos, mas nosotras ya no estaremos ahí para brindarles un simple abrazo, una tierna caricia. En algún momento, a los hijos se los deja solos.

María me cogió del brazo con los ojos anclados en nuestras pequeñas, que reían despreocupadas.

—Ese desamparo al que los someteremos es ley de vida.

—En efecto. ¿Decirlo en alto os facilita aceptarlo?

—No.

—A mí tampoco. Los llevamos en nuestras entrañas, los traemos al mundo, lo damos todo por ellos, entregaría hasta mi vida por una garantía de felicidad y bienestar para mi niña..., y luego, simplemente, los dejamos aquí y desaparecemos de su lado. A veces pienso que me gustaría vivir por siempre con tal de poder cuidar a mi hija hasta su último aliento.

—¿Querríais verla morir?

—No —admití—. Y creo que tampoco querría verla anciana. Algo tan hermoso como ella no debería marchitarse jamás.

—No nos corresponde ser testigos de la vejez de nuestra descendencia. Cuando Dios nos llame, iremos, Catalina. No hay más.

—Sí, y lo único que podemos hacer hasta entonces es asegurarnos de educar a nuestros hijos lo mejor posible, de enseñarles a afrontar la vida con la templanza y la sabiduría suficientes para que no nos necesiten. Al fin y al cabo, más tarde o más temprano, nos seguirán. Todos vamos al mismo sitio.

—Pero no todas las almas descansan en el mismo lugar.

Mis ojos se detuvieron en Catherine mientras las palabras de su madre aún retumbaban en mis tímpanos. Era una niña un tanto rechoncha, de grandes ojos castaños. Unas simpáticas pecas cubrían su nariz y sus mejillas. La redondez de su rostro contrastaba con los rasgos afilados y angulosos de María, cuyas facciones empezaban a perfilarse, aunque todavía conservaban el aire infantil propio de su edad. Pero el suyo era un gesto duro incluso por aquel entonces. Físicamente se parecía más a su padre que a mí, lo cual solo reforzaba mi amor por ella.

XXV

Cazar la luna

Junio de 1525

Conde de Nottingham y duque de Richmond y Somerset, lord almirante de Inglaterra, de Gales y de Irlanda, de Normandía, Gasconia y Aquitania; caballero de la Jarretera, guardián de la ciudad y del castillo de Carlisle y primer par de Inglaterra. A Enrique solo le faltaba nombrar príncipe de Gales a su pequeño bastardo para terminar de deshonrar a nuestra María. Para colmo, la ceremonia se había celebrado con toda la pompa y todo el rigor que habría sido apropiado para un hijo legítimo.

Aquello era demasiado, y aunque me mantenía firme en el pensamiento de que el pobre Henry Fitzroy no tenía la culpa de nada, pues no era más que un infante, no podía evitar sentir aversión por él como resultado de la amenaza que suponía para mi hija, que sí había nacido al amparo de un matrimonio y a quien por derecho le correspondería heredar la Corona de Inglaterra si el rey y yo no engendrábamos un hijo varón sano, lo cual a mis casi cuarenta años se antojaba ya imposible. Tampoco lo deseaba, de hecho. Era un sueño viejo, arrugado en la memoria, una renuncia llevada a cabo con la serenidad que trae mirar la realidad de frente.

Enrique no solo había reconocido abiertamente a su bastardo, sino que le concedía honores que lo elevaban entre la nobleza, lo que convertía en plausible su aspiración al trono en el caso de que la desarrollara, lo cual no sería descabellado, pues en esa corte a veces abyecta no parecía haber espacio para nada más que ambición y codicia. En cualquier caso, lo que determinara mi esposo en su testamento condicionaría la ley.

Por eso me enfrenté a él cara a cara, irrumpiendo en sus aposentos sin anunciarme, no me importaba qué pudiera encontrar, pues ya tenía más que asimilada la imagen de otras mujeres en su lecho y apenas me perturbaba, en ocasiones hasta me aburría. Esa clase de afrentas, aunque me sumían en una tristeza azul como el Atlántico que me separaba del que fue mi hogar, no me quitaban el sueño. Un agravio a María, a nuestra María, era algo muy diferente.

Lo encontré solo, con un laúd entre los brazos que acariciaba con una delicadeza y un fervor como los que una vez sentí sobre mi piel, aunque hacía ya tanto que a duras penas lo recordaba. Me había enfundado en un vestido regio de un morado oscuro, con brocados plateados y motivos negros que me conferían elegancia y seriedad. De mi madre aprendí a mostrarme fuerte a través de la ropa y, aunque no me entusiasmaba la fastuosidad que traían consigo las joyas, me las ponía para escudarme en ellas y en el poder que transmitían, para reafirmarme en mi posición de reina hija de reyes.

—¿Cómo habéis podido? —le espeté—. ¿Cómo habéis podido poner a María en semejante aprieto?

Enrique, tumbado entre sus cojines con una de las holgadas camisas blancas que yo misma le cosí, echó la cabeza hacia atrás con hastío y soltó la pluma que acababa de coger para continuar con la composición de una de sus muchas canciones, que a menudo pecaban de frívolas aunque en mi juventud las disfrutara e incluso admirara.

—María sigue siendo la princesa de Gales, Catalina, eso no ha cambiado.

—Sabéis perfectamente que no le espera un camino fácil como vuestra sucesora y vos habéis decidido complicárselo todavía más. El día que faltéis, Dios quiera que dentro de mucho, el hijo de Elizabeth Blount aglutinará partidarios, pocos o muchos, solo porque tiene la ventaja frente a María de ser varón. Nuestra hija no merece esa clase de oposición.

—Y tampoco le corresponde el deber del gobierno —replicó Enrique mientras se ponía en pie—. Le compete asegurar una buena alianza para Inglaterra casándose con un príncipe o un noble europeo cuyo patrimonio suponga una ventaja política para nosotros. Así es como funciona, Catalina, vos lo sabéis bien y ese es el destino al que os encomendasteis... ¿Tanto lo despreciáis para querer evitárselo a María a toda costa?

—No se trata de desprecio, ni mucho menos, pues he sido feliz con la tarea que Dios me encomendó, la de convertirme en vuestra esposa y reinar en esta tierra tan distinta de la que me vio nacer, querida aun así. Pero es que eso era lo que el Altísimo tenía reservado para mí y esas fueron las circunstancias en las que me vi envuelta según sus designios; no es así para María. Ella es el único vástago de vuestra majestad cuyo nacimiento está respaldado por nuestro Señor. Y es lo que necesita un trono. Eso es mucho más importante para un buen gobierno que lo que se tiene entre las piernas; lo uno es un aspecto divino, y lo otro, terrenal. ¿Cómo puede siquiera planteares un dilema?

—¡Porque no estoy seguro de hasta qué punto contamos con ese respaldo! ¿Acaso no nos habría honrado Dios con la gracia de muchos hijos si de verdad avalara nuestra unión? Mas la realidad es que el nuestro ha sido un enlace infructuoso que ha traído más muerte que vida, y eso hace que me pregunte hasta qué punto no es un castigo.

—¿Un castigo?

—Vos estuvisteis casada con mi hermano antes de estarlo conmigo.

Parpadeé, perpleja, sin poder creerme lo que acababa de oír. No podía ser.

—Pero nunca en la práctica, ya lo sabéis —repliqué desorientada. No entendía por qué reflotaba aquel viejo argumento tiempo atrás zanjado.

—Hubo que solicitar una dispensa.

—Por seguridad. Y nos la concedieron.

—¿Pesa una dispensa más que las palabras del Levítico, que condenan al hombre que toma como suya a la mujer de su hermano? —rebatió Enrique.

—Yo jamás fui la mujer de vuestro hermano, no *de facto*.

—Fuera como fuese, la historia ha demostrado en sobradas ocasiones lo que le pasa a Inglaterra cuando la gobierna una mujer.

—¿Y qué es lo que le pasa? Territorios igual de complejos han seguido con éxito liderazgos femeninos.

—Quizá Inglaterra no sea tan pusilánime como esos territorios y necesite de mayor autoridad para un gobierno eficaz.

Entreabrí los labios con desconcierto e indignación. ¿Pusilánime Castilla? ¿Pusilánime España? ¿La nación que estaba redefiniendo el mundo conocido y por conocer?

—Sois injusto con una niña que os adora, que se está dejando la piel en su aprendizaje para estar a la altura no solo de lo que esperáis de ella, sino de lo que esperaríais de un varón. ¿Creéis que no es consciente del conflicto?

—Siempre los habría dispuestos a alzarse contra ella si reinara, Catalina. Y esta disputa se acaba aquí, pues a menudo recorremos el mismo camino, nos decimos las mismas palabras y llegamos a las mismas conclusiones. Ahora, vos me diríais que su ascenso al trono y su posición en él no serían tan endebles si yo la respaldara sin reservas, pues mis súbditos están preparados para asumir como líder a una mujer, y yo os diría que mi linaje y el legado de mi familia, que estoy dispuesto a preservar, aún no están lo bastante consolidados para asumir ese riesgo. —Se acercó a mí, despacio. El fuego de la chimenea rielaba en sus ojos azules, siempre límpidos y directos como dos dagas al corazón. Tomó mi rostro entre sus manos—. No deseo discutir.

Depositó un suave beso en mis labios. Fruncí el ceño con confusión. ¿Pretendía aplacar mi ira con carantoñas? Permanecí inmóvil. Se separó de mí, todavía con sus palmas en mis mejillas.

—No... —empecé.

—No queréis.

Negué con la cabeza. Sus dudas con respecto a la validez de nuestro matrimonio flotaban todavía en mi consciencia, cual esbeltos árboles desnudos que proyectaran sombras alargadas. ¿Acaso Enrique ya ni siquiera me veía como a una esposa?

—Vos tampoco —murmuré.

—Yo sí.

Me constaba que ya se había aburrido de María Bolena, la que había sido su amante en los últimos años, una muchacha de sonrisa fácil y pensamiento lento, aunque contaba con cierta astucia para la supervivencia, como cualquier mujer. Sin embargo, se había dejado usar como un trapo por demasiados hombres; primero, se decía, en la corte francesa, donde ella y su hermana habían recibido educación, y luego allí, en Londres, donde había frecuentado la cama de Enrique pese a estar casada con William Carey, que consentía la ofensa por la cercanía que implicaba con el rey.

«¿Yo sí?». Difícil creerlo. Yo ya no era hermosa. Toda la belleza de la que gocé en mi juventud se había evaporado y en su lugar tan solo quedaba una mujer gruesa de baja estatura, rostro cansado y ojeroso, cabello apagado y sin brillo y tez marchita.

Lo que en realidad quería decir Enrique era que anhelaba el calor de una mujer bajo el peso de su cuerpo, la humedad reconfortante de su entrepierna, y a falta de una amante, ahora que había despachado a la última, su esposa era la alternativa lógica y sencilla que no requería ni de cortejos ni de lisonjas que entorpecieran la urgencia del deseo masculino.

Aunque el roce de sus labios reavivó en mí un ardor casi olvidado y encendió mis afectos, me mantuve impertérrita y le sostuve la mirada.

Me acarició el rostro, y sobre su semblante se cernió una cortina de añoranza, como si no nos separan apenas unos centímetros sino océanos interminables de disidencias y decepciones compartidas. Hundió los hombros, aceptando mi negativa muda.

—Tened buena noche, mi señora.

Me besó en la frente.

Creo que aquel fue el último gesto de amor sincero que me dispensó.

A la mañana siguiente me vestí, recé, desayuné y me dirigí a York Place, residencia habitual del cardenal Wolsey en Londres, adonde había enviado un correo que avisara de mi inminente llegada. No tenía ninguna gana de verle, pero tampoco de fingir que no existía, pues a las serpientes es mejor no quitarles el ojo de encima, no sea que te insuflen su veneno cuando menos lo esperes.

De nuevo, había escogido mis mejores prendas para el encuentro. Antes de bajar del carruaje reajusté mi tocado y respiré profundamente. Al cabo de un momento estuve frente a al cardenal en aquel frío palacete que hacía las veces de despacho.

Lo acompañaba su fiel legado, un tal Thomas Cromwell con el que yo no había cruzado palabra, pero que me inspiraba aversión por el mero hecho de servir a Wolsey. Era un hombre alto y enjuto, con el cabello y los ojos negros.

—Alteza —saludaron con una reverencia.

Inspiré todo lo hondo que pude para aplacar la ira que empezaba a subirme por la garganta. Aquel hombre llevaba años susurrando al oído a Enrique, prácticamente gobernaba en la sombra, y era muy poco de cuanto acontecía en Inglaterra lo que se daba sin su beneplácito. Que el rey hubiera decidido conceder tantos títulos a su hijo bastardo no era algo que pudiera desligarse de los ardides habituales del cardenal, como tampoco el hecho de que en ese momento, casi veinte años después de nuestro enlace, Enrique se cuestionara hasta qué punto era válido.

Me acompañaba María de Salinas. El resto de mis damas aguardaba en el recibidor en el que desembocaba el pasillo.

—No me andaré con rodeos, eminencia —declaré con las manos entrelazadas sobre la espesa falda de mi vestido. Aquella pose me ayudaba a mantener la serenidad—. ¿Cuáles son los pensamientos del rey sobre su matrimonio? Las habladurías acerca de su hartazgo respecto al vínculo que lo une a mí no son nuevas, pero una cosa es hartazgo y otra la clase de desespero que lo llevaría a sopesar una medida drástica e indeseable para todos, así que, decidme, ¿qué opciones baraja?

Wolsey alzó las finas cejas grisáceas, sorprendido por la franqueza de mis palabras.

—Lo que pasa por la mente del rey escapa a mis conocimientos, alteza —respondió.

Apreté la mandíbula. Qué mentiroso. Todos los que formábamos parte del entorno cercano de Enrique éramos conscientes de que Thomas Wolsey era el primer confidente del rey en una medida que solo se equiparaba a la mía.

—Ni vos ni yo ignoramos que Su Majestad os confía cualquier asunto que juzgue importante. Y los no tan relevantes. Cuando se encapricha de una dama a la que quiere convertir en su amante vos sois el primero en saberlo y corréis a convertirla en la fulana del rey. Si sus ambiciones lo llevan a enfrentarse a Francia, también sois vos el primero en saberlo y os afanáis en extinguir dichas pretensiones. Si quiere cubrir de títulos nobiliarios a su bastardo os lo consulta, y vos lo hacéis posible, como ya se ha visto. Si quisiera llevar su desdén por su matrimonio un paso más allá, también lo sabríais y, me temo, lo ayudaríais en semejante empresa, así que hablad.

—Su Majestad no ha expresado, al menos que yo sepa, deseos de poner fin al enlace matrimonial que le une a vos —contestó el cardenal con sus ojillos de búho fijos en mí—. No negaré que le genera cierta frustración no ser libre para intentar con otra lo que no consiguió con vos, aunque la existencia de Henry Fitzroy, a quien habéis mencionado, aplaca esos fuegos, algo que sin duda os beneficia.

—¿Me beneficia? ¿Insinuáis, pues, que de no ser por la existencia de ese hijo el rey querría acabar con nuestro matrimonio en su lucha por traer al mundo un heredero varón?

—No sé si tanto... Sin embargo, ambos conocemos bien el temperamento del rey, mi señora, vos más que yo, seguramente. Si quisiera el divorcio ya lo habría puesto sobre la mesa, pero es demasiado cristiano para plantearlo siquiera, no en vano, Su Santidad lo nombró defensor de la fe. Se contenta con tener un hijo varón, aunque sea ilegítimo, algo que está procurando paliar con todos esos títulos con los que cubre al pequeño Fitzroy.

En eso, quizá, tenía razón. Enrique siempre había sido muy devoto en espíritu aunque no lo demostrara en los términos en los que lo hacía, por ejemplo, Tomás Moro, quien se flagelaba y dedicaba horas a la oración y la contemplación, o yo misma, que había recurrido al cilicio en las épocas felices de mi vida. En lo más hondo y profundo de su ser, el rey era un hombre supeditado a los designios de Dios y, por tanto, de la Iglesia. Mas no pude zanjar la cuestión ahí, pues las palabras de Enrique en nuestro último encuentro a solas aún retumbaban en mi cabeza. Era evidente que había meditado sobre la validez de nuestra unión, en entredicho por el hecho de que, en primer lugar, contraje nupcias con su hermano. ¿Había sido un comentario casual? No, no podía serlo. Era una idea demasiado conveniente para él, la clase de reflexión que legitimaba sus infortunios y lo acomodaba en su malestar.

—¿Y si no se contentara? —inquirí.

—¿Alteza?

—Si mañana os hablase de... anulación, ¿qué haríais vos?

—No veo por qué habríamos de discutir sobre hipótesis, pero sabed que no desearía tal malaventura para la Corona.

—¿Y qué pasa con lo que deseáis vos cuando entra en conflicto con lo que desea el rey?

Wolsey frunció el ceño. Sus ojos relampaguearon; vi en ellos un destello de inteligencia, de astucia. Creyó que lo estaba poniendo a prueba.

—Siempre procuro servir a mi rey por encima de cualquiera, incluso de mí mismo. Inglaterra y Su Majestad merecen mi obediencia; a mis deseos íntimos tan solo puedo otorgarles el placer del pensamiento.

Esbocé una sonrisa amarga, algo impropio de mí. Pero no pude evitarlo. La dialéctica del cardenal no me engañaba.

Me acerqué unos pasos a él.

—Cuidaos de complacerle en todo, pues no siempre se puede satisfacer al león que no demanda alimento por hambre o por necesidad, porque un día querrá hincar los dientes en la luna, no podréis cazarla para él y a quien morderá será a vos.

Wolsey separó los labios para replicar, pero no le di tiempo.

—Buenos días —zanjé.

Antes de irme crucé una última mirada con el cardenal y con su mano derecha, Cromwell, que me miraba con la boca entreabierta y una expresión de asombro.

Aproveché lo que quedaba de mañana para supervisar en persona los programas de caridad que llevaba a cabo en Londres para viudas y huérfanos. Aquello siempre me ayudaba a evadirme y a ganar perspectiva sobre las miserias de la vida. Cuando volvía de los hospicios que financiaba con mi asignación personal, lo hacía con la sensación de que las mías no lo eran tanto.

XXVI

Perseverancia

Septiembre de 1526

Eustace Chapuys recaló en Greenwich en aquel otoño temprano gracias a uno de los habituales viajes diplomáticos a los que lo abocaba su posición como embajador del duque de Borbón en la corte de mi sobrino Carlos. Aquello no fue una sorpresa, pues visitas de esa índole eran frecuentes en la corte; yo apenas seguía ya el vaivén de las personalidades que transitaban por entre los muros de los distintos palacios que habitábamos. Ese era uno de los múltiples aspectos de mi persona que habían cambiado con mi abandono definitivo de la juventud: la gente ya no me interesaba sin motivo, y con «la gente» me refiero a individuos con nombre y cara propios, pues la plebe como cuerpo cohesionado que conformaba el pueblo de Inglaterra seguía inspirándome el mismo compromiso de siempre. De hecho, encontraba un solaz especial en el trabajo caritativo y altruista que me secuestraba varias horas todas las semanas y que hacía ya más de diez años que llevaba a cabo. Existe una recompensa espiritual inherente a la generosidad, a la misericordia, a la que no sería capaz de renunciar ni en mis momentos de mayor penuria.

Pero Eustace Chapuys no era alguien que se beneficiara de mis empresas caritativas ni tampoco un cortesano con una reputación lo bastante suculenta para tentar mi curiosidad. Por eso cuando solicitó audiencia conmigo la acepté por cortesía y deferencia hacia mi sobrino, no por interés sincero en conocerle, actitud que acabaría reprochándome a mí misma en el futuro.

Recibí al dignatario en una de las antecámaras de mis aposentos, sentada en una lustrosa silla entelada que mi séquito había acondicionado para mí.

Chapuys llegó puntual. Era un hombre de rostro enjuto, adjetivo que, seguramente, fuera también válido en lo que respecta al resto de su cuerpo, mas como lo tenía cubierto por pesadas y ricas telas, algunas de colores demasiado vistosos, al irritante estilo francés, o tal vez flamenco, no me aventuré a aseverarlo aunque solo fuera en la intimidad de mis pensamientos.

—Alteza, Eustace Chapuys, para serviros —se presentó en perfecto castellano—. El emperador os envía un afectuoso saludo.

—Decid a mi sobrino que estoy deseando volver a verle.

El embajador era un hombre de gesto afable que se veía

algo mermado por una nariz larga y torcida, quizá a causa de un accidente en la infancia o de una reyerta en su juventud.

—Así lo haré —aseguró Chapuys con una inclinación de cabeza a la que acompañó el gracioso movimiento de la pluma amarilla que adornaba su sombrero—. Os he traído un presente, alteza. Se trata de un obsequio que os hago desde la admiración más honesta, creedme, pues no todas las reinas, ni tan siquiera unas pocas, vivas o muertas, despiertan en mí aprecio semejante.

Alcé las cejas sorprendida.

—¿Y a qué debo tamaño elogio?

—Hace años que llegaron a mis oídos alabanzas dirigidas a vuestra labor aquí, como reina, a vuestro compromiso intelectual con el país, a la financiación con la que habéis dotado a cátedras en universidades. Es posible que esa clase de inquietudes abunden entre las damas europeas de buena cuna, pero de la inquietud al acto hay un salto que muy pocas se atreven a dar. A eso hay que sumar las devotas palabras con las que Erasmo de Róterdam habló de vos en una ocasión en la que coincidí con él en Bruselas, hace un par de veranos.

—Oh, sí, Erasmo. Es un hombre de lo más brillante.

—Me complace anunciaros que él piensa lo mismo de vuestra alteza.

—Me alegra oírlo. ¿Y bien? ¿De qué obsequio se trata, *monsieur* Chapuys? Habéis despertado mi curiosidad más voraz.

El diplomático esbozó una sonrisa complacida e hizo una seña a dos muchachos que aguardaban detrás de él. Sostenían algo pesado bajo un manto aterciopelado. Avanzaron para que pudiera verlos mejor y el embajador retiró el terciopelo. Cada uno aguantaba tres gruesos volúmenes. Chapuys cogió uno de ellos y se acercó para mostrármelo. Me incliné, hechizada por la aparición de aquellos libros tan preciosos a simple vista, y más preciosos aún a vista compleja.

—La Biblia Políglota Complutense —anunció Chapuys—. Si me he informado bien, ella y vos nacisteis en el mismo lugar.

Sonreí y acaricié la rígida cubierta.

—Alcalá de Henares —musité.

¿Cuánto tiempo llevaba sin pronunciar el nombre de la villa en la que fui alumbrada? Mucho. Toda una vida. Sonó extraño en mis labios, como si no tuviera nada que ver conmigo. Había oído hablar de aquella biblia, del empeño con el que el cardenal Francisco Jiménez de Cisneros quiso sacarla adelante, mas hasta ese momento no había tenido la oportunidad de contemplarla, y era ciertamente bella.

Chapuys me cedió el tomo y lo ojeé como si entre mis manos tuviera el mismísimo cáliz de la Alianza. No, eso no me habría atrevido a tocarlo jamás. Me dije que esa osada aunque muda comparación bien valía una mención la próxima vez que fuera a confesarme. Procuraría recordarlo, mas no me fustigué demasiado. Disfruté del valioso objeto que ahora reposaba en mi regazo. Aquella biblia era un portento de la impresión. Volúmenes en folio con portada a dos tintas y el escudo de armas del cardenal Cisneros.

—Encontraréis el Antiguo Testamento en hebreo, latín y

griego —explicó Chapuys—. El quinto volumen incluye un diccionario griego-latín; el sexto, hebreo, equivalencias latinas y griegas y gramática hebrea.

Me costaba no abrir la boca de puro asombro. La belleza y simplicidad de los tipos era irreprochable; la maquetación, impecable, al igual que la estampación.

—Es todo un prodigio. ¿Llegó a verla terminada monseñor Cisneros?

—Terminada sí, publicada no. Me contaron que murió unos meses antes.

—Lástima. Aunque espero que muriera esperanzado. Tenía motivos para estarlo.

—Desde luego. Ahora lo que una vez fue su sueño es una realidad —coincidió Chapuys—. Me pareció pertinente que la tuvierais, alteza.

—¿Fuisteis a Alcalá a por ella?

—En efecto. Deseaba verla con mis propios ojos antes de adquirirla.

—Decidme qué os pareció, puesto que tenéis de mi ciudad natal un recuerdo con seguridad más nítido y sólido que el mío, que es inexistente.

—Es una localidad de lo más acogedora y agradable, aunque hay una cantidad casi obscena de cigüeñas.

No pude evitar soltar una pequeña carcajada.

—¡No me digáis que no os lo advirtieron! Me consta que es una de sus más célebres caras.

—Me lo advirtieron y aun así me sorprendió —aclaró Chapuys—. ¡Imaginad!

Volví a reír, esa vez con menos ímpetu.

—La verdad es que no sé cómo haceros entender lo agradecida que me siento por este obsequio. Guardaré esta biblia con mucho mimo. Y la leeré, por supuesto.

Hice un gesto para que los donceles dejaran los pesados volúmenes en una de las mesas adyacentes, auxiliados por dos de mis damas.

—Me contento con saber que la tenéis en vuestro poder —resolvió Chapuys gentil.

Lo despedí con la promesa de reencontrarnos en breve, pues al cabo de un rato tendría lugar un multitudinario banquete al que él y otros diplomáticos estaban invitados. Asistieron, además, el cardenal Wolsey, su fiel sabueso Thomas Cromwell, Charles Brandon, Norfolk, Tomás Moro, mi cuñada María y sir Francis Bryan, entre otros. Sin embargo, Enrique no parecía disfrutar de la velada como debería o, mejor dicho, como acostumbraba. Había algo en sus ojos, un velo, una sombra, que me hablaba de frustración. Se encontraba atribulado, aquejado por sus propios fantasmas y los demonios de sus debilidades más terrenales y bajas.

Sabía muy bien quién era la dueña de su angustia. Hacía un año que habían empezado las habladurías, y se habían convertido en un secreto a voces que, naturalmente, no me fue esquivo. Mi esposo estaba tras las faldas de otra mujer. María Bolena, una de sus últimas amantes duraderas, ya no calentaba su lecho. Ahora era su hermana Ana quien lo hacía... aunque solo en las fantasías de Su Majestad. Eso aseguraban tanto las buenas lenguas como las malas: que lady Ana no había hecho ningún tipo de concesión al interés de Enrique, mucho menos había cedido a sus demandas. Y la firme negativa, al parecer, había surtido un efecto inesperado en el rey. O, más que inesperado, inédito, pues no dirigió su atención hacia otra dama de defensas menos impenetrables, ni montó en cólera y envió lejos a la protagonista de sus anhelos, ni se refugió en el correr del tiempo con la esperanza de amanecer cansado un día, lo que le permitiría despojarse de deseos caducos.

No. En lugar de eso, la terquedad de Ana se había convertido en una suerte de anzuelo del que Enrique, el rey pez, no podía liberarse.

La joven Bolena no era como las demás amantes que había tenido mi esposo. Había algo en esa historia que me inquietaba, me ponía tensa. ¿Cómo era posible que, casi un año y medio después, Enrique estuviera más obsesionado con ella que nunca? La seriedad de su rostro aquella noche me hizo comprender que no se trataba de un asunto baladí. Su Majestad rara vez renunciaba a divertirse. Pero más rara era todavía la ocasión en la que no hacía falta renuncia porque no había voluntad.

Suspiré y me llevé la copa de vino especiado a los labios. A una hora prudencial anuncié mi retirada y, tras recibir el beneplácito de los presentes y, en particular, del rey, me fui.

De camino por los tenebrosos pasillos del palacio me pregunté qué pensaría alguien como Eustace Chapuys de las tesituras en las que me colocaba Enrique con la cuestión de sus amoríos adúlteros.

Me abrieron la puerta.

Mis damas de compañía, que aguardaban en la antecámara de mis aposentos, se pusieron en pie con presteza en cuanto me vieron llegar. Ahora debían desvestirme, disponer mis ropas de cama y peinarme el largo cabello ondulado. La Biblia Políglota Complutense seguía allí, sobre la robusta mesa. Ana Bolena se encontraba al lado, erguida y expectante. La había estado ojeando. La inclinación de aquella joven hacia los libros era bien sabida, aunque, de momento, yo prefería no indagar sobre la clase de títulos por los que se decantaba. La proliferación de textos protestantes en el extranjero era preocupante y Ana tenía una conexión harto sólida con el continente a raíz de los años que pasó en Bélgica y Francia en su más tierna juventud, de lo cual no hacía tanto tiempo.

Me desvestí y me volví a vestir. El camisón blanco ocultaba mi cuerpo envejecido, castigado por tanto embarazo. Fui incapaz de apartar mis ojos aguamarina de la cintura de avispa de la que hacía gala Ana Bolena, cerca de veinte años más joven que yo. Sus facciones no eran lo que uno entendería por «bonitas»; no obstante, tenían un encanto que no me pasaba inadvertido y que, a buen seguro, se acentuaba bajo la mirada masculina. Todo su ser desprendía peligro, misterio, intriga; atributos a los que Enrique era especialmente sensible.

Cuando mis damas terminaron de prepararme para dormir y mi cabello se desparramaba en una gruesa trenza por mi espalda, les di permiso para marcharse.

—Un momento —dije al cabo de un instante—. Vos no, lady Ana.

La susodicha se detuvo y contempló sin rechistar cómo las demás nos dejaban a solas. Ese día, de haber estado allí, ni siquiera habría permitido quedarse a mi estimada María de Salinas. Las circunstancias exigían por mi parte una deferencia hacia Ana y hacia mí misma difícil de explicar pero que no era compatible con la presencia de nadie más. La conversación que íbamos a iniciar nos atañía solo a ella y a mí. Además, no quería enfrentarme a mi rival con el respaldo de una aliada, pues deseaba ver a Ana crecida, sin elementos que contribuyeran a que se cohibiera. Si representaba una amenaza para mí, necesitaba saber cómo era de verdad y, al mismo tiempo, únicamente de ese modo sabría si representaba un peligro.

Una vez solas, me quedé mirándola como quien observa un río de aguas turbias en una mañana calurosa de julio. Entonces mis pupilas se detuvieron en una esmeralda que adornaba su cuello. No llevaba su característico colgante con la inicial de su apellido, sino una gema romboidal de un verde vibrante. Reconocí el gusto de Enrique detrás de aquella pieza. Me acerqué a ella, que me desafiaba con sus ojos oscuros como la noche, no por osadía, sino por temor.

—Hermosa joya —comenté con mis pupilas ancladas en la esmeralda de su cuello.

Los dedos de Ana volaron inconscientemente hasta el collar y lo tocó con suavidad.

—Gracias, alteza.

—Parece cara. El rey siempre ha sido muy dado al cortejo mediante los obsequios, pero creo que hasta ahora nunca se había gastado tanto dinero en una mujer que no fuera yo.

La joven tragó saliva. Su característica piel olivácea adquirió una palidez que no había visto en ella hasta ese momento.

—Su Majestad es muy generoso —musitó.

Alcé las cejas.

—¿Generoso? Oh, conozco bien a mi esposo. Generoso es quien otorga algo sin esperar nada a cambio. No creo que sea el caso, lady Ana. Bien sabéis que no lo es.

—Tal vez, pero yo no pedí sus atenciones, alteza.

—Mas tampoco hacéis nada por disiparlas. Es más, las alentáis. ¿Por qué?

—¿Cómo las aliento? ¿Existiendo? ¿Caminando por la corte? ¿Respirando? ¿Obedeciendo a la cortesía cada vez que se dirige a mí? Es cuanto hago.

Esbocé una media sonrisa amarga.

—Creéis que podéis engañarme porque ya no soy joven y tengo un acento que os hace pensar que vengo de una tierra distinta a esta, en la que no hay, por tanto, mujeres como vos, pero siempre ha habido mujeres como vos, Ana Bolena, mujeres cuya ambición sobrepasa su buen juicio.

—¿Qué os hace pensar que hay ambición? —replicó.

—Oh, ¿es que acaso lo que os mueve es el amor? Decidme, lady Ana, ¿es eso? ¿Amáis a Enrique?

Por primera vez, Bolena me miró a los ojos.

—Todo súbdito que se precie ama a su rey.

—¿Y a su reina no?

—Vos sabéis que os he servido con diligencia y lealtad.

—La lealtad no consiste en renunciar a vuestro tiempo libre si así, en vuestro papel de dama de compañía, podéis facilitarme la vida, lady Ana. La lealtad es otra cosa. En cualquier caso no apelaba a la Ana súbdita, sino a la mujer, la que es muy consciente de los afectos que despierta en el rey y aun así no hace nada por sofocarlos, para bien o para mal. ¿Qué pretendéis conseguir con ello?

—Tan solo conservar la honra.

—¿Es la honra lo que os preocupa? Si es así, os concedo permiso para abandonar la corte y resguardaros allá donde vuestra virtud no corra peligro.

—No quisiera faltar a mis obligaciones y dar la espalda al modelo de vida que he elegido para mí solo porque el capricho de un hombre me ha puesto en una tesitura difícil.

No me creí sus palabras, al menos, no del todo, aunque lo que decía no carecía de razón. Ana Bolena se encontraba en una situación que le planteaba dos caminos: ceder a los deseos de Enrique y perder la honra o retirarse al campo y despedirse del estilo de vida que había construido en la corte, de las oportunidades tanto intelectuales como sociales que esta le ofrecía. Mas si de verdad padecía por ser víctima de aquel «capricho», como lo había llamado, entonces no luciría alegremente las joyas que la postulaban como tal. La parte de mí que dudaba de su sinceridad encendió un ascua de compasión en mi interior; me hizo ver, con la claridad de la mañana, lo joven que era mi rival. Lo ingenua, quizá. Decidí aceptar su argumento, pues era más sencillo enfrentarse a él que a lo que no se había dicho.

—¿Y qué os creéis que es la vida sino renunciar a cosas, lady Ana? Sobre todo para nosotras.

Por unos segundos, el crepitar del fuego fue lo único que combatió el silencio. Las llamas se reflejaban en sus ojos oscuros.

—Creo que puede ser algo más —alegó finalmente.

Más tarde recordaría esa conversación y me preguntaría si ya entonces Ana tenía en mente aprovecharse de la estima de Enrique para ascender más de lo que lo había hecho en la corte ninguna mujer de su posición, pero en aquel momento tan solo vi a una muchacha incapaz de aceptar su realidad. Dos opciones. Únicamente tenía dos opciones: ceder o desaparecer. Eso me decía yo. No contaba con que Ana tendría la audacia de crear una tercera vía hasta entonces inexistente. Inconcebible, casi.

Suspiré cansada.

—Podéis iros.

Tras una rápida reverencia, Ana Bolena me dejó sola.

XXVII

El último llanto

Julio de 1527

No volvería a sentir la felicidad que me embargó durante la misa de aquella temprana mañana de domingo, en la que, arrodillada frente al altar con las manos entrelazadas, miré de reojo a mi esposo y a nuestra hija, quien, de forma excepcional, nos acompañaba en nuestro día. El sermón versó sobre el perdón como único remedio a la imperfección inherente al ser humano, lo que me hizo pensar en las veces en las que Enrique me había herido con sus actos o sus palabras. También en aquellas otras en las que, a lo largo de los años, cabía la posibilidad de que me hubiera equivocado. Quizá lo había hecho, aunque no fuera consciente de en qué, porque el ser humano yerra de forma natural, y aunque nosotros no todo podemos perdonarlo, Dios sí lo hace. Concluí que si queríamos ser dignos de su gracia debíamos intentar aprender de su misericordia.

Cuando la misa terminó me reuní con María en una de las salas de estar para conversar acerca de lo que el sacerdote había pregonado desde el altar y conocer así sus impresiones, comprobar en qué medida coincidían con las mías.

María llevaba un par de años alejada de la corte, pues su condición de princesa de Gales la había llevado hasta la fortaleza de Ludlow, la misma en la que yo había amanecido viuda en una jornada primaveral de 1502. Aquel título, que la postulaba como heredera indiscutible, traía consigo el precio de residir en esas tierras fronterizas, sola y con las responsabilidades pertinentes, las que la curtirían para superar con éxito el duro ascenso a la Corona. Fue la respuesta de Enrique, no solo a mi indignación por el trato que brindaba a su bastardo, sino por la del pueblo, que en un alarde de sentido común hacía valer la sangre y la condición de nacimiento de sus soberanos por encima del sexo. El coste quizá fue mayor para mí que para ella, pues la añoranza que me provocaba su ausencia era como una daga oxidada en mi corazón. Enrique se dio cuenta entonces de cuál era mi mayor debilidad, de que mis vulnerabilidades como esposa no eran tan acusadas como las que tenía como madre. El rey tomaría buena nota de ello.

Sentadas a la mesa, envueltas en el polvo flotante que se manifestaba a la luz de los rayos de sol que entraban por las esbeltas ventanas, mi hija y yo compartimos miedos y confidencias. Y lo hicimos en latín, quizá porque era una lengua más apropiada para expresar tales cuestiones, o quizá porque la familiaridad del castellano hacía doloroso hablar de aquello que se piensa pero rara vez se dice.

—¿Qué hay de cierto en las habladurías que aseguran que padre quiere desposar a esa tal Bolena? —preguntó María sin rodeos.

Tenía los ojos de mi esposo, de un azul severo como el mar de la costa cantábrica. No me sorprendía que estuviera al tanto de los chismes de la corte. Toda Inglaterra sabía que Enrique VIII había perdido la cabeza por una muchacha de estirpe irrelevante llamada Ana Bolena. Muchas cosas habían empezado a comentarse de ella: que si había hechizado al rey, que si tenía seis dedos en una mano y dos pezones en un pecho, que si no era más que una marioneta de su tío Norfolk, quien siempre había ambicionado estar más próximo a Su Majestad. Quizá lo relativo a la ambición del duque era lo único sin duda cierto. Aun así, Ana no era una ilusa cuyo pecado fuera dejarse manipular, ni mucho menos. Sabía perfectamente lo que hacía.

Mi desdén hacia ella nacía del mal que me infligía a mí y a mi familia con tal de alcanzar sus metas, fueran las que fuesen, pero también sabía que no era más que una mujer luchando por sí misma, como lo hacíamos todas. Que no tuviera la nobleza de espíritu necesaria para poner límites a su lucha en cuanto esta derribaba los cimientos de la vida de otra mujer tan solo era una muestra de su debilidad, de la bajeza de su condición. Al fin y al cabo, ¿quiénes eran los Bolena? Una familia de comerciantes venidos a más. La única que podía presumir de ser alguien era la madre, lady Elizabeth Howard, no solo por su linaje, sino por el carácter sólido y digno en el que resaltaba su modestia y recato debido a su evidente belleza.

Conocía bien a lady Elizabeth porque había formado parte de mi séquito como dama de compañía durante mis primeros años como reina y guardaba buena opinión de ella, algo que no podía decir de ninguna de sus hijas. Precisamente porque la conocía, sabía que tampoco estaba conforme con la reputación que se había labrado la primera y la actitud que había adoptado la segunda. En ocasiones la veía en las recepciones o fiestas del palacio y su rostro jamás abandonaba la seriedad, la gravedad que el interés del rey por su familia le hacía sentir. Elizabeth era la más clarividente de los cinco, contándose ella, su marido y sus tres hijos, o incluso de los seis si incluía a su hermano, el ya mencionado Norfolk. Ella entendía lo que era la Corona y además había captado bien la naturaleza volátil y vehemente de nuestro rey. Sus hijas jugaban con fuego, en especial la segunda, y solo ella lo veía. Ella y yo.

Pero las circunstancias nos habían colocado como rivales, y ni ella podía buscar consuelo en mí ni yo consejo en ella.

«No sois como las otras. Vos habéis de tener todo o nada», le había dicho a Ana en una ocasión en la que compartíamos un juego de cartas, algo con lo que a veces honraba a mis damas, entre las que no gustaba de hacer excepciones, sobre todo si tal gesto podía asociarse a un sentimiento de debilidad, resentimiento o envidia por mi parte. Debía estar por encima de todo eso.

Ella se limitó a mirarme con una expresión indescifrable antes de robar una carta y proseguir con la partida.

Devolví mi atención a mi hija María, dispuesta a ser sincera con ella. A sus once años era lo bastante mayor para lidiar con la dureza de las circunstancias.

—Es posible que el rey haya pensado en ello —reconocí—. Es más, estoy convencida de que lo ha hecho. Pero las fantasías mueren cuando cruzan la frontera hacia la realidad, y la realidad es que lo que está hecho ante Dios no puede deshacerse. La esposa de vuestro padre soy yo, y así será hasta que uno de los dos muera. Ambos lo sabemos.

María asintió. Un mechón de cabello rojizo se le escapó del sencillo recogido.

—Entonces hay gente que desea vuestra muerte —dedujo—. Su familia, supongo.

La crudeza de sus palabras me sobrecogió.

—No tiene muchos más partidarios —intenté consolarla—. Pero, de nuevo, eso son fantasías. Y estas lo son porque no pueden materializarse, si no serían simples deseos. Lo mejor que les podría pasar es que yo enfermara y muriera, pero más allá de eso no deben pensar otra cosa, sería traición y a vuestro padre no le gustaría. Es hombre, pero ante todo rey.

María asintió pensativa.

—¿Os ama?

Suspiré.

—A su manera. Lo importante en este asunto no es lo que sienta por mí, sino por Dios. —Me encogí de hombros—. De hecho, eso es lo sustancial en casi cualquier asunto. Es la ley del Señor la que establece que cuando un hombre toma carnalmente a una mujer hasta entonces intacta la convierte en su esposa. Ese fue nuestro caso, no puede deshacerse.

—Padre fue nombrado defensor de la fe por el papa cuando yo era pequeña. Eso tengo entendido.

—Así es.

—La condesa de Salisbury insistía en que era uno de los príncipes más piadosos de la cristiandad. Al menos hasta la ejecución del duque de Buckingham.

Sí, aquello había traído problemas a mi estimada Margaret Pole, pues sus hijos habían mantenido una estrecha relación con el duque, y cuando un noble caía en desgracia no se sabía cuán lejos podía llegar a salpicar la sangre que se derramaba en el cadalso. Margaret fue destituida como gobernanta de María, aunque le habían devuelto aquel honor hacía un par de veranos.

—Vuestro padre es muy creyente, hija.

—Sí, mas...

—¿Qué?

—También es vulnerable a algunos de los siete pecados capitales, ¿no? La lujuria, la soberbia, la avaricia, la ira. Son capitales porque son peligrosos, los que más vulneran al hombre, y padre no es diferente a los demás mortales en ese sentido. El diablo puede confundirlo y librar en él sus batallas, igual que en cualquiera. Si nuestra fe nos protegiera por completo de sus maldades no seríamos humanos, ¿no? La Biblia nos define como criaturas imperfectas sensibles a la tentación.

—Pero no a más tentación de la que podamos resistir —apunté, recordando aquel pasaje de los Corintios.

—Esa es mi pregunta. ¿Tiene padre la determinación necesaria para resistir?

Me quedé callada. Hasta aquel instante no me había detenido tanto en la cuestión, no porque no la considerase de importancia, sino porque me perturbaba demasiado. María parecía haber meditado por mí.

—¿Desde cuándo sois tan lúcida?

Esbozó una media sonrisa tímida. Vanidad. Sí, nadie era inmune a esos pequeños pecados, por eso era necesario rezar y confesarse siempre.

—El maestro Vives me enseña muy bien. Disertamos sobre todo pasaje de la Biblia que traduzco.

—Ya veo que vuestro latín ha mejorado notablemente. Me apena que se tengan que suspender las sesiones de estudio cuando él se marcha de viaje diplomático. He estado pensando, ya que habéis mencionado a su madre, en Reginald Pole. Podría ser un buen sustituto durante las jornadas que Luis Vives pasa en Bélgica. Ha regresado recientemente de Italia, donde ha cursado muy buenos estudios, sufragados en gran parte por vuestro padre. Tendría sentido contar con él, ¿no creéis?

Entonces me di cuenta de que la piel se le había puesto colorada, encendiéndose con cada palabra. Apretaba los puños sobre el regazo y procuraba mantenerse serena, pero era apenas una niña, por mucho que hubiera tenido su primer sangrado hacía unas semanas, según me habían dicho. Dentro de poco comenzarían los ciclos regulares y, con ellos, llegaría la legitimidad para desposarla si se requería, algo que yo tenía intención de retrasar cuanto fuera posible y sensato. Al fin y al cabo, todavía era joven. Sus muestras de madurez convivían con otras más pueriles, un contraste propio de su edad.

Los nervios que se leían en el rostro de mi hija ante la mención de Reginald Pole eran de lo más elocuentes. Le gustaba. Desconocía en qué circunstancias se habían conocido, pero estaba claro que María, en su espiral de sentimientos y pensamientos preadolescentes, había visto algo llamativo en él. No podía culparla, era un educado y apuesto hombre de veintisiete años que aventajaba a sus semejantes en cuanto a dialéctica, trato y porte.

—Lo que vos y Su Majestad decidáis, madre —contestó obediente.

En ese instante resolví que no. María no podía permitirse distracciones.

—Os lo haremos saber. En cuanto a la cuestión de vuestro padre..., no os preocupéis demasiado, querida María. No os corresponde.

A continuación cambiamos de idioma y pasé a hablarle de sus abuelos maternos en la lengua de estos, de las hazañas que la memoria del mundo entretejería siempre junto a sus nombres. Para mí era importante que mi hija supiera de dónde venía. También consideraba que lo sería para ella, más allá de mis añoranzas personales y del eco que Castilla proyectaba en ellas, pues creía con firmeza que la imbuiría de la confianza necesaria para enfrentarse al futuro que la aguardaba.

Al cabo de un rato, Enrique se presentó en la sala de estar para preguntar personalmente a María por sus progresos académicos y por su papel como princesa de Gales, que implicaba diversos deberes administrativos en la tierra a la que debía su nombre. Los informes reflejaban una muy buena gestión por parte de nuestra hija, pero el rey quería comprobarlo de primera mano. Se sentó a su lado y escuchó con atención la retahíla de tareas que la pequeña había desempeñado en el último mes. A Enrique le brillaban los ojos cuando la miraba.

Jamás dudé de su amor por ella. Ni siquiera ahora, con todo lo que ha pasado.

No obstante, si por aquel entonces hubiera bajado del cielo un ángel premonitorio y me hubiese contado lo que nos haría después, sí lo habría puesto en duda. Es curioso cómo el paso del tiempo distorsiona el pensamiento, el sentir y la comprensión de los sucesos. Hay cosas que jamás toleraríamos si ocurrieran de golpe, si bien las digerimos sin mayor conflicto si acontecen de forma paulatina. Su relación con Ana Bolena era una de ellas.

Por eso, mientras lo contemplaba allí frente a nuestra hija, el fruto de nuestro amor, con sus ojos azules centelleantes de orgullo, supe que no había nada en el mundo que pudiera garantizarme la seguridad que anhelaba ni la dignidad de un futuro sin los reveses que temía.

La incertidumbre apretó los grilletes que tiempo atrás me había puesto, a tal punto que ya no pude soportarlo, y esa noche, durante la cena, me dispuse a librarme de tan irritante carcelero.

—¿Qué pensáis hacer con Ana Bolena?

La pregunta cayó como un trueno en mitad del silencio. Enrique dejó de cortar el filete y alzó la vista para mirarme. Casi pude notar en el aire cómo se tensaban los músculos de la servidumbre que estaba presente. Pero él no. A él solo lo noté... cansado.

Hizo un ademán que indicaba al escanciador y al mayordomo que se retiraran para dejarnos solos. Cuando nos supimos al amparo de la privacidad, Enrique soltó la servilleta de tela junto al plato y entrelazó las manos antes de dirigirse a mí. Algo en sus movimientos me delató que llevaba tiempo queriendo tratar el asunto conmigo pero no se atrevía. Ahora no le quedaba más remedio que afrontarlo.

—Deseo casarme con ella, Catalina.

Sentí de pronto la garganta seca. Había esperado... ¿qué? Más resistencia. Más deferencia. Más decoro.

—Uno debe conceder a sus deseos la importancia que merecen, Enrique. No menos. Pero tampoco más —repliqué con calma.

—No se trata de un capricho —se excusó—. Lo he meditado con detenimiento.

—¿Meditar qué, exactamente? Vuestro deseo no puede llevarse a término. Quizá vuestra ceguera os ha hecho olvidarlo, pero ya estáis casado, majestad.

—No estoy tan seguro.

Parpadeé sin poder creer lo que acababa de oír. La sangre recorría mis venas como un río desbocado.

—Lo recuerdo con bastante precisión, Enrique. Yo era la otra persona que estaba allí.

—Mi conciencia me atormenta, Catalina. También yo recuerdo esa noche. Recuerdo que os amaba. Os amé desde el primer momento en que puse mis pupilas en vos. Y recuerdo que me sentí culpable por desear lo que era de mi hermano. Finalmente aquel anhelo se saldó con su muerte, lo cual añadió culpa a mi causa, mas no derecho, aunque entonces me convenciera de ello.

No me podía creer lo que estaba oyendo. Tragué saliva para darme tiempo y sosegar mis palabras.

—Aparte de mis declaraciones sobre la preservación de mi virginidad, que nadie pudo rebatir, el papa Julio II nos concedió una bula para garantizar la legitimidad de nuestro enlace. Lo que decís ahora no tiene sentido.

—El papa no es Dios, sino un hombre. La bula quizá sea defectuosa. Pudo equivocarse.

—Pero no lo hizo porque yo era virgen.

—Dios nos ha castigado con innumerables hijos muertos, Catalina. ¿Por qué? ¿Creéis que si estuviera de acuerdo con este matrimonio nos habría traído tanta desdicha? María es prácticamente un milagro.

—Así que no creéis mis palabras. Pensáis que os miento.

—Y no os culpo. En vuestra situación lo más sensato quizá fuera mentir. No lo sé. Lo único de lo que estoy seguro es de que lo infructuoso que ha sido nuestro matrimonio exige una explicación y no hay más que esa.

Asentí despacio. La ira me subía por la garganta.

—Lo que os pasa es que poner en tela de juicio mi doncellez es la única baza que tenéis para justificar vuestros lamentables actos, para permitiros ceder sin remordimientos al deseo por esa mujer.

—No os consiento que me habléis así —masculló. Se le empezaba a hinchar una vena de la sien.

—¿Y qué vais a hacer? ¿Solicitar la anulación a Roma?

—Así es, tras un estudio en profundidad de nuestro caso, eso es lo único que se puede hacer.

Lo que se desató en mi interior en aquel instante solo sería comparable a una de las terribles y peligrosas tormentas a las que se enfrentó Ulises en su Odisea, aguas embravecidas repletas de monstruos, mares que se interponen entre uno y su hogar, su destino. Sentí que me faltaba el aire. Se me llenaron los ojos de lágrimas mudas.

—Me he esforzado cuanto he podido y más por ser la esposa que merecíais, Enrique —dije con un leve temblor en la voz. El llanto me la quebraba—. Es quien soy. Serviros a vos y a Inglaterra es mi cometido y mi deber sagrado, y no voy a darle la espalda solo porque vos hayáis olvidado en qué consiste ser cristiano.

—Es precisamente mi sentir cristiano lo que me empuja a este camino. Mi conciencia no me da tregua. La posibilidad de que nuestro matrimonio no fuera del todo lícito y que nosotros hayamos estado viviendo en pecado me reconcome las entrañas y me priva del sueño. Vos podéis pensar de mí las bajezas que vuestro dolor os imbuya, pero esa es la realidad.

¿Era posible que Enrique hubiera caído víctima de sus propias artimañas y de verdad lo creyera? ¿De verdad su alma sufría el tormento de la mala conciencia?

Se acercó a mí y me tomó la mano. Detestaba verme llorar. Las lágrimas siempre le habían puesto nervioso.

—No es que haya dejado de sentir estima por vos, Catalina. No es eso —insistió.

—Estima… —repetí incrédula, derrotada. Reprimí los sollozos que pugnaban por abrirse paso desde mi pecho. La frustración que sentía era demoledora. Veinte años después me veía obligada a defender mi virginidad de nuevo. Me puse en pie—. Mientras yo viva, Ana Bolena solo podrá aspirar a ser vuestra amante. Aunque logréis engañarla a ella, a vos, a toda la corte o a la mismísima Santa Sede, la verdad es la que es y al final siempre cae sobre nosotros, si no en la vida, en la muerte. Mi conciencia está tranquila y a ella me ceñiré hasta que termine este despropósito al que pretendéis arrastrarnos. —Hice una reverencia rápida—. Tened buena noche.

Oí que me llamaba, pero le rehuí, le desobedecí de manera deliberada, me rebelé contra el poder que como hombre y como rey tenía sobre mí por primera vez en mi vida. Me figuré que no sería la única, y ese pensamiento me apenó profundamente.

Sin cruzar palabra con ninguna de mis damas, me refugié entre las sábanas de mi lecho. Ni siquiera me desenredé el cabello. Me dormí entre sollozos, con el regusto salado de mis lágrimas en los labios y la promesa de que, tras esa noche, no habría más llantos por Enrique.

XXVIII

La súplica escarlata

Octubre y noviembre de 1528

La llegada de Lorenzo Campeggio me llenó de esperanza y urgencia. Era mi aliado, mi baza más valiosa en aquel delirante juego que había iniciado mi esposo. En el último año las habladurías acerca de su intención de anular nuestro matrimonio habían recorrido la totalidad, no solo del reino, sino de toda Europa, convertidas en el testimonio de una realidad que me atenazaba las entrañas día y noche. No me sorprendió comprobar que, en efecto, la discusión que habíamos mantenido aquella noche de julio del año anterior no era simple bravuconería, pues conocía bien a mi esposo y supe identificar su determinación en el momento en el que se atrevió a manifestarla ante mí. Sin embargo, eso no impedía que me invadiera la consternación y la perplejidad cuando meditaba sobre ello en la tranquilidad de mis aposentos o mi oratorio. ¿Cómo era posible que me estuviera viendo envuelta en semejante desbarajuste? Si se ponía en duda mi matrimonio con Enrique, se ponía en duda la razón de mi existencia, mi legitimidad como madre, esposa y mujer. Era arrojar sombras sobre mi identidad y la de mi hija. Y, por encima de todo, suponía un desafío a Dios, pues yo era reina de Inglaterra por su gracia y esposa de mi esposo por eso mismo. Tal y como me prometí, no había vuelto a llorar por Enrique, aunque el dolor y la rabia seguían consumiéndome.

Habría preferido que aquel asunto se tratara con el máximo rigor y seriedad en la sede de la Iglesia, como correspondía a una cuestión de tal magnitud. Sin embargo, debido a las complicaciones resultantes de la situación en Roma derivadas de la intervención armada de mi sobrino Carlos, se concluyó que la mejor alternativa estribaba en celebrar las reuniones en la propia Inglaterra, eso sí, con un representante del Vaticano escogido a conciencia por Clemente VII, quien era, al fin y al cabo, la máxima autoridad en los asuntos que concernían a la Iglesia.

Ese hombre era Campeggio.

Me reuní con él en una de las salas de estar de uso privado que había en el palacio de Richmond, en el ala oeste superior. Cuando llegué a la estancia revestida de madera, con tapices y retratos decorativos que cubrían las paredes, observé que mi servicio ya había dispuesto las copas de vidrio veneciano, un regalo con el que María de Salinas, que siempre había tenido un gusto exquisito para los utensilios domésticos, me obsequió la anterior Epifanía. Sería ella quien actuaría como testigo del encuentro, discreta en un rincón.

A Campeggio lo acompaña Wolsey, a quien apenas miré.

Ya conocía al enviado de Roma por sus anteriores visitas a la corte. Era un hombre de ojos pequeños y curiosos, nariz alargada y barba cana de más longitud todavía. Su altura superaba en poco la mía, lo cual no era decir mucho, puesto que jamás destaqué por mi estatura. Aun así, su presencia imponía un respeto y una solemnidad dignos de un cardenal, aunque su compañero y anfitrión, ahora a su lado, nunca hubiera hecho gala de tales virtudes.

—Eminencias —saludé, y dediqué una sonrisa discreta a Campeggio.

—Alteza, vuestra presencia y vuestras atenciones me honran —respondió él en un latín tan depurado y perfecto que, por un momento, creí estar en presencia de mi ya lejana pero ducha maestra Beatriz Galindo.

Me pregunté qué habría sido de ella, qué pensaría de mí y del escándalo en el que ahora se veía envuelto mi buen nombre y que era motivo de rivalidad y debates en la mayoría de las cortes europeas.

Les indiqué que tomaran asiento.

—¿Cómo se encuentra Su Santidad? —fue lo primero que pregunté.

—Goza de buena salud a pesar de los tormentos sufridos a raíz de ver su ciudad y los bienes de la Iglesia sometidos a la inmisericordia y la incuria de un ejército extranjero.

Aunque tácita, su acusación no me pasó inadvertida. Con

todo, quise por dejarla pasar al considerar que no tenía mala intención. Suspiré imperceptiblemente y cedí al orgullo que me impelía a excusar a mi sobrino.

—Todo rey tiene algo de guerrero, y al parecer es un rasgo que no se diluye ni siquiera en el espíritu del monarca más fervoroso de la cristiandad.

Campeggio forzó una sonrisa. Las noticias del asalto a Roma por parte de Carlos me habían horrorizado, pues no imaginaba que ningún hombre que conociera la importancia de la Iglesia se atreviera a herir de aquella manera el corazón de esta. No obstante, pronto recordé que la voluntad masculina, en particular la que se crece bajo una corona, es voluble a los caprichos, que a menudo se confunden con derecho, razón y motivo de peso. El mismo por el cual estaba ahora sentada frente a un emisario de Roma a la espera de que respaldara mi posición en un dilema absurdo nacido del desespero que las negativas de una joven habían provocado en un rey acostumbrado a poseer aquello sobre lo que detenía la vista.

—Sin duda —concluyó.

—Abordemos, pues, el asunto que nos ha traído hasta aquí —cortó Wolsey, impaciente.

Lo miré con el desprecio habitual. Esa cara redonda, esos dedos rechonchos y enjoyados. Detestaba que estuviera presente.

A pesar de todo, asentí. Me erguí todavía más en mi asiento e hice una señal a María de Salinas para que sirviera el vino especiado que había encargado traer de España.

El italiano se llevó la copa a los labios, dio un par de sorbos y luego se relamió con disimulo.

—Sí, abordemos la validez de mi matrimonio con Su Majestad —dije—. Para quienes respetamos los mandatos de la Iglesia, y en especial los de nuestro Señor, no creo que haya nada merecedor de discusión o revisión siquiera. El papa Julio II emitió una dispensa que certificaba que mi matrimonio con Arturo jamás se consumó y, por lo tanto, nunca llegué a ser su esposa a ojos de Dios, lo que permitía a Enrique desposarme sin reparo de ninguna índole. Toda posibilidad de debate muere con esa simple verdad.

—¿Y fue así? —inquirió cuidadoso Campeggio—. ¿Jamás se consumó?

Abrí mucho los ojos. La desconfianza del cardenal fue como una bofetada. Había esperado que la Iglesia estuviera de mi parte sin paliativos, y la exhibición de aquel recelo me hizo pensar que, quizá, mi causa no era tan fácil de defender para quienes sobre el tablero ponían más que la simple integridad moral o la ética cristiana. No pude evitar mirar de reojo a Wolsey, como si la corrupción de aquel enviado de Roma fuera obra suya.

—Arturo y yo compartimos cama en menos de diez ocasiones durante el escaso tiempo que estuvimos casados. Fueron, en concreto, siete. Yo me tumbaba y también él, con los testigos correspondientes que pudieran dar fe de la consumación. Ninguno de ellos la dio nunca porque en ni una sola de esas ocasiones Arturo pudo tomarme. Fue físicamente incapaz de cumplir con su deber de esposo. Enrique me encontró intacta. Esa es la única verdad.

Campeggio se rascó el mentón con un aire pensativo. Su

túnica escarlata resaltaba la expresión adusta de su rostro. Wolsey, con su voz melosa y su falsa docilidad, consideró oportuno intervenir.

—Sin embargo, comprenderéis que quienes no estuvieron presentes puedan albergar dudas, entre ellos el rey.

La saliva se tornó ácida en mi paladar.

—A menudo vemos en los demás pecados que germinan en nosotros mismos, eminencia, por lo que supongo que sí, quizá sea comprensible que haya personas escépticas a mi palabra, pero eso no lo hace más aceptable y por supuesto tampoco cambia los hechos. Jamás mentiría sobre semejante cuestión. No lo hice entonces, cuando se solicitó la dispensa papal, y no lo hago ahora.

—Hay ambiciones que pesan más que la conciencia.

—E imagino que vos lo sabéis bien... Pero no es mi caso —repliqué mordaz—. Eso también lo sabéis bien.

Wolsey apretó la mandíbula entre molesto y frustrado.

—El rey desea anular su matrimonio con vos —sentenció Campeggio—. He ahí otra verdad, alteza.

—Eso parece —admití con todo el dolor de mi corazón, aunque no hubo nada ni en mi rostro ni en mi voz que lo dejara ver—. Mas, para su desconsuelo, es un deseo al que no cabe dar salida porque ni siquiera la voluntad de un rey puede sobreponerse al decreto de la Iglesia y mucho menos a los designios de Dios.

Los cardenales intercambiaron una mirada rápida.

—La laxitud en la interpretación y aplicación de esos... designios —empezó Campeggio— no es del todo reprobable si las circunstancias la exigen como pago para la prosperidad de ciertas cuestiones de gran relevancia. Hay antecedentes históricos de matrimonios reales que se han anulado incluso tras haber tenido descendencia.

—No quiero volver a oír hablar de Luis VII y Leonor de Aquitania, monarcas que, si bien son respetables y ella incluso despierta mi admiración, pertenecen a una era menos refinada en lo que a doctrina eclesiástica se refiere, por no mencionar que los argumentos que se esgrimieron para la defensa de esa nulidad eran demostrables y no suponían una falsedad.

—Alteza —dijo Wolsey—, ambos conocemos muy bien al rey, por eso sé que no os sorprenderá que os diga que Su Majestad está dispuesto a conseguir lo que se ha propuesto y que tarde o temprano lo logrará, a expensas de lo que sea.

—Quizá deberíais meditar sobre la posibilidad de abandonar esta causa antes de que perdáis en ella más de lo que tenéis —añadió el italiano.

—Solo perdería más de lo que tengo si fuera desleal a mi conciencia —repliqué impertérrita—. ¿Acaso no os importa dejar en evidencia la credibilidad de la misma Iglesia que nos concedió una dispensa hace tantos años y a la que vos pertenecéis?

Campeggio se encogió de hombros.

—Ninguna credibilidad se ve afectada por los errores reconocidos. La Iglesia no está exenta de equivocaciones, pues somos humanos y es precisamente eso, nuestra imperfección, lo que nos diferencia del Señor, pese a estar hechos a su imagen y semejanza. Somos sus hijos, al fin y al cabo. La bula de

Julio II tiene ciertos pasajes…, digamos, ambiguos, según han juzgado los letrados de Su Majestad, que podrían suponer una vía para hallarla defectuosa si se esgrimen los argumentos adecuados. Por lo tanto, las circunstancias en las que ahora nos vemos sumidos podrían escalar hasta una altura de coste imprevisible para todos… Sería sensato por vuestra parte que os anticiparais al desastre retirándoos a un convento, donde podríais vivir en paz la magnitud de vuestra fe. En ese caso, poseo los poderes discrecionales pertinentes para disolver vuestro matrimonio terrenal en favor de uno celestial.

Exhalé un suspiro y desvié la mirada. Creí que la tesitura en la que se encontraba el papa, a manos de mi sobrino, le predispondría a mi favor en el caso de que decidiera ignorar la resolución sobre el asunto de la que era responsable Julio II, pero estaba claro que había errado en mi juicio y que la situación y sus posibles consecuencias eran tan preocupantes como para hacerme semejante propuesta.

—Me pedís que rectifique sobre algo que no es incorrecto, y creo que ya he hablado del imperativo de mi conciencia. Sin añadir que Dios no me ha llamado a la contemplación.

—Pensadlo bien, alteza —insistió Wolsey—. Si accedéis, el rey está dispuesto a llevar a cabo cuantos arreglos solicitéis sobre vuestros derechos de viudedad respecto al príncipe Arturo y garantiza que vuestra hija María será puesta en la línea de sucesión justo detrás de sus legítimos herederos varones.

«Wolsey, condenada sabandija», pensé. No ignoraba que sus tejemanejes eran los responsables de que aún no me hubiera llegado el asesoramiento jurídico que había pedido, ni de Inglaterra ni de ninguna parte. Para que mi sobrino Carlos se enterase de mi situación había tenido que recurrir a una estratagema junto a mi fiel Francisco Felípez, quien, tras manifestar ante el rey un embuste muy bien interpretado acerca de una madre enferma en España, había obtenido permiso para viajar con presteza sin que Wolsey pudiera hacer nada y allí, en Valladolid, pudo reunirse con Carlos para ponerle al día de las vicisitudes que padecía su tía.

—No cederé, eminencias. Mi relación con mi fe, a la que habéis aludido, quedaría dañada de manera irremediable, y ese es un precio que no estoy dispuesta a pagar por nadie. Y vos tampoco deberíais hacerlo. —Me levanté—. Ahora, si me disculpáis, debo atender otras obligaciones.

En cuanto se marcharon miré a mi fiel María de Salinas, que me observaba con el rostro compungido mientras negaba levemente con la cabeza.

—Qué decepción —dijo.

—Así es. —Me dejé caer en la silla entelada agotada—. Parece que estoy sola.

María se acercó a mí y me tomó con cariño una mano.

—No lo estáis, Catalina. No solo por mí, o por Tomás Moro, Juan Fisher y Luis Vives, o por el pueblo inglés, que como reina os prefiere y preferirá a vos antes que a lady Ana. No, si no lo estáis, es sobre todo porque tenéis a Dios de vuestro lado.

Le sonreí.

—¿Podéis creer que me esté haciendo esto?

No tuve que especificar ni darle más datos. María lo comprendía.

—Su Majestad es un hombre atormentado por los demonios de su condición, Catalina. Es demasiado susceptible a los deseos de la carne, esclavo, incluso. Además, le atenaza un miedo profundo.

—El de perder aquello que sus padres construyeron —completé—. El de convertirse en el punto final de una dinastía que se forjó con sangre y lágrimas. Ser un fracaso para su linaje.

María asintió. Las dos conocíamos muy bien a Enrique. Ambas sentíamos por él un aprecio sincero, yo como esposa y ella como amiga. Y sabíamos lo que era que Su Majestad nos correspondiera, por eso tendíamos a excusarle.

—Eso no significa que debáis dar la espalda a vuestros principios, alteza. Vos siempre seréis la reina, y yo siempre estaré a vuestro lado.

No lo dudaba. Nos abrazamos.

Las audiencias con los dos cardenales se sucedieron a lo largo de las semanas y el resultado siempre era el mismo: sus ruegos y mis negativas. Durante las sesiones empecé a preguntarme hasta qué punto la visión de Campeggio no era solo suya, particular, movida, quizá, por promesas y tratos que hubiera hecho a título personal allí, en Inglaterra. Cuanto más tiempo pasaba con él, más me daba cuenta de que cualquier juicio celebrado en suelo inglés carecería de la legitimidad y la garantía que mi causa y toda causa que se preciara requerirían.

Una tarde, Campeggio y Wolsey abandonaban la estancia

cuando el segundo susurró algo al primero ya en el umbral de la puerta. El italiano asintió y prosiguió con su retirada, pero Wolsey se detuvo, cerró la puerta y se volvió hacia mí.

—Alteza —empezó—, sé que no soy de vuestro agrado, que nunca lo he sido. No os culpo, pues tal vez tuvierais razones para ello. Sin embargo, ambos estamos ahora implicados en una trama que no desearíamos protagonizar de ninguna manera, una penosa disputa que a ambos puede perjudicarnos mucho si no se resuelve como el rey espera.

—Pero más a vos, ¿no es cierto? Teméis vuestra caída en desgracia después de tantos y tantos años de favor del rey. Por primera vez no sois capaz de darle lo que quiere y eso os coloca en una posición vulnerable, eminencia. Os lo dije hace tiempo —le recordé—, os dije que el león os pediría la luna. Y a falta de luna ahora hinca sus dientes en vuestra carne.

—No es sencillo contentar a un león que sabe que lo es. Cuando se convive con él, uno solo puede hacer planes para la supervivencia del día siguiente, nunca más allá, y quién sabe qué peticiones nos hará llegar si conseguimos satisfacerle en esta; aun así, no puedo fallarle hoy si pretendo seguir sirviéndole mañana.

—Vuestras pretensiones no me interesan, cardenal Wolsey, como tampoco vuestros miedos, de igual manera que a vos jamás os interesaron los míos. En cualquier caso, ambos están supeditados al querer del rey. Pero como ya he dicho en multitud de ocasiones, a mi fe le debo una lealtad que no puedo sacrificar ni siquiera por Su Majestad.

Wolsey agachó la cabeza, apretó los puños y permaneció

en silencio unos instantes. Jamás podría haberme anticipado a lo que hizo a continuación: se dejó caer al suelo de rodillas. Extendió las manos en mi dirección, con las palmas hacia arriba. Lo miré atónita.

—Vuestra alteza ha de saber que no dudo, ni dudaré jamás, de su palabra en lo que respecta a su vivencia de la fe y su obediencia cristiana, pues soy muy consciente de cuán piadosa sois, de la naturaleza sincera e inmaculada de vuestras creencias, siempre lo he sido, e incluso como cardenal reconcomido a veces por la zozobra espiritual, lo he admirado. Mas os pido, y lo hago de rodillas, que recapacitéis y cedáis a los deseos del rey, como cedemos todos. Como debemos ceder todos.

Por primera vez sentí lástima de Wolsey. Compasión. No era más que un hombrecillo que se estaba viendo superado por las circunstancias, ahogado en un mar de consecuencias que él mismo había agitado tiempo atrás.

—Mi rey no me gobierna más que lo hace Dios —repliqué—. Es cierto, puede que albergue alguna que otra motivación egoísta: el orgullo de mi posición, el futuro de mi hija... Pero no sería capaz de luchar por ninguna de esas causas si eso me obligara a abandonar el camino de la rectitud moral y mis deberes cristianos, y es esa implacabilidad de espíritu la que me impide responder a vuestra súplica. Ahora levantaos y recuperad la compostura que se presupone a un hombre de vuestra categoría.

Wolsey se puso de pie, cabizbajo y derrotado. Sus rasgos se habían recubierto de demasiada vejez en los últimos tiempos, como si los años transcurridos desde que la familia Bolena se ganó un hueco en la corte lo hubieran envejecido más que los treinta anteriores.

—Buenas tardes —me despedí, y sin añadir nada más abandoné la estancia seguida de mis dos damas, dejando al cardenal abatido a mi espalda.

XXIX

Ruego y declaración

21 de junio de 1529

«Hace diez días se cumplieron veinte años de mi matrimonio con Enrique y hoy debo defender la legitimidad de dicha unión delante de un tribunal sin validez alguna».

Ni siquiera había abierto los ojos todavía cuando el pensamiento retumbó en los ecos de mi mente. Debía afrontar un día duro, de esos inmunes al correr del tiempo, de los que impregnan la memoria como el moho una pared vieja. Pensé en Dios. Pensé en mi hija. Me incorporé en actitud resuelta y María de Salinas acudió a mi vera con una vela trémula que me permitió discernir su rostro tenso.

—Catalina —dijo—, estáis despierta.

—Sí. Acabemos con esto.

María, que me había velado durante toda la noche, corrió

hacia la antecámara, donde mis damas aguardaban instrucciones. De inmediato vi mis aposentos inundados por media docena de vestidos lustrosos y telas coloridas. Lo primero que hicieron fue correr el espeso cortinaje que impedía el paso libre de la luz del sol. Lo segundo, encender un fuego. Lo tercero, escoger el atuendo que luciría esa mañana.

Todos esperaban que la reina enviara a un representante a aquel burdo espectáculo que mi esposo, los cardenales Wolsey y Campeggio y el papa habían orquestado para convencerse de que avanzaban en un asunto que no tenía desarrollo posible, al menos en Inglaterra, pero no pretendía ponérselo tan fácil a ninguno de esos hombres, títeres de sus propias pretensiones y dobleces, a veces incluso de las de otros, por lo que me presentaría yo misma. Nadie lo sabía aún salvo mis damas, y no todas, pues las hermanas Bolena habían figurado entre ellas hasta hacía no tanto, y aunque ya no fuera ese el caso, en los años que habían pasado a mi servicio habían tenido tiempo de congraciarse con algunas de sus compañeras, con las que, me constaba, hablaban de vez en cuando. La mayor de las hermanas nunca fue más problemática que cualquiera de las amantes que el rey hubiera llevado a su cama antes que a ella, pero la menor, Ana....

Ladeé la cabeza con disgusto mientras me vestían.

Ana era harina de otro costal. Siempre lo fue. Y por eso aquel día se presentaba como un antes y un después en mi vida.

Inés de Venegas, una de las pocas damas españolas a las que Wolsey no había conseguido alejar de la corte y extirpar de mi séquito, me puso el tocado y recolocó mi cabello antaño rubio cobrizo, hoy oscurecido, como si el sol lo rehuyera y llevara años sin querer reflejarse en él.

María se arrodilló a mis pies y atusó las pesadas faldas aterciopeladas del vestido que acababa de ponerme. El tono púrpura de la tela armonizaba con el crucifijo de amatista que adornaba mi escote pálido, cuya blancura resaltaba más de lo habitual debido a las perlas que adornaban los ribetes que lo enmarcaban. Las mangas lucían el patrón de bordado español que mi corte y yo introdujimos en Inglaterra a mi llegada, en 1501. Los motivos de hilo blanco eran discretos pero no invisibles. Sentí la suavidad del tafetán en mi piel. Bien. Ni un solo detalle se había dejado al azar. Me puse mis chapines de cordobán plateado y suspiré profundamente antes de dirigirme hacia la capilla de Greenwich, donde rezaría mis oraciones de la mañana.

Como de costumbre, entré sola. Me arrodillé ante la sencilla pero hermosa talla de madera de Jesucristo y entrelacé las manos con fuerza. Pedí entereza para afrontar la jornada de juicios severos que me aguardaba, algunos silenciosos aunque igual de elocuentes que los que se manifestarían en voz alta. Pedí a nuestro Señor que imbuyera en el papa la presteza y la clarividencia necesarias para resolver aquella cuestión con los métodos pertinentes; le pedí que hiciera entrar en razón a mi esposo. Ninguna de esas cosas desembocaba necesariamente en la otra. Enrique era muy católico, pero sobre todo era rey. Sobre todo era hombre. Además, tenía la sospecha de que Ana Bolena lo había contagiado de ideas peligrosas, de esas que constituían una infección para cualquier reino cristiano que se preciara. Esperaba equivocarme. El protestantismo tiene el poder de seducir a cualquier ser humano, plebeyo o monarca, que carezca de la abnegación que debemos a Dios y a su Iglesia, y los reyes, que lo son por su gracia, no están exentos de olvidar o ignorar dicho pormenor si con ello pueden asir un poco más de poder.

Abrí los ojos y contemplé el cristo de madera crucificado.

«Más calamidades pasó vuestra merced —me dije en silencio—. Y renacisteis».

Recité en un murmullo ininteligible las oraciones y letanías que me enseñaron de niña, las que tanto recé con mis hermanos, las que aprendimos de boca de nuestros padres y, en particular, de nuestra madre: el *Pater noster*, el *Confiteor*, la *Salve Regina* y el *Kyrie eleison*, entre otras.

Nunca suenan vacuas esas palabras; traen consigo el consuelo de la familia, del ayer y del mañana, porque a ellas recurrían mis antepasados antes de que yo naciera, y a ellas recurrirán mis descendientes cuando yo no esté. O, al menos, así lo hará María, de eso no me cabe duda. Ya había visto en sus ojos la determinación límpida de quien jamás me traicionaría. Tampoco yo le fallaría a ella, y por eso debía mantener el temple y la majestad que me correspondían como reina frente al tribunal legatario que aquel día reclamaba una comparecencia.

Me santigüé y abandoné la capilla.

En mis aposentos me aguardaba un copioso desayuno. No tenía demasiado apetito, pero necesitaba comer para asegurarme cuanta lucidez fuera capaz de reunir en aquel trance. Lucidez, determinación y fortaleza. Mi padre solía decir que no era sabio enfrentarse a los contratiempos de la vida con el estómago vacío. Pan, queso, jamón cocido y tomate, esa fruta traída del Nuevo Mundo que tanto éxito estaba teniendo en mi tierra, según me contaban. La probé por primera vez en 1526 y, si bien no me pareció la delicia que me prometieron, con el tiempo acabó gustándome más de lo esperado tras aquel primer bocado.

—Alteza —dijo María—, es la hora.

¿Ya? Debía de haberme quedado absorta en mis pensamientos. Asentí y me puse en pie mientras me limpiaba las comisuras de los labios con una servilleta en la que habían bordado una granada, mi emblema. Acaricié el adorno con el pulgar. Me recordaba a mi hogar.

Me dirigí al convento dominicano de Blackfriars, donde aguardaba el tribunal legatario. De camino oí los vítores del pueblo, el jaleo de unas gentes que amaban a su reina y que ansiaban hacerle ver que estaban de su parte. Contuve una sonrisa. Mis informadores aseguraban que los ingleses de a pie apoyaban mi causa, en particular las mujeres, por lo que no me sorprendieron las algarabías, pero sí me quedé perpleja ante la vehemencia de su espíritu y, sobre todo, el impacto que esta tuvo en mi corazón, que recibió con los brazos abiertos aquel soplo de calor humano.

Muchos fueron los cortesanos con los que me crucé antes de llegar al gran vestíbulo donde tendría lugar la vista; ninguno hizo otra cosa que no fuera inclinar la cabeza.

Cuando entré en aquella enorme sala de esbeltas columnas a cuyos pies habían dispuesto un modesto graderío, ahora ocupado en su totalidad, cientos de ojos se posaron en mí. Al fondo, junto al estrado de los prelados presidentes, había dos regias sillas, una frente a la otra. La de la derecha estaba ocupada por el rey. La otra era para mí.

No me pasó inadvertido el leve murmullo que se derramó en el lugar como respuesta a mi llegada, un rumor de sorpresa, de desconcierto. «La reina en persona», era lo que se leía en sus semblantes. Despedí a mis damas. María de Salinas me habló con sus pupilas antes de desaparecer entre la multitud: «Podéis con esto». Pero ni siquiera ella conocía mis intenciones exactas.

Avancé sobre el suelo ajedrezado con expresión hierática, tomando nota de quién estaba presente. Ana Bolena fue uno de los primeros rostros que distinguí por el rabillo del ojo, aunque no le hice la concesión de mirarla directamente. Su figura bajo el tocado de estilo francés era reconocible entre la multitud, con aquella B de su apellido colgando de su cuello. Al frente estaba Lorenzo Campeggio, el enviado del papa que tan poco se había comprometido con mi causa. Vi también a Stephen Gardiner y a William Cavendish, a Charles Brandon y a mi estimado Juan Fisher, conocedor de mis tribulaciones, alguien que pelearía por mí hasta el final. Reparé en Thomas Howard, duque de Norfolk, fiel consejero de Su Majestad y tío de la mujer que había propiciado aquel vergonzoso espectáculo; en Tomás Moro, aliado a quien respetaba profundamente y que lamentaba aquel episodio casi tanto como yo; en Thomas Bolena, padre de mi adversaria, que me inspiraba mucha más aversión que ella, pues no concebía que un padre pudiera desear para una hija lo que había padecido María Bolena con tal de prosperar en la corte. Ahora pretendía ir más allá con su hija menor. Su ambición sobrepasaba los límites de la decencia y la integridad. Me fijé asimismo en Thomas Cromwell, el perro faldero de Wolsey. Así lo veía la mayoría, también yo, pero últimamente me rondaba la idea de que, quizá, aquel era un prejuicio errado, injusto con su verdadera naturaleza; había en su mirada oscura un extraordinario destello de inteligencia y sosiego, una poderosa mezcla. Thomas Cranmer, un eclesiástico y erudito de Cambridge, me siguió con sus ojillos de águila. Thomas Wyatt, poeta y diplomático al servicio de Su Majestad, así como uno de sus más queridos amigos, también estaba presente. En fin, una retahíla interminable de hombres con el mismo nombre.

«Uno podría pensar que las madres inglesas son ignorantes de cualquier otra figura del santoral», pensé. Qué ocurrencia tan absurda para un momento como aquel. Sin embargo, algo que había aprendido a lo largo de mis cuarenta y tres años de vida era que las situaciones límite no siempre traen consigo la solemnidad y la seriedad que se les presupone. Al menos en lo que al discurrir del pensamiento se refiere.

Enrique se levantó y miró a Lorenzo Campeggio, representante de Clemente VII, a quien este había legitimado para conceder la nulidad si lo consideraba oportuno.

El rey inició su perorata asegurando que me había amado

y todavía me amaba, pero que las voces de su conciencia, ecos de la palabra de Dios que en el Levítico aseguraba que era pecado tomar a la mujer de un hermano, le quitaban el sueño, lo atormentaban y atribulaban. ¿Mencionó, acaso, el pasaje del Deuteronomio que insta a los hombres a hacerse cargo de las esposas de sus hermanos en caso de quedar viudas? No, eso no. Cómo iba a hacerlo, si contravenía sus deseos, no su conciencia. Tanto me daba. Ni el Deuteronomio ni el Levítico tenían nada que ver con nosotros, pues mi matrimonio con Arturo jamás se consumó. Yo no había sido esposa de nadie más que de Enrique VIII Tudor.

Cuando terminó, retornó a su asiento y evitó mirarme.

Llegó mi turno. Clavé la vista en quienes litigaban a favor del rey: Richard Sampson y John Bell, doctores muy duchos en materia teológica. Observé a quienes litigaban al mío: Juan Fisher, confesor y viejo amigo, obispo de Rochester, y el doctor Standish, un reputado y respetado monje.

Qué disparate.

No dudaba de los conocimientos de aquellos hombres, pero ¿quiénes eran ellos para juzgar mi intimidad, para cuestionar las circunstancias de la pérdida de mi virginidad como si fuera un asunto que concerniera a alguien más aparte de a mí, a mi esposo o a Dios? Por Él admitiría únicamente el juicio del papa, su representante en la Tierra. Solo el del papa. Cualquier otra cosa era degradante e indigna para con el asunto que teníamos entre manos. Se trataba de un matrimonio real, de la unión sagrada de hijos de reyes. ¿Cómo podía ponerse en duda de manera tan zafia? Por no mencionar que, mientras tuviera lugar en Inglaterra, la honestidad del proceso se vería comprometida.

Me levanté.

Wolsey, con las manos cruzadas sobre la mesa, se inclinó hacia delante.

—¿Cuáles son vuestras alegaciones, alteza? —preguntó.

No le contesté. Me volví hacia mi esposo, me acerqué unos pasos a él y me dejé caer al suelo de rodillas sin que el impacto contra el mármol alterara un ápice la rigidez de mi cuerpo, en parte, también, porque las pesadas telas de mis faldas lo amortiguaron.

—Señor… —empecé por encima del cuchicheo de sorpresa que se había apoderado del vestíbulo. Enrique me miraba con los ojos más abiertos que nunca. Un rictus de tensión y consternación vestía su expresión—. Apelo a todo el amor que ha habido entre nosotros para rogaros que me dispenséis justicia y derecho, que hagáis gala de la compasión que bien sé que sois capaz de reunir, pues soy una pobre mujer extranjera nacida en tierras ajenas a vuestros dominios y apenas tengo aquí amigos leales que litiguen a mi favor, lo que me arroja sin remedio a un consejo imparcial. Por ello acudo a vos, cabeza de la justicia en este reino. —Hice una pausa, conmovida por la cortina húmeda y resplandeciente que cubría los ojos del rey—. Pongo a Dios y a todo el mundo por testigos de que jamás os di otra cosa que no fuera sinceridad, humildad y obediencia, y que siempre acaté con diligencia vuestra voluntad y vuestros gustos con la firme intención de complacerme en ellos porque a vos os traían contento. He amado a quienes habéis amado solo porque vos lo hacíais, sin importar que tuviera o no motivos a título personal. Durante dos décadas he sido vuestra esposa, la mujer con cuya sangre decidisteis mezclar la vuestra para traer varios hijos al mundo, aunque Dios los llamara a su lado antes de lo que nos habría gustado a ambos. Y cuando me hicisteis vuestra por primera vez, aquella noche de nupcias, sabe Dios que llegué doncella a vuestro lecho, sin conocimiento alguno de varón en mi cuerpo. Dejo a vuestra conciencia si decidís creerlo o no. Las calumnias que se vierten sobre mí me apenan y sorprenden a partes iguales, pues nunca os procuré, ni a vos ni a vuestro reino, otra cosa que no fuera mi más firme honorabilidad, la misma que me exige estar aquí hoy y someterme al escrutinio de este nuevo tribunal que tanto me agravia. —Enrique apretaba con fuerza los puños. Vi el movimiento de su nuez, que me indicaba que acababa de tragar saliva. Supe, por esos pequeños detalles, que estaba conmocionado—. Os suplico, por misericordia y por el amor de Dios, que es el primero y último de los jueces, que me libréis de la ignominia de este proceso dado que mis aliados de España se demoran en indicarme el camino que seguir en este cisco. Mas si os negáis a concederme tan pequeño favor, que se cumpla vuestra voluntad, pues yo encomiendo mi causa al Señor.

La mirada que cruzamos se prolongó unos segundos en un encuentro mudo pero ensordecedor, un instante en el que se concentraron todas las penas y las alegrías de nuestra vida compartida, en el que todo a nuestro alrededor se desvaneció y solo fuimos Enrique y Catalina.

Suspiré y me puse en pie. No miré a nadie más ni escuché nada más. Desanduve mis pasos hacia la salida envuelta en las miradas atónitas de los presentes. Hice caso omiso de lo que decía Wolsey, de lo que decía Campeggio, de las voces del juez de sala instándome a no abandonarla:

—¡Catalina, reina de Inglaterra, volved a la sala de justicia!

—Sois llamada de nuevo, *madame* —me avisó mi gentilhombre, que ya había acudido a mi lado como si valorase seriamente la posibilidad de que me hubiera quedado sorda.

—No importa —le contesté sin alzar la voz—. Este tribunal no es imparcial. No permaneceré aquí.

Ni siquiera agaché la cabeza cuando salí por la puerta, con mis damas a mi espalda.

Había hecho lo que tenía que hacer. El rostro compungido de mi esposo no me abandonaba. Era muy consciente de que, con mis palabras, le había removido viejos sentimientos y apelado a su sentido de la decencia.

Por un brevísimo instante creí que sería suficiente.

SEGUNDA PARTE

NADIR

XXX

El baile de la sirena

Noviembre de 1530

No fue suficiente.

Enrique no cejó en su empeño. Si acaso, continuó adelante con el vehemente y oculto pensamiento de que, quizá, lo que hacía no era tan legítimo o tan inofensivo. Toda Europa se pronunciaba con respecto a nuestro asunto, el del divorcio. Varias universidades del continente respaldaron las pretensiones del rey. El embajador Eustace Chapuys, a quien ya consideraba un buen amigo por su lealtad de sobra demostrada en los últimos meses, me aseguraba que esas manifestaciones no eran genuinas, pues Enrique destinaba parte de su pecunio a comprar favores de las instituciones más respetadas, aunque cualquier respeto que pudieran inspirarme se disipó ante la evidencia de tales corruptelas. El emperador Carlos hizo lo propio y movilizó a sus hombres para que su influencia decantara a mi favor a los indecisos.

Enrique y yo tuvimos acaloradas discusiones como consecuencia. En ellas, enumerábamos a los eruditos que se habían pronunciado sobre nuestra disputa, y siempre terminaba diciéndole que por cada partidario que pudiera encontrar de su causa, yo daría con mil que respaldaran la mía.

El papa Clemente VII, por su parte, tampoco parecía tener mucha prisa por zanjar la cuestión. A veces, en los momentos más oscuros de mi desesperación, comprendía que existiera quienes se hubieran dejado seducir por el protestantismo. Aquellos brotes de inconformismo y rechazo a la Iglesia eran un suicidio espiritual; sin embargo, parecía que desde el propio Vaticano espoleaban a sus adeptos a abandonarla. Era evidente para cualquier persona con un mínimo de inteligencia que si el papa no se pronunciaba sobre tan delicado y trascendental asunto no era por falta de convicción, sino porque entraban en juego otros intereses que nada tenían que ver con la fe.

Mi enfado hacia la Santa Sede me hacía sentir impía, por lo que cuando los tenía corría al confesionario.

«La Iglesia está conformada por humanos, alteza —me decía el bueno de Juan Fisher—. Somos hijos de Dios, pero no somos Dios; solo él es perfecto. Nosotros erramos».

Tenía razón. Después de todo, Clemente VII era un Médici. Sería ingenuo creer que no tenía intereses que giraran entorno a aspectos materiales y terrenales que pudieran interferir con los designios más rectos de la fe.

Aquello me hizo comprender que, quizá, por mucho que mi causa fuera justa, por mucho que nuestro Señor estuviera de mi parte, podía perder. Ana Bolena ya ocupaba sus propios aposentos y tenía su séquito personal. Enrique la trataba como si fuera su esposa sin pudor alguno. Habiendo llegado tan lejos, ¿esperaba que aquel veneno remitiera sin más?

Sin embargo, yo no podía claudicar. No me quedaría más remedio que aguardar a ser definitivamente vencida. Jamás rendida.

En ocasiones me daba por pensar que Enrique era otra víctima, un príncipe noble que se había dejado embaucar por lenguas bípedas y sibilantes, un hombre virtuoso al que engañaban y manipulaban a diario para llevarlo por un mal camino que respondía a intereses ajenos a los suyos. Más que un razonamiento era una esperanza vana que a veces tomaba como explicación hasta el punto de expresarlo tal cual en algunas misivas. Necesitaba que fuera eso lo que ocurría. Aceptar que Enrique tenía una naturaleza lo suficientemente pérfida para comportarse así de forma consciente y voluntaria me resultaba en extremo doloroso y casi incomprensible. Él no era así. Yo le recordaba. Le recordaba de nuestra juventud, de nuestros primeros años de casados. Evocaba sus caricias, sus besos, sus palabras y toda la galantería con la que me colmaba, sus gestos de amor y respeto... También su devoción hacia la Iglesia, que lo había llevado a escribir un libro que defendía la jerarquía eclesiástica como algo necesario para la rectitud y el bienestar de los reyes, donde también refutaba con toda la vehemencia posible las tesis protestantes, lo cual le había granjeado el título de defensor de la fe, algo de lo que se enorgullecía profundamente incluso entonces. ¿Cómo era posible, pues, que perpetrara tales agravios?

Estaba bordando unas camisas junto al fuego cuando María de Salinas entró rauda en la estancia.

—Alteza... —dijo. Le faltaba el aliento—. El cardenal Wolsey ha muerto.

Mis damas de compañía reprimieron un suspiro consternado y se santiguaron. Yo cejé en mi tarea y la miré con una mezcla de desconcierto y seriedad. Lo último que había sabido de él era que había sido acusado de traición y que se le había ordenado regresar a la capital para ser juzgado por tan grave delito. Desde mi comparecencia en aquel bochornoso espectáculo que resultó ser el tribunal legatario, Wolsey había caído en desgracia. A él atribuyó Enrique el fracaso de dicha maniobra, pues el papa terminó por decidir que el veredicto se emitiría en Roma, y todavía lo estábamos esperando. Además, había prohibido a Enrique desposarse con otra hasta que la cuestión no estuviera resuelta.

Inocente Clemente. Aquello era como amarrar a un poste un caballo enloquecido, solo conseguiría desquiciarlo más.

Me puse en pie.

—¿Estáis segura de lo que decís? —pregunté.

—Absolutamente. Me lo ha comunicado el señor Cromwell.

Thomas Cromwell era el sustituto de Wolsey, un hombre, ahora me daba cuenta, más peligroso que su mentor, pues Wolsey nunca fue un fanático, jamás simpatizó con el protestantismo y, desde luego, jamás lo hizo con la familia Bolena. Eran nuestros enemigos comunes y eso, pese a nuestra larga historia de aversión y rivalidad, nos acercó un poco más.

De inmediato fui consciente de que no sentía alegría ni contento ante la noticia de la muerte de Wolsey. ¿Alivio? Creo que menos del que cabría esperar. Me invadió lo que tal vez fuera una suerte de sensación de amarga victoria, pues había sido un hombre con el que siempre estuve en pie de guerra y que me perjudicó lo indecible. Pero ahora... ahora sentía que había perdido un arma contra Ana Bolena, que podía causarme mucho más daño del que Wolsey habría llegado a infligirme en dos vidas. Ya lo había hecho.

—¿Cómo ha fallecido?

—De muerte natural. Su salud empeoró mucho en las últimas semanas.

Por supuesto. ¿Qué salud no se resiente ante una acusación formal de traición? Pero ni siquiera había hecho falta llevar lejos dicha denuncia para dejar fuera de juego al cardenal. Los Bolena debían de estar bailando descalzos sobre las mesas de la sala de estar con una copa de vino en cada mano. Arrugué la nariz con displicencia.

—Ofreceremos la misa de mañana por su alma —declaré, y regresé a mi labor.

Estaba cosiendo unas camisas junto al fuego, me pregunté cómo se sentiría Enrique. Yo sabía muy bien, seguramente mejor que la mujer que ahora lo acompañaba, el aprecio que Su Majestad había profesado al viejo cardenal. Si la Bolena era lista no mostraría su júbilo delante de él, aunque quizá no fuera tanto una cuestión de inteligencia como de conocimiento y observación. Enrique era un hombre voluble con una dualidad muy acentuada que tan pronto reía contigo como te dedicaba la más despreciativa de las miradas, mas ninguno de sus contrastes eran gratuitos o injustificados. Todo tenía su porqué, pero este no era fácil de atisbar si no se conocía bien a Su Majestad, y él no se mostraba genuino ante cualquiera. Solo el tiempo en su compañía revelaba lo que su reserva y hermetismo ocultaban. En eso yo seguía teniendo una ventaja que dudaba mucho que Ana llegase a igualar.

En cualquier caso, qué importaba. Qué importaba nada si a mí me condenaban a marchitarme en el ostracismo, como si fuera una apestada en lugar de la reina de Inglaterra. Me llegaban noticias acerca del apoyo que me prestaba el pueblo. Eran buenos los ingleses. Difíciles e incomprensibles en algunas cosas, pero gente decidida. Resultaba curioso que, pese a haber pasado el doble de tiempo viviendo en suelo inglés que en castellano, continuase pensando en las suyas como gentes ajenas a mí en lo que a carácter, personalidad y pertenencia, en definitiva, se refería. Pero amaba a mis súbditos. A ellos les debía la máxima rectitud e integridad ahora que su rey navegaba a la deriva, hechizado por una sirena que no le traería más que ruina, si no material, desde luego sí espiritual.

XXXI

La Verdad

Mayo de 1531

Anunciaron la llegada de la delegación cuando salía de mi capilla privada. Por lo que expresó mi gobernanta, no se trataba de un asunto menor, pues los recién llegados eran tan numerosos como relevantes. Ordené que les indicaran que debían esperar y que les ofrecieran un refrigerio mientras me cambiaba de atuendo.

Opté por un vestido austero pero imponente, de verdes telas aterciopeladas y corpiño brocado en oro oscuro. Una de mis doncellas trabajó mi tocado hasta que quedó perfecto. Mi característica cara redonda ya no lo era como antaño, pues mis mejillas mostraban un aspecto un tanto hundido y desmejorado que me marcaba los pómulos casi tanto como cuando enfermé en mis primeras semanas en Inglaterra o cuando un mal parto había estado a punto de llevarme a la otra vida.

En el vestíbulo en el que los recién llegados aguardaban, me encontré con los ojillos inquisitivos de Norfolk, Suffolk, el marqués de Dorset, el obispo de Lincoln y una docena de personas más entre aristócratas y sirvientes de confianza.

Entrelacé las manos sobre el regazo y los miré con una imperturbabilidad que no sentía en absoluto.

—Señores... —los saludé, e incliné la cabeza—. ¿A qué debo el honor de su visita?

«A nada bueno, si Norfolk está aquí», pensé. Siempre había sido un fiel servidor de Su Majestad, aunque no de la Corona. Ahora lo entendía; entendía que no siempre era lo mismo. En eso Wolsey me ganó, pues lo comprendió antes que yo.

Como tío de Ana Bolena, los intereses de Norfolk estaban indudablemente condicionados, así que no me fiaba de él. Dio un paso al frente.

—Alteza —dijo—, la situación se ha tornado ya del todo insostenible. El rey anhela el divorcio, no hay nada que lo una espiritualmente a vos. Claudicad, admitid lo que tengáis que admitir para liberarlo de su compromiso, pues ¿qué sentido tiene retener a un hombre a vuestro lado en contra de su voluntad?

Sabía muy bien hasta qué punto había escalado «el gran asunto del rey». El bando que pugnaba por Ana Bolena no disimulaba sus pretensiones, querían que, desde los tribunales eclesiásticos ingleses, se declarara hereje al papa. Lo querían así porque era la única solución que habían encontrado para salirse con la suya. El escándalo era mayúsculo y, sin embargo, no causó el revuelo esperado en la corte, lo que significaba que las cosas estaban peor de lo que yo pensaba.

Ladeé un poco la cabeza con las manos aún entrelazadas. Escruté rápidamente los rostros presentes. ¿A cuántos hombres habían necesitado mandar para intimidarme? Casi resultaba halagador. Me acerqué un poco a Norfolk. No me importó que resultase más alto que yo, como lo era la mayoría de la gente. Por su forma de mirarme, nadie habría dicho que lo fuera.

—¿Acaso ignoráis que la nuestra no es una unión corriente, excelencia? Somos reyes, hijos de reyes, y nosotros más que nadie debemos sumisión a Dios, porque Él nos puso aquí. La voluntad de un rey sigue siendo la voluntad de un hombre, y no cambia la realidad reconocida por la Iglesia: que yo siempre seré su esposa.

—Vuestra obstinación es desmedida —se quejó el marqués de Dorset—. Nadie impedirá al rey hacer lo que guste, lo hará en cualquier caso, con la diferencia de que el precio a pagar por todos será mayor o menor según cuán difícil se lo pongáis. ¿Qué esperáis conseguir?

—Seguís sin entenderlo. No se trata de conseguir algo, sino de preservarlo. No renunciaré a la integridad de mi alma al cometer perjurio. No lo haría por nada ni por nadie.

—¿Ni siquiera por vuestra hija?

—Sobre todo por ella.

—¿En qué os puede beneficiar semejante dislate? —se ofuscó el marqués.

—Os repito que no tiene nada que ver con beneficios o perjuicios. Se trata de una cuestión de principios, un concepto con el que puede que no estéis familiarizado.

Qué ilusos eran si, después de todo, creían que podían convencerme para que negara el sentido de mi existencia y diera la espalda a los esfuerzos de mis padres en proporcionarme un buen acuerdo matrimonial. Qué ingenuo resultaba pensar que yo, hija de los Reyes Católicos, podría, en alguna vida, actuar de espaldas al catolicismo. Se trataba de muchas cosas: de orgullo, terquedad, dignidad, coherencia y, sobre todo, conciencia. Mi integridad moral no estaba supeditada a chantajes, presiones o amenazas de ninguna índole y no lo estaría jamás. Cuanto más se recrudecía la lucha, más me reafirmaba en mi postura.

El obispo de Lincoln, con sus ojos de buey y esa panza redonda y rebosante, negaba con la cabeza.

—Habláis de principios y de rectitud espiritual, pero os negáis a reconocer las evidencias.

—¿A qué evidencias os referís, ilustrísima reverendísima?

—A vuestros problemas de fertilidad, naturalmente.

Sentí un pinchazo en la garganta. Era rabia.

—Di a luz a una hija sana.

—Después de múltiples vástagos muertos. Y ni un varón. ¿Por qué, ya que sois tan dada a interpretar los designios divinos, no os preguntáis el motivo? ¿A qué se debe que Dios no os haya honrado con la alegría de muchos hijos pero sí os haya castigado con la desgracia de múltiples embarazos infructuosos?

Tragué saliva y tensioné la mandíbula antes de contestar. El blanco de mis nudillos delataba lo mucho que apretaba los puños en un intento de contener la ira.

—El papa tiene la última palabra sobre este asunto y aún no se ha pronunciado. Si tanto ansiáis que Su Majestad resulte exitoso en este despropósito os animo encarecidamente a viajar hasta Roma para pelear por su causa, pues ante mí os garantizo que vuestras posibilidades de victoria son inexistentes. —No me pasó inadvertida la sonrisita mal disimulada de Suffolk (quien me profesaba cierta admiración, ya me había dado cuenta, o quizá fuera simple afecto), ni tampoco los codazos escandalizados de los presentes que no habían esperado una respuesta tan directa—. Si no, os ruego que abandonéis mis aposentos, pues no hay nada más que desee añadir a lo que he dicho siempre: que soy la legítima esposa de Su Majestad, el rey Enrique, y por lo tanto la única y legítima reina de Inglaterra, y así será hasta que uno de los dos deje este mundo. Tened un buen día.

Me fui y mi servicio se encargó de despedir a los no invitados.

¿Cuánto iba a durar aquello? Tenía la esperanza de que el veredicto del papa zanjara el asunto de una vez por todas, si bien una parte de mí empezaba a temer que ni siquiera aquello bastara.

Al llegar a mi alcoba me dejé caer sobre la cama, sin llegar a recostarme. Estaba cansada, tan cansada... Sabía que mi negativa, tajante y altiva, me costaría cara. Enrique había enviado a esa delegación como última jugada antes de hacer algo más drástico, lo conocía. Hasta la fecha nuestra relación había sido más o menos cordial, e incluso seguía acudiendo a mí cuando algo ajeno a nuestra relación lo atormentaba, como por ejemplo la muerte de Wolsey, de la que primero creyó alegrarse pero que, finalmente, meses después, comprendió que lamentaba.

A partir de ese día ya no vino más.

Julio de 1531

María contaba quince años y su cuerpo ya mostraba formas maduras. Mientras paseábamos por los jardines del castillo de Windsor, donde disfrutaríamos juntas de largos días estivales, me descubrí atónita ante el cambio físico que había experimentado. Aquella mañana, bajo el sol inclemente de un verano cálido como no recordaba otros, me di cuenta de que mi hija era ya una mujer, una que podría gestar, parir y criar a sus propios hijos. Poseía la edad que tenía yo cuando pisé suelo inglés por vez primera.

Fruncí el ceño. ¿Tantos años habían pasado ya? Me sentía tremendamente cansada, vieja. Lo era. Aunque la apariencia de mi no tan pequeña María no me remitía a la juventud que gozaba. En algún momento de los últimos años, en un parpadeo imprevisto e inocente, me había perdido el paso de niña a mujer de mi hija. O al menos esa era la impresión que tenía. Todo el asunto de Enrique y su delirio herético lograron apartar mis atenciones de lo que más quería y más me importaba: ella.

Me pregunté si su aspecto desmejorado se debía a ese descuido, a una falta de amor. No me atreví a preguntárselo.

—Me consta que todavía padecéis cólicos durante el sangrado —le dije.

Los ojos azules de María estaban anclados en una bella rosaleda.

—Así es —respondió sin mirarme.

—¿No os alivian los remedios que os preparan?

—Vagamente.

Suspiré. María sufría una menstruación tiránica, dolorosa y caprichosa, pues no seguía los tiempos que se sabían propios del ciclo natural de las mujeres. En ocasiones la postraba durante días en su lecho. Aparte de eso, empecé a apreciar una honda melancolía en su mirada. Era pronto para aseverarlo, pero me parecía más inteligente que yo, la clase de inteligencia de la que gozó mi madre, aunque quizá no a su altura. En cualquier caso, recordé una apreciación que compartió mi padre en una ocasión conmigo y con mi hermana Juana: que las mentes más despiertas a menudo pagaban con congoja el precio de la clarividencia.

Hice una seña a nuestras doncellas para que se quedaran donde estaban y cejaran en su acompañamiento, tomé a María de la mano y la alejé de aquel estampado floral hasta un banco de piedra a la sombra de un sauce.

—Hija —empecé—, decidme qué os aflige. Debo saberlo.

María suspiró. La brisa gentil de julio agitó un mechón de su cabello, rojo como la sangre espesa que mana de una herida profunda. Le favorecía tener la melena al viento, pues el tocado le confería, en mi opinión, un aire demasiado rígido dado que sus facciones ya eran duras de por sí.

—Al principio no entendía a Su Majestad, y eso me inquietaba. Pero comprenderlo fue peor —confesó finalmente—. Padre es un hombre no solo egoísta, sino también cobarde.

Alcé las cejas. Mi hija y yo no habíamos hablado demasiado sobre el gran asunto del rey. Tiempo atrás, cuando el tema pasó a ser *vox populi*, le expliqué con sencillez y a grandes rasgos qué era lo que sucedía. De eso hacía ya más de tres años, y por aquel entonces María se limitó a asentir y a guardar silencio. Ahora era una joven con ideas y juicios propios y había tenido tiempo de sobra para meditarlos y reafirmarse en ellos o desecharlos. No tuve necesidad de guiarla ni de hacerla afín a mi causa; tampoco oportunidad, dado que nos habíamos visto en contadas ocasiones en los últimos tiempos.

—¿Por qué cobarde? —inquirí—. ¿No os parece atrevido el desafío que está planteando a Roma?

—Atrevido no es valiente. Valiente sería aceptar la desdicha de un matrimonio que no desea pero que es legítimo y Dios respalda. Valiente sería asumir con dignidad y sosiego el sexo de su único vástago, en lugar de enviar a sus aliados a corretear como gallinas descabezadas por las cortes europeas en busca de apoyos que le permitan engendrar otro al margen de toda legalidad.

Me habría reído ante su forma de expresarlo de no ser por la gravedad de la situación y porque me desagradó sobremanera ver el descontento con el que mi hija hablaba de su padre, mi esposo, a quien yo aún amaba a pesar de todo. Sabía muy bien lo amarga que podía resultar la desilusión con respecto a un padre, y aunque mi hija tenía razones para sufrirla, no quería que la cegara ante una realidad que, con todo lo que estaba pasando, y quizá lo que estuviera por pasar, acabaría eclipsada: que Enrique quería a María. Lo vi con la claridad con la que se ve el sol por las mañanas, cada vez que la cogía en brazos y la besaba, cada cena que compartimos en la que me preguntaba por ella y sus avances y se le encendía un brillo en la mirada al hablarle yo de sus logros académicos y artísticos. Me negaba a aceptar que aquello hubiera desaparecido o sido un espejismo. Conocía bien a Enrique y estaba convencida de que, por muy difíciles que se pusieran las cosas, eso en particular no cambiaría.

—Vuestro padre os quiere, María —aseguré—. Y vos debéis quererlo a él. Aunque se equivoque, que sin duda se está equivocando. Mas no somos quiénes para juzgar a nuestros semejantes con la dureza que solo corresponde a Dios.

—¿Cómo podéis decir eso? Os ha echado de la corte, vuestra corte, y se pasea impune con esa ramera venida a más que no descansará hasta haberos desplazado en todos los sentidos, madre.

Entorné los ojos. Cantó un ruiseñor.

—¿Creéis de verdad que una ramera, como la habéis llamado, podría desplazar a vuestra madre? Eso no me deja en muy buen lugar, ¿no os parece?

María puso los ojos en blanco y ladeó el torso para dejar de encararme.

—Ya sabéis lo que he querido decir.

—Pero no es lo que habéis dicho, María. Mientras viva, siempre seré la reina de Inglaterra. Enrique lo sabe y Ana también. Vos no debéis creer ni por un segundo que mi condición de soberana peligra. Ni aunque esté desterrada, ni aunque Ana aparezca un día con una corona sobre la cabeza. Todo eso son banalidades. Nada envuelto en la aprobación de nuestro Señor podrá quebrarse con tejemanejes del hombre, ni siquiera si ese hombre es un rey. Solo un papa tiene semejante poder.

—Sí, madre. Pero sufro por vos. Es injusto que os veáis relegada a esto. Y por otra parte… ¿qué hay de mí? ¿Qué sucederá si padre se las ingenia para divorciarse al margen de los designios de la Iglesia?

Tomé la mano de mi niña y le acaricié el dorso con el pulgar.

—Vos siempre seréis princesa, María, pues sois el fruto de un matrimonio incuestionablemente lícito. Habréis oído muchas cosas este año, y no dudo de vuestra fe en mí y en mi palabra, pero aun así os lo quiero decir yo misma: vuestro padre me tomó en cuerpo y alma el día de nuestras nupcias. Fue el primer hombre que me poseyó y será el último. No he conocido ningún otro varón, y eso me convierte en su única esposa a ojos de Dios. Aunque haya compartido el lecho con otras, aunque ahora colme a su amante de las atenciones que corresponden a una esposa, la realidad es la que es, y ninguna voluntad, por fuerte que sea, puede alterarla. No existen las verdades, solo existe la Verdad, y esta acaba saliendo a la luz de un modo u otro, si no en esta vida, en la siguiente. No debéis temer. Todo esto os convierte a vos en el fruto de una unión pura. Sois princesa por nacimiento, es decir, por gracia y obra de Dios.

María me apretó la mano en un gesto que mezclaba cariño, desesperación y agradecimiento por unas palabras reconfortantes que guardaría en su memoria bajo llave para recurrir a ellas en momentos de flaqueza venideros.

—Tan solo desearía que Su Majestad no lo olvidase —susurró.

—No lo hará. Quizá lo fingirá, pero en el fondo es tan consciente de esto como lo somos nosotras. ¿Sabéis por qué? Porque si de verdad fuera capaz de obviar las normas de la legitimidad con tal de satisfacer sus aspiraciones, hace tiempo que respiraría tranquilo con respecto al asunto de su descendencia, pues tiene un hijo varón de doce años que crece sano y del que está pendiente. Y no le basta, hija. No le basta.

María asintió. Conocía a Henry Fitzroy, su hermano bastardo, hijo de una antigua doncella. Habían coincidido en escasas ocasiones, una o dos cuando eran niños, pero la expresión de su rostro me reveló que llevaba mucho tiempo sin dedicarle un espacio considerable entre sus pensamientos.

—Es cierto —murmuró.

—Pobre Bessie —comenté con el recuerdo repentino de aquella mujer que me había servido a mí durante el día y a mi marido por la noche—. Entregó a su bastardo y no lo ha vuelto a ver porque, pese a haberlo engendrado en sus entrañas y dado a luz desde su vientre, no tiene ningún derecho sobre él.

Ni siquiera de visita. Es asunto de la Corona, y a los asuntos de la Corona no tienen acceso personas como ella, tan irrelevantes. No obstante es su madre. Una madre jamás debería ser irrelevante para su hijo.

—Tengo entendido que se casó y tiene otros tres —apuntó María.

Abstraída en mis pensamientos, prisionera de emociones que creía permanentemente dormidas, negué con la cabeza.

—Ni mil hijos compensarían la pérdida de uno solo. Pueden paliar la pena, pueden hacerte llevadera la desdicha e incluso insuflarte fuerzas para continuar y hallar gozo en la vida. Pero el hueco que la muerte de un hijo te abre en el alma es una herida que no se repara porque cada alma es única.

Uno de mis recuerdos más vívidos era el de mi madre tras la muerte de mis hermanos Juan e Isabel. Recordaba sus andares pesados, su mirada perdida, el rostro herido por una sombra que ya nunca la abandonaría. Se recompuso, pero la tristeza que se instaló en sus pupilas permaneció en ellas hasta que la vi por última vez y, con toda probabilidad, hasta que sus párpados se cerraron para siempre.

La pérdida era un espectro que se había impregnado en mi sangre como el aroma de las rosas preñaba el aire que la brisa traía hasta el sauce que nos resguardaba, pues las muertes prematuras de mis hijos me atosigaron y torturaron tanto durante la vigilia como en sueños. Con todo, había una de la que me acordaba con mayor frecuencia y crudeza: la del pequeño Enrique, que durante cincuenta y dos días portó el nombre de su padre y durante cincuenta y un días me llenó de dicha, hasta que presentó los síntomas que lo llevarían a la muerte.

Alcé la mirada hacia mi hija y acaricié su mejilla con devoción.

—Sois extraordinaria, María. Me enorgullezco de vos y sé que nunca me daréis motivos para no hacerlo.

—Gracias, madre.

XXXII

El príncipe que fue

Mayo de 1532

Mi relación con Enrique se había recrudecido considerablemente y los castigos que infligía a mi persona no se limitaban solo a privarme de regalos o visitas en Navidad, sino que me había prohibido ver a nuestra hija. Debí anticiparme a aquel movimiento, pero no lo hice... ¿No lo hice? Solía fruncir el ceño ante aquel pensamiento, pues, en el fondo, que Enrique nos hubiera permitido compartir tantas semanas del verano anterior me alarmó y plantó semillas de sospecha en mi mente, que germinaron lo suficiente para que me despidiera de María con el temple pero también la pena de quien anhela un reencuentro que, sabe, quizá no se le conceda.

Desde la expresa prohibición de Enrique de vernos, mi corazón sangraba ante la idea de que, quizá, muriera sin añadir a mi memoria un recuerdo más de mi hija. Al menos en lo que a imagen se refería, pues en espíritu y palabra continuábamos cercanas. Ambas sabíamos cómo hacernos llegar misivas que burlaran la estricta vigilancia del rey. Del rey… o de Cromwell, aquel hombre antaño sabueso de Wolsey que en su momento prometió ser mucho más letal y que, en lo sucesivo, no había hecho nada que desmintiera dicha promesa.

De él hablé con Tomás Moro la tarde que lo recibí en el palacio de Hertfordshire que ahora me acogía a mí y a mi séquito, pues ya no teníamos un lugar en la corte.

—El señor Cromwell es un hombre peligroso, un hereje, y, lo que es peor, un radical. No me creo que goce de vuestra simpatía —comenté.

—No lo hace. Soy muy consciente de sus fallas. Cree en la doctrina de Lutero y está convencido de que Inglaterra se beneficiaría de ella. Ya ha imbuido a Su Majestad de esas ideas nocivas, pese a mis esfuerzos por devolverle al buen camino, pero cada vez se aleja más. Está decidido a casarse con Ana Bolena y no va a dar a nada ni a nadie la potestad para impedírselo, ni siquiera a la Iglesia.

—La negativa del papa llegó demasiado tarde —suspiré resignada.

El rey ya era un caballo desbocado para cuando Clemente VII se animó a pronunciarse de forma tajante sobre el asunto que nos traía a todos de cabeza desde hacía años. Ya no se lo podía parar.

—Sí —admitió Moro—. Y yo… Alteza, yo no puedo continuar sirviéndole como lo estoy haciendo. Cuando Wolsey murió y Enrique me pidió que ocupara su puesto como canciller, todavía parecía haber margen para enderezarle, pero ya no creo que lo haya, y debo mantenerme fiel a mis principios.

—¿Qué me estáis diciendo, Tomás? ¿Que vais a renunciar?

—No tengo más remedio. No comulgo con nada de lo que se está haciendo desde la Corona. No siento que mi autoridad como lord canciller sirva de nada más que para calmar la conciencia de Enrique, pues sabe de mi oposición a sus dislates y es precisamente eso lo que le hace creer que, si sigo a su lado, es porque estos no son tan graves. No debo continuar.

Comprendía cómo se sentía, y ante esa comprensión no quedaba más remedio que la aceptación de su voluntad. Para Tomás Moro, proseguir al servicio del rey equivalía a condonar sus actos de insurrección a Roma, que cada vez eran más flagrantes.

Le tomé la mano.

—Tenéis mi apoyo —le dije—, como yo he tenido el vuestro.

Me besó el dorso con devoción.

—Gracias, alteza. Inglaterra tiene suerte de contar con una reina como vos. E Inglaterra lo sabe. Tenéis muchos súbditos que os respaldan abiertamente, sin temor a las represalias.

—Más les valdría tener algo de temor —musité cansada—. Cargar con muertes a mi espalda no es lo que necesito.

—Cada uno escoge libremente por qué arriesga su vida. Se me ocurren pocas causas más nobles que la de defender la vuestra.

Sonreí al lord canciller.

—Siempre sabéis qué decir, Tomás.

—Eso solía comentarme vuestro esposo, antes de que empezara a buscar consejo en otros labios.

—Le echáis de menos.

—Echo de menos al príncipe que fue. Y también lamento la pérdida del rey que podría haber sido si sus flaquezas no se hubieran impuesto a sus virtudes.

Miré de reojo a la tercera figura de la habitación, la única persona que habría permitido que asistiera a una conversación de aquella índole, tan íntima, tan personal. Tomás Moro conocía de sobra la confianza que María de Salinas me inspiraba y era consciente de que podía hablar abiertamente aunque ella estuviera presente. En los últimos años se había formado una suerte de camaradería entre aquellos partidarios de mi causa, quizá por saberse acompañados los unos de los otros frente a la adversidad que suponía llevar la contraria al rey en un territorio tan peliagudo como la corte. Tomás Moro, Juan Fisher, María de Salinas y mi cuñada María, la hermana de Enrique, habían renovado sus mutuas simpatías. Por lo que me contaba mi fiel Chapuys, que más que de embajador ejercía de mi más leal consejero, a veces conversaban en los rincones de los distintos palacios entre los que se movía la corte. No obstante, procuraban hacerlo al margen de miradas indiscretas, puesto que se presuponía que el tema de conversación era yo y mi situación, y no lo trataban desde una perspectiva que beneficiara al rey, por lo que el secretismo era mandato.

Aquello me entristecía.

—¿Cuáles diríais que son sus flaquezas? —indagué.

—Es esclavo de sus miedos. Su Majestad siente verdadero pánico ante la posibilidad de dejar Inglaterra sumida en el caos a su muerte, lo que sin duda sucedería si no hay un heredero claro. Pertenece a una dinastía que se forjó con el fuego de una guerra civil muy cruenta, como bien sabéis, conflicto que toda familia inglesa sufrió de un modo u otro y eso, aunque ya queda lejos, no se olvida. Por otro lado, la lujuria es uno de los pecados capitales con mayor poder para doblegarle y desplazar su deber ético. Es sensible a la carne y no desea corregirlo.

—¿No creéis que pueda sentir amor por Ana Bolena?

—¿Lo pensáis vos?

—No —admití—. Pero últimamente..., últimamente dudo que lo sintiera siquiera por mí.

María de Salinas alzó entonces la vista, que hasta el momento había tenido fija en su bordado. Sentada en una esquina de la estancia revestida de madera, me miró como si no creyera lo que acababa de decir.

—Dudo mucho que sea el caso, alteza —desestimó el lord canciller—. Conozco a Enrique desde que era un muchacho. Recuerdo el brillo en sus ojos el día que contrajisteis matrimonio. Él ha enterrado los ecos de aquel júbilo en una zanja oscura de su memoria, pero en un alarde de sinceridad bien podría admitir que fue uno de los días más felices de su vida.

—El señor Moro tiene razón —se atrevió a intervenir María—. Enrique estaba enamorado de vos, enamorado de verdad. Era notable.

Me volví y escruté el rostro de mi fiel dama preguntándome si lo decía para reconfortarme en mi pena o si de verdad creía sus palabras. Había firmeza en su semblante.

—Es triste, pues, que ni siquiera las cosas gratas y sinceras puedan perdurar en el tiempo. ¿Qué esperanza nos queda en este mundo terrenal si hasta el amor verdadero puede extinguirse?

—No todos los amores verdaderos son imperecederos, alteza. Pero, lamentablemente, los hay que sí. De hecho, diría que casi todos salvo uno son susceptibles al desgaste.

—¿Cuál es la excepción?

—Vos lo sabéis.

Asentí.

—El que se tiene por los hijos.

—Así es. En cualquier caso, no creo que Enrique sienta indiferencia hacia vos.

—Tal vez no.

Tomás presentó sus excusas por no poder prolongar más el encuentro y se puso en pie. Lo acompañé hasta el vestíbulo en el que me despedí de él, no sin antes desearle suerte en la nueva etapa que se avecinaba y, sobre todo, en la audiencia con el rey en la que presentaría su renuncia como lord canciller. Una gran pérdida para la Corona. No había querido decírselo porque no eran más que suposiciones alimentadas por mi intuición que, aunque solía ser certera, seguía sin ser garantía, pero tenía la fuerte sospecha de que, sin él, el huracán incontenible que era Thomas Cromwell se desataría y quienes nos manteníamos fieles a la Iglesia viviríamos días más turbulentos.

No acerté. Me quedé corta.

XXXIII

Tierra de oro y zafiro

Abril de 1533

El gran comedor del castillo de Ampthill hacía honor a su nombre por ser el de mayor tamaño en aquel lugar que tan desangelado se me antojaba, pero resultaba pequeño en comparación con las amplias y esplendorosas estancias entre las que me había movido la mayor parte de mi vida. Solo en esos últimos años de incertidumbre y repudio me vi obligada a convertir en hogar lo que antaño fueron paradas ocasionales en las rutas de caza de la corte. Hogar... Esa palabra casi había perdido su sentido para mí. Si no podía compartir mis días con mi esposo, con mi hija o con mi estimada María de Salinas, ¿qué era un hogar?

Únicamente lo hallaba en mi memoria, en los recuerdos de mis primeros años de matrimonio o, en un mar todavía más lejano, en los de la infancia, con mis hermanos y mis padres, viajando de un lado a otro por aquellas tierras de oro y zafiro que eran Castilla y Aragón, donde el azul intenso del cielo besaba sin pudor el dorado cegador de los campos secos en verano. Granada... Granada me resultaba más reconfortante incluso. Siempre regresaba a Granada. Me pregunté si mi hermana Juana, en su encierro en Tordesillas, hacía los mismos ejercicios mentales y espirituales que yo en un intento de sentir calor en un corazón que la tristeza amenazaba con cubrir de escarcha. Las dos sufríamos un destino similar, aunque al menos a ella la acompañaba su hija pequeña. La prohibición de Enrique respecto a mi relación con nuestra hija seguía en pie. También ordenó a María de Salinas que no me visitara, aunque me constaba, gracias al embajador español que tan gentil y dispuesto se mostraba conmigo, que mi fiel dama lo intentaba, mas sin éxito.

Aguardé en el gran salón y permití que mis ojos vagaran de un retrato a otro: desde el rostro de Enrique VII hasta el de Isabel de York. También había uno de Isabel Woodville y Eduardo IV.

Allí, rodeada de semblantes extraños, ataviada con uno de mis trajes más sobrios, aguardaba la llegada del duque de Suffolk. Cuando el mayordomo de mi casa anunció su presencia, me levanté de la silla en la que había estado descansando y lo recibí con las manos entrelazadas en el regazo.

Entró, la puerta se cerró a su espalda y comprendí que no venía tan solo a intentar disuadirme de mi empecinamiento, pues seguía en mis trece. Me sorprendía que todavía creyeran que existía la posibilidad de hacerme cambiar de idea, aunque no es que perdieran nada por seguir intentándolo. En cualquier caso, aquella visita era algo más.

En sus ojos marrones, que antaño me parecieron afables, distinguía ahora una distancia que me hería. Charles Brandon llegó a profesarme un acusado y sincero respeto en el pasado que se mezclaba con aprecio. Puede que aún lo hiciera, pero no lo suficiente para contravenir los deseos de su rey que, además, era su amigo más querido.

—¿Y bien, excelencia? —exhorté.

Suffolk suspiró antes de pronunciar palabra.

—Debéis renunciar a vuestro título de reina —dijo sin rodeos—, y es inútil que os resistáis.

Alcé ligeramente el mentón antes de contestar. Lo hice con mucha calma.

—Mi resistencia no tiene nada que ver con la utilidad, Brandon.

Avanzó un par de pasos y se llevó las manos a la espalda. Su espesa barba me impedía descifrar con precisión el lenguaje de su rostro.

—Sabéis que lady Ana está embarazada, es de dominio público.

Sí, lo era. Primero llegaron rumores, luego nadie lo dudaba. Ana Bolena estaba engendrando un vástago de Su Majestad. No era la primera vez que me enfrentaba a una situación como esa, aunque eso no significaba que me causara indiferencia.

—Como lo estuvo Elizabeth Blount en su día —repuse con fingida indolencia—. ¿Qué queréis decirme con eso?

Charles se acercó un poco más a mí.

—Conocéis lo suficiente a lady Ana para desestimar la idea de que haya cedido a las presiones del rey sin más, Catalina. Sabéis bien qué era lo que ella demandaba como condición para entregarse a él.

Entorné los ojos con una mezcla de recelo y temor.

—¿Queréis decir…?

—Algo se ha estado comentando por la corte, e imagino que Chapuys os lo haría llegar. Vengo a confirmar que es cierto: Enrique y Ana se casaron hace meses.

Tragué saliva y me esforcé por no ceder al temblor que se había apoderado de mis rodillas. Gracias a la pesadez de la tela de mi falda no se notó mi debilidad, pero hizo su aparición con una intensidad inesperada. Aquello era algo que había visualizado en más de una ocasión con la intención de prepararme; estuve en guardia, barajé hasta la situación más desastrosa para mí. Ahora que la tenía delante, comprendía que nada me podría haber capacitado para afrontarlo con la entereza que habría deseado. Me dolía el corazón, tanto como si una mano de hierro gélido lo oprimiera.

Debí haberlo previsto. La muerte de Warham, el anterior arzobispo de Canterbury, permitió a Enrique nombrar a un sustituto afín a sus pretensiones. Dicha honra cayó en Thomas Cranmer, simpatizante de Ana Bolena que coqueteaba abiertamente con el protestantismo y trabajaba de manera incansable por la causa del rey en detrimento de la mía. Él era uno de los artífices de aquel desatino.

Asentí despacio y me mordí los labios. Más tarde me reprendería por tal falta de compostura. Miré a Charles a los ojos. Encontré compasión en ellos.

—Entonces está incurriendo en un delito de bigamia —dije.

—Los abogados de Su Majestad están trabajando en ello. Encontrarán una solución.

—No lo dudo. Aunque yo no lo llamaría «solución»; «salida», quizá. —Suspiré—. ¿Algo más, excelencia?

—Así es. El rey ha ordenado que os sea reducida vuestra asignación. Además, se os trasladará a una residencia más pequeña, con menos servicio y menos prestaciones.

Esbocé una sonrisa triste.

—Podría vivir como una pordiosera, señor duque, y seguiría siendo la reina Catalina, pues la de monarca no es una condición que vaya ligada a la riqueza o a la ostentación. Muchos parecen olvidarlo. —Callé un instante para que mis palabras hicieran mella en Suffolk y pudiera transmitírselas a mi esposo con la mayor precisión posible—. Si no tenéis ninguna otra noticia que darme, y sin ánimo de ser descortés, os ruego que me dejéis.

Brandon asintió, caballeroso, y me dio la espalda en dirección a la puerta. Antes de abrirla, se volvió.

—Lamento veros así —confesó—. Siempre fuisteis una dama de la más alta talla y seguís demostrando que lo sois. Pero mi lealtad estará siempre con Enrique.

No había dicho «Su Majestad». No había dicho «el rey». Y yo entendía por qué. Charles Brandon era, posiblemente, su único amigo verdadero, el único que lo apreciaba por quien era, no por lo que era.

—Soy consciente, Charles. Dad un afectuoso abrazo de mi parte a vuestra esposa, pues me consta que está muy enferma y sé que para ella el amor que siente por su hermano y las lealtades inherentes a la familia no han sido razón para retirarme su apoyo.

El mohín que dibujaron los labios del duque de Suffolk gritaba decepción, malestar. Mi reproche velado le había herido. Quizá fue ruin por mi parte lanzarle aquel dardo envenenado después de las amables palabras con las que había intentado consolarme y resarcirse. Me sentí mal al instante, pero no me retracté. Sería una falta con la que acudir al confesionario.

Charles Brandon me miró durante unos segundos que se me hicieron eternos antes de desaparecer por la puerta sin decir nada más.

De nuevo sola, me dejé caer sobre la silla y oculté mi rostro entre las manos.

Mayo de 1533

Chapuys tuvo la bondad y la clarividencia de hacerme llegar el comunicado a través de una misiva, en parte porque había deberes que lo reclamaban en la corte y en parte porque, con los años, había llegado a conocerme lo suficiente para saber en qué clase de momentos y situaciones me beneficiaba de la soledad. Mantenerme firme e impasible ante vientos adversos era un arte que había llegado a dominar, en particular en los últimos tiempos, pero eso no quería decir que no añorase la libertad y naturalidad que te confiere la ausencia de compañía. La necesidad de dejarme vencer por la flaqueza y la desazón, aunque fuera por un momento, permitir que el corazón sangrara y purgara en ese sangrado todo lo que le hacía mal, era un lujo que se me concedía en ocasiones muy contadas.

Decidí caminar a solas por las laderas que rodeaban el castillo. Dos damas de compañía y un lacayo me observaban a lo lejos, vigilantes, pero eran apenas tres pinceladas oscuras en el inmenso lienzo gris que resultó ser aquel mayo poco florido. Las nubes, de un plata amenazante, pronosticaban lluvia, la lluvia fina de una primavera fría.

Tenía la carta entre mis manos, pero todavía no me atrevía a posar los ojos sobre la tinta. Miré al cielo y respiré hondo. La silueta de un halcón rasgó el aire.

Apreté la mandíbula y leí.

Thomas Cranmer, el recientemente nombrado arzobispo de Canterbury, el hombre que llevaba varios meses trabajando codo con codo con el señor Cromwell para alejar Inglaterra del buen sendero del catolicismo, acababa de declarar nulo mi matrimonio con Enrique amparándose en el supuesto de que llegué a consumar mi unión con Arturo, algo falso que me había cansado de repetir, pero que era lo único a lo que podían aferrarse para que sus mezquinas pretensiones prosperasen. La carta concluía con una última noticia: se planeaba que Ana Bolena fuera coronada reina el primero de junio.

Faltaban ocho días.

Arrugué el papel con rabia y frustración. Sentí que las lágrimas se agolpaban en la garganta. ¿Por qué, entonces, las derramé por los ojos?

«Qué pensamiento tan absurdo para un momento como este», me dije.

Rompí la carta y dejé que la brisa se llevara los pedazos ladera abajo. La hierba se ondulaba como si fuera un océano esmeralda. Quise tumbarme y descansar en ella, pero empezó a llover. Además, mis criados se habrían preocupado al verme hacer un gesto semejante, quizá lo confundirían con un desmayo. Por lo tanto permanecí de pie, erguida, con mi vestido rojo bailando alrededor de mi figura a causa del viento. Con la vista perdida en algún punto de la infinidad de las tierras de Bedfordshire, me llevé, de manera inconsciente, la mano al crucifijo de oro que colgaba sobre mi pecho. Recé y, como de costumbre, Dios me dio consuelo, aunque no fuerzas. Estaba tremendamente cansada.

XXXIV

Condición y posición

Abril de 1534

Elizabeth Barton, de veintiocho años, camina hacia el cadalso. Su cabello rubio ha perdido el brillo que solía robar al sol y su rostro está sucio y magullado, aunque no lo suficiente para mermar la belleza de sus facciones angulosas y simétricas. Alza su mirada verde en dirección a la soga que pronto envolverá su cuello y entonces, por primera vez, siente miedo, mas no cobardía. No aminora el paso ni desvía la mirada. Se limita a tragar saliva y a aceptar su destino con la serenidad que le confiere Dios y que se debe a sí misma. No hay nada que temer. Ha tenido una buena y relativamente larga vida que ha dedicado a la oración y a la defensa de la fe y los designios divinos. Ese ha sido su gran regalo: poder ver más allá y conocer dichos designios, recibirlos e interpretarlos a través de sueños, visiones o revelaciones en el pensamiento.

La Doncella Santa de Kent, como la conocen muchos, sube los peldaños hacia el que será el último sitio de la tierra en el que latirá su corazón. Lo hace frente a la mirada curiosa de las gentes de Tyburn, la pequeña localidad aledaña a Londres. El verdugo oculta su rostro bajo un capuchón oscuro. Es un trabajo ingrato el suyo, pero uno después de todo.

Le coloca la soga.

De los labios de Elizabeth Barton se desprende una plegaria en latín que el verdugo no puede entender, por lo que nunca sabrá que su ajusticiada reza también por su alma, por la del hombre cuya mano le quitará la vida.

Como monja no debería pedirlo, pero lo pide: pide a Dios que su muerte sea rápida. Ya ha sufrido mucho en los últimos días, encarcelada y a merced de Cromwell y sus hombres, necesitados de una confesión que les facilitara el camino hacia su ejecución. Al final, habían encontrado el modo pese a la voluntad férrea de Barton, quien no dijo nada más que la verdad, aunque, en los tiempos que corrían, la verdad era más que suficiente para condenarla. Y no fue una sorpresa. Si fuera necesario volvería a mostrarse partidaria de Catalina en público y contraria al rey y a su concubina.

El verdugo se separa de ella y el funcionario que debe supervisar y rubricar la defunción enumera en voz alta y clara los delitos por los que Elizabeth Barton ha sido condenada a la pena capital.

«Conspirar sobre la muerte del rey».

¿Conspirar? Pronosticar que múltiples calamidades sobrevendrían a Su Majestad si se casaba con Ana Bolena y socavaba la autoridad del papa en Inglaterra no era una conspiración, sino una advertencia, un mensaje que no venía de Elizabeth, pues se limitaba a ser la transmisora. Al rey nunca le ofendieron sus predicciones cuando estas coincidían con su doctrina. De hecho, tanto él como el cardenal Wolsey las aceptaron, al igual que las gentes de Londres y los monjes que habían constatado la veracidad de su «talento».

Un trueno resuena a lo lejos. El cielo encapotado entristece a la monja; le habría gustado morir con la caricia de los rayos del sol sobre su piel dolorida.

El verdugo acciona la palanca con la naturalidad de quien come un trozo de pan o cierra los ojos para echar una cabezada. La cotidianidad que destilan su postura y sus gestos a la hora de segar una vida resulta casi insultante.

La trampilla se abre de golpe y el último pensamiento de Elizabeth antes de caer al vacío y que se le parta el cuello es que se dirige a un lugar en el que no entrará su rey pero sí su reina.

Me incorporé en mitad de la noche con la respiración agitada y los ojos como platos. El sueño había sido tan vívido como si me encontrara allí... Ahora la muerte de Elizabeth Barton me acosaba incluso en mis horas de descanso. Llevaba dos días pensando en ella sin cesar, en aquella mujer valiente que había muerto por defender mi causa. Chapuys, a quien recibiría en unas horas, según sugerían las luces violáceas que se colaban por la ventana como anuncio de la aurora, me había descrito en una carta aquel escabroso episodio. La ejecución de la Monja de Kent era el tema del momento, pues se trataba de una figura muy popular entre los ciudadanos de Londres, y el embajador español me había descrito su trágico final con todo lujo de detalles.

—Pobre mujer... —susurré en la oscuridad de mi aposento.

Me conocía y sabía que la sesión de sueño había terminado para mí, por lo que llamé a mi doncella para que me ayudara a vestirme. Acto seguido, solicité que dispusieran la misa y que avisaran a mi confesor.

Una vez que finalizaron mis deberes litúrgicos, desayuné en soledad con las ventanas del comedor abiertas de par en par. Agradecía la entrada de la brisa fresca que provenía de los parajes de Cambridgeshire. Buckden era una residencia incluso más ruinosa que la anterior, pero la ruina no era una condición que me hiciera perder la compostura. Ya no era aquella adolescente que se había visto empujada a las condiciones más penosas mientras aguardaba a que se decidiera qué se hacía con ella tras la muerte del hombre al que había estado prometida desde niña. La estancia en Durham House fue dura, larga, pesada, y no siempre me desenvolví en tal situación con la solidez que debía mostrar alguien de mi condición.

Ahora las cosas eran muy distintas.

Ahora conocía el auténtico sufrimiento.

Estaba familiarizada con el dolor y la pérdida, la desesperación y la tristeza más profundas. Contar con tan solo una dama de compañía no resultaba una calamidad. Lo calamitoso era no tener con ella la confianza que me habría permitido desahogarme o sentirme menos sola y abandonada.

Eustace Chapuys llegó puntual y de forma excepcional, pues las visitas me estaban sumamente restringidas, por no decir prohibidas en su totalidad. No obstante, en esa ocasión Enrique había juzgado oportuno dejarle acudir, lo que se traducía en un mal pronóstico para mí. Buenas nuevas no traía, eso por descontado.

Mis sospechas se vieron confirmadas en cuanto vi su rostro contrariado, compungido. Hice que tomara asiento y me acomodé frente a él mientras un miembro de mi escaso servicio nos servía un vino tolerable pero en absoluto destacable.

—¿Cómo os encontráis, alteza? —se interesó el diplomático con su habitual tono amable.

—No estoy tan mal como estos cercos oscuros sugieren —dije con el dedo índice señalando mis ojeras—. He tenido una pesadilla, eso es todo. El espíritu de la pobre Monja de Kent me persigue en sueños.

—Es terrible lo de esa mujer, una canallada. Su cabeza está clavada en una pica en el puente de Londres junto a la de otros disidentes.

Ahogué una exclamación. No tenía constancia de que ninguna otra mujer hubiera sufrido aquel nefasto destino.

—Qué espanto.

El embajador asintió mientras se llevaba la copa a los labios.

—Desde luego.

Tragó el líquido e hizo una mueca que indicó que había esperado algo más sabroso o de mayor calidad. La corte malacostumbraba los paladares.

—Lamento no poder agasajaros con nada mejor —dije.

Chapuys alzó una mano para desestimar mi disculpa.

—Vuestra compañía lo compensa con creces. Y cuando una reina padece semejantes calamidades —prosiguió, y sus ojos recorrieron con rapidez la estancia, como si evaluara todos sus desperfectos—, ¿quién soy yo para proferir queja alguna? Es inadmisible el trato que os está dispensando Su Majestad.

Me encogí ligeramente de hombros.

—No soy la más perjudicada en ese sentido. ¿Cómo está sir Tomás Moro? ¿Y qué hay de mi apreciado Fisher?

—Siguen prisioneros, alteza. Se niegan a hacer el juramento.

Se me puso un nudo en la garganta. Sentí orgullo y sentí pena. Me habría defraudado que alguno de los dos cediera a las presiones de la Corona para acatar el Acta de Sucesión, que determinaba la validez del matrimonio entre Enrique y Ana, así como que los hijos habidos de dicha unión, entre los que ya se incluía una niña llamada Isabel nacida el pasado septiembre, serían legítimos y, por lo tanto, tendrían pleno derecho al trono. No obstante, me pregunté si tendría derecho a culpar a Moro o a Fisher si terminaban por aceptarlo. El miedo puede llevar al hombre a recorrer senderos que jamás creyó capaz de tomar. Juan Fisher, mi viejo confesor, nunca había sido especialmente cercano al rey, por lo que la posibilidad de que se lo declarase culpable de traición y se lo ejecutara por ello era muy plausible. Pero Tomás Moro... ¿Se atrevería Enrique con él? Había sido como un padre. Su mentor, su tutor, su amigo. Conocía a mi marido y no ponía en duda su gran aprecio por el antiguo canciller, incluso ahora, cuando la vida —o, para ser más precisos, la irrupción de Ana Bolena en las nuestras— le había llevado a defender posturas contrarias a las suyas, a luchar en bandos enemigos.

—Y no lo harán —vaticiné.

—No, no lo creo.

Tragué saliva. ¿Cómo era posible que todavía me quedaran lágrimas? Bebí un sorbo de vino.

—¿Alguna noticia más? —exhorté.

Los ojos grises de Chapuys se enturbiaron. Ahí estaba.

—El juramento ha sido acatado por importantes miembros del clero, así como por figuras prominentes de la aristocracia inglesa más allá de Londres.

Asentí y anclé la mirada en el suelo. Volví a beber.

—Mentiría si dijera que esperaba otra cosa. Al fin y al cabo, Thomas Cromwell es más talentoso que Wolsey para generar discordia, pero mucho menos prudente; también más egoísta, aunque el suyo es un egoísmo distinto. Wolsey buscaba su beneficio personal, enriquecerse, ascender y progresar, él y solo él. Cromwell quiere imponer sus ideas, y para eso necesita someter a unos y librarse de otros.

—Es un hombre de fuertes convicciones y una voluntad férrea, qué duda cabe.

—¿Creéis que cedería si estuviera en el lugar de Tomás Moro, si fuera él quien tuviera que prestar un juramento en el que no cree?

Chapuys reflexionó un instante.

—No estoy seguro. Cromwell me parece más pragmático en ese sentido.

—También a mí.

—Hay algo más.

Alcé las cejas.

—¿De qué se trata?

—En un par de semanas llegará una delegación de Su Majestad con la esperanza de tomaros declaración sobre este asunto.

Entorné los ojos sin estar segura de haber comprendido lo que el embajador me quería transmitir.

—¿No esperarán...?

—Me temo que sí. Y a vuestra hija también la harán acatar el acta.

—No puedo hablar por mi hija, pero yo no accederé. Prestar ese juramento sería como rendirme, como darles la razón. No lo haré —respondí firme.

Chapuys asintió.

—He tenido la oportunidad de conocer bien a vuestra hija en estos últimos años, señora...

—Me consta. Tiene en muy alta estima vuestra compañía y amistad, Eustace.

El embajador esbozó una sonrisa tierna.

—Estoy seguro de que tampoco ella accederá. Es una devota católica, digna heredera de su madre.

Se me ensancharon los labios en un gesto de contento. Era un buen hombre el embajador, y me agradaba que María pudiera contar con él.

—Sois muy amable. —Suspiré—. Me pregunto si volveré a verla alguna vez.

Julio de 1534

Tal y como Chapuys había predicho, María se negó a acatar el Acta de Sucesión, lo que, según me contaron, desató la ira de su padre, aunque no más que la de Ana Bolena. De mí esperaban semejante insubordinación, pero no de ella. En efecto, resultaba ser una joven tan obstinada e íntegra como yo. Aunque la obstinación quizá fuera un atributo heredado de Enrique más que de mí. Como consecuencia de mi negativa, me trasladaron de nuevo, en esa ocasión a una residencia todavía más decadente y apartada: el castillo de Kimbolton.

Por eso me sorprendió que Enrique me escribiera poco después de mi llegada para decirme que me permitía ir a Windsor para ver a nuestra hija. Me asusté de inmediato, pues tenía claro que no podía tratarse de un gesto de buena voluntad, de simple amabilidad. Pronto supe que María estaba muy enferma, aunque fuera de peligro, o eso decían quienes cuidaban de ella. Pero sufría unos cólicos terribles que la tenían postrada en la cama día sí, día también.

«No interpretéis mi permisividad como una muestra de mi amor por vos, sino como prueba de mi amor por ella. Nuestra hija os necesita, y como padre no soy ciego a esa necesidad», había escrito mi esposo. Aquello me hizo esbozar una tenue sonrisa. Después de todo, de tener una nueva hija con esa mujer por la que había perdido la cabeza, me reconfortaba ver que Enrique seguía queriendo a María con el mismo fervor. Distinto sería si Isabel hubiera nacido varón. Cuando me dieron la noticia de que la Bolena había parido a una niña sonreí con cierto regodeo.

«Pobre Ana Bolena —pensaba con frecuencia con una mezcla de lástima y satisfacción—. Imagino lo duro que fue para ella descubrir que ese bebé era una niña, después de haberse pasado años prometiendo a Enrique que ella era la solución a sus quebraderos de cabeza, que ella le daría el heredero varón que tanto anhelaba».

Había sido una necia por hacer promesas sobre un asunto del que no tenía el control. Pero aquella joven insensata y altiva desconocía lo que yo, en secreto, sospechaba: que si había alguien a quien achacar los fracasos en lo que a descendencia se refería, ese era Enrique, no yo. Como no lo sería Ana, porque aunque había tardado muy poco en traer al mundo a una hija de Su Majestad, los escasos amigos que me quedaban en la corte me hicieron llegar las nuevas: que Ana había tenido dos abortos y que le estaba costando volver a concebir.

No me alegré por ella, aunque sentí la serenidad que confiere la justicia. Ella me había quitado todo lo que tenía; me arrebató mi mundo, me convirtió en alguien inservible a ojos de mi esposo... Y ahora descubría que, quizá, el destino le tuviera reservada la misma suerte.

Con todos esos pensamientos bullendo en mi mente entré en la alcoba en la que se encontraba María. La vi muy desmejorada, pero no quise que mi congoja se trasluciera en mi rostro. Una hija doliente necesitaba una madre fuerte.

María de Salinas estaba allí. Nos abrazamos aunque resultase indecoroso. Hacía demasiado que no nos veíamos.

Las gotas de sudor que perlaban la frente de mi hija resbalaron hasta sus ojos cerrados y su boca entreabierta de labios agrietados.

—¿Qué le pasa? —exigí saber.

—Hoy es su vigésimo día de sangrado, Catalina —dijo mi antigua dama de compañía—. Sus ciclos son muy irregulares y altamente dolorosos. A veces la sumergen en episodios de fiebre tan profundos que pierde la noción de quién es y dónde está.

—Ay, Dios mío.

Acaricié el rostro de mi niña de dieciocho años y retiré de su cara los finos y húmedos mechones de cabello que se le pegaban a la piel. No supe si me había engañado o si se trataba de una exageración alimentada por mis miedos de madre, pero yo sí creí que María podía morir. Y a Enrique también debió de parecérselo.

Fueron horas de angustia. Cambiábamos los paños ensangrentados con demasiada frecuencia. María sudaba y vomitaba por el dolor. Cuidamos de ella toda la tarde, y rezábamos cuando lo único que podíamos hacer era esperar y vigilar. Finalmente, cuando la luz de la luna se derramaba ya sobre la tierra y los candiles eran compañía imprescindible, María, en calma, abrió los ojos.

—Madre —fue lo primero que dijo, y lo que me alertó de su mejora.

Erguí el torso de golpe, pues había adoptado una postura cansada después de tantas horas sentada. Me incliné sobre ella y la tomé de la mano.

—María... —le dije—. Estoy aquí, hija mía, estoy aquí.

Sonrió.

—No creí que...

—Lo sé, pero estoy aquí. Vuestro padre ha sido benévolo, consideró que os haría bien y tenía razón.

Mi hija ladeó levemente la cabeza.

—«Benévolo» no es la palabra que yo usaría.

María de Salinas, de pie junto a la cama, con los ojos brillantes por el alivio y la emoción, asintió como para darle la razón. Lo obvié.

—Vuestro padre os quiere, María. Ahora solo está... confuso. Perdido. Pero en los momentos cruciales recupera la lucidez y recuerda qué es lo importante.

—Vos siempre habéis sido más indulgente que yo.

—Oh, querida...

—Voy a pedir que preparen algo de comer —anunció María de Salinas antes de salir y dejarnos solas.

Tomé la mano de mi hija, me la llevé a los labios y le besé con fervor el dorso. Aprecié que seguía mordiéndose las uñas, lo que denotaba que todavía sufría de ansiedades, pero no dije nada.

—Gracias por no haberme abandonado, hija. Gracias por negaros a acatar el acta.

—No me las deis, madre. Es mi deber, no solo de hija, sino de cristiana. Padre no está casado con esa mujer, no a ojos de Dios, no únicamente porque sabemos la verdadera condición en la que vos llegasteis a su lecho, sino porque el propio papa lo ratificó el verano pasado e instó a padre a abandonar a esa ramera.

Sí, Clemente VII, por fin, en el verano de 1533, decidió hablar claro y condenar, con todo el peso que su posición le confería, la unión entre Enrique y Ana. ¿Para qué? Si ya era tarde. Muy tarde. Su Majestad aceleró entonces el proceso cuyos cimientos había establecido junto con Cromwell y Cranmer: la escisión de la Iglesia de Inglaterra de la de Roma. En la última primavera, la autoridad del papa en suelo inglés se había visto totalmente mermada en multitud de aspectos; el más significativo era el que anulaba el derecho de la Santa Sede a reclamar los impuestos que, hasta entonces, le habían correspondido. Cualquiera que entendiera un poco de política vería que lo demás era cuestión de tiempo. Inglaterra abandonaría por completo la Iglesia de Roma y dejaría de ser católica.

Sabía que María querría hablar de ello, pero en aquel momento no tenía sentido discutirlo. Estaba hecho. Hubo un aspecto de su retórica, sin embargo, que sí reclamó mi urgencia y atención.

—No habléis así de ella, María. Mal que nos pese, es la

mujer con la que vuestro padre ha decidido compartir su vida, y con la que, de hecho, ha tenido una hija. No os obcequéis, sed más estratégica. Os hará falta.

María se incorporó sobre los almohadones y me miró como si no me conociera. Traté de ignorar el tono ceniciento de su tez.

—¿Cómo podéis decir eso? ¿Acaso no sabéis lo que supone el Acta de Sucesión?

—Significa que vuestro padre y yo ya no estamos casados a ojos de la gente.

—Y que Isabel tiene tanto derecho al trono como yo pese a ser una bastarda.

—Legalmente no lo es.

—No, las leyes de los hombres, en concreto de un hombre llamado Enrique, dicen que no lo es. Pero las de Dios sí.

—¿Y qué os creéis que es un trono, María? ¿Creéis que es un bien divino? No lo es. Se asciende a él de acuerdo con las leyes de los hombres, como decís.

—Pero vos siempre…

—No. Debéis entenderlo. Una cosa es la condición y otra la posición. Lo primero es divino y lo segundo humano. En este mundo las dos importan. Pero en el siguiente solo una. Mas ahora estamos aquí. Que vuestra condición sea más legítima que la de Isabel no impedirá que esté justo por detrás de vos en la línea sucesoria al trono si su posición así lo permite.

María desvió la mirada y se quedó callada unos instantes, reflexiva.

—Comprendo —dijo finalmente—. Por eso… —Negó

con la cabeza como si estuviera tremendamente cansada—. Conozco a esa mujer, madre. Ana es ambiciosa y retorcida y… ama a su hija. Puede que sea lo que más ama en el mundo. Lo único que haya amado de verdad, quizá. Por eso querrá que sea la primera en la línea de sucesión.

Parpadeé con desconcierto.

—Eso no puede hacerlo.

—Puede, si me declaran bastarda. Y es cuestión de tiempo. Padre se ha convencido a sí mismo de que vivió en pecado con vos porque siempre fuisteis la esposa de su hermano, no la suya. ¿En qué me convierte a mí eso?

—Vuestro padre… está perdido, como he dicho, pero…

—No, madre. No lo digáis. Dejad de condonarle. Ya habéis visto lo que ha hecho con vos.

Enmudecí. María tenía razón. Yo sabía que la tenía. Enrique era capaz de declarar bastarda a nuestra hija, algo que yo no le perdonaría jamás. Y era capaz de hacerlo porque ninguno de sus afectos estaba por encima del que sentía hacia la Corona, hacia el ideal del linaje que representaba y cuyo único cometido consistía en preservar aquello que los había convertido en quienes los Tudor eran ahora.

Podía tolerar sus desprecios a mi persona, pero no a María. Que me arrebatara mi posición y mi dignidad era una cosa, pero las de ella…

—Aun así —me obligué a decir—, no odiéis a vuestra medio hermana. Isabel es solo una criatura inocente que no ha pedido ser hija de quien es. Mas compartís sangre, y es posible que algún día compartáis desdicha.

—¿A qué os referís?

—Ella tampoco es varón, María, por si no habéis reparado en ello. Y nada nos garantiza que Ana vaya a proporcionarle uno.

—Tienen tiempo de sobra para intentarlo.

—Nosotros también lo tuvimos, hija.

María entreabrió los labios con asombro.

—¿Queréis decir…? ¿Consideráis que la culpa es de padre, que es él quien carece de la aptitud, quizá el vigor, para engendrar un varón?

Me encogí de hombros.

—Quién sabe. De lo que estoy convencida es de que la culpa no tiene por qué ser siempre de las mujeres.

—A excepción de que sean todas como yo.

Fruncí el ceño.

—¿De qué habláis?

—Mis periodos, madre. Algo no va bien.

—Tonterías. La historia está llena de mujeres con periodos irregulares que han sido fértiles.

Pero María negaba con la cabeza.

—No lo sé. Es una sensación que tengo.

—Rezad mucho, pues. No os alejéis nunca de Dios, María. Él os proporcionará consuelo ante cualquier fatalidad.

Besé a mi hija en la frente con devoción y los ojos muy cerrados, consciente de que era muy posible que aquel fuera uno de nuestros últimos días juntas.

Noviembre de 1534

El Acta de Supremacía llegó entrado el otoño, dos meses después de la muerte del papa Clemente VII. Con ella se hacía definitiva la emancipación de Roma y la consolidación de la Iglesia de Inglaterra, de la que el rey sería la cabeza. La pena por no rendirse a ella era la muerte, aunque sospechaba que tanto mi hija como yo quedaríamos exentas de tal fatal destino. No así Tomás Moro o Juan Fisher, o las docenas y docenas de católicos lo bastante fieles y valientes para no renunciar a su fe.

Rezaba por ellos cada día.

Rezaba por toda Inglaterra.

En mi aposento solitario y sombrío de Kimbolton recibía las noticias y ninguna era alentadora. Contemplaba los copos de nieve menuda que parecían flotar al otro lado de la ventana, que mantenía abierta para notar el frío vigorizante del viento suave. Lo necesitaba para recordarme que estaba viva.

Mi conciencia no me dio la tregua a la que estaba acostumbrada en cuanto Enrique hizo efectiva la separación con la Iglesia de Roma. ¿Lo había empujado yo a perpetrar semejante despropósito? Un país entero se veía desprovisto de pronto del manto del catolicismo porque yo no había tenido a bien poner las cosas fáciles a Su Majestad. ¿Acaso mi relación particular con Dios y con mis creencias eran más importantes que la salvación de todo un reino y sus gentes? Una cosa era que el protestantismo triunfara en ciertos círculos reducidos y otra muy diferente que lo hiciera en una vasta tierra de tradición y convicción católicas como hasta entonces había sido Inglaterra.

Me pregunté si, como reina que era, incluso sin corona, no me correspondía velar por el bienestar de mis súbditos y de sus almas. Decidí que sí, de manera que aquellos días me confesé más que nunca y, si bien mi confesor disipaba mi tormento e incluso me imponía las más insignificantes penitencias, yo rezaba y buscaba la voz de Dios en mi interior con la esperanza de hallar guía y orientación. Y lo que encontré fue la certeza de que no podía recular, de que mi alma pertenecía a un plano superior en el que las reglas del juego eran diferentes. El mundo terrenal no era más que una sombra de lo que nos esperaba en el Reino del Señor. Allí, toda verdad era más cierta y nada se podía ocultar o disimular. El alma se presentaba desnuda ante Él y yo no quería ensuciarla con mentiras o falsos testimonios. Aceptar el divorcio, reconocerlo como tal, sería verter oscuridad sobre mi pasado y mi integridad moral, sobre la legitimidad de mi hija, y no podía ni quería atreverme con semejantes pecados. «Es Enrique quien aleja a toda Inglaterra del catolicismo, Catalina, no vos», me dijo en una ocasión mi estimada María de Salinas. Supe que tenía razón. ¿Qué sentido tendría condenarme a mí por soliviantar el pecado de otro?

No obstante, y por mucho que lograra mantener a mis demonios más feroces a raya, la desdicha me envolvió en su abrazo y ya nunca se desprendió de mí ni un ápice.

A menudo pensaba en Ana, en su hija, en los abortos que parecía acumular. Imaginaba su frustración y su miedo, miedo a ser mi sustituta en todo, incluso en mis miserias. También en el nefasto destino que me había proporcionado el rey, alejada de mi hija, de mis amistades más sinceras, de todo cuanto había conocido en las últimas décadas.

Allí, en el ruinoso castillo de Kimbolton, sola en una alcoba austera y sombría, tuve la certeza de que acabaría mis días en Inglaterra tal y como los empecé: en la desdicha, el abandono y la incertidumbre.

XXXV

Atardece en Kimbolton

Casi treinta años de recuerdos han caído sobre mí como una lluvia copiosa y repentina. Hay vivencias que son como fantasmas y otras que son como cadenas. En ocasiones, refugios. Convertidas en recuerdo, siempre entrañan pérdida.

Cuando me habitúo a la luz que se proyecta desde el cielo encapotado, mis recuerdos ya se han sucedido uno detrás de otro. Ahora se diluyen en mi memoria mientras me concentro en lo que tengo delante: el sombrero de pluma, el jubón ricamente tejido, el abrigo de terciopelo, las mangas abullonadas. Ha engordado considerablemente desde la última vez que lo vi. Ya no queda nada del joven apuesto y atlético con el que me casé, ese joven en cuyos ojos se distinguía un brillo de anhelo, admiración y hasta euforia cuando me miraba. Ahora solo percibo frío en ese azul. Frío repudio.

Enrique me contempla como si yo fuera un espíritu, una

aparición. Desmonta con ayuda de dos de sus mozos y se acerca a mí.

—Majestad —saludo, y hago una breve reverencia impasible.

—Catalina —dice—. Demos un paseo.

Un paseo. ¡Un paseo! Miro de reojo a mis doncellas. Estudio el rostro de sus acompañantes. Son hombres de confianza que jamás hablarán de este encuentro. Suffolk me observa con una tristeza que nace del aprecio. Dirijo la mirada a mi esposo de nuevo. Quizá no vuelva a tener la oportunidad de hablar con él en circunstancias tan privadas, como antaño... O de hablar con él en cualquier circunstancia.

—Como deseéis —accedo.

Nos alejamos de la cohorte y recorremos los alrededores verdosos del castillo.

—¿Cómo se encuentra María de Salinas? —pregunto.

—Bien. Catherine está encinta. Lo esperan para septiembre.

Alcé las cejas.

—Así que va a ser abuela... —comento—. La conozco desde que era una niña.

—Lo sé.

Mis pensamientos recaen de nuevo en el duque de Suffolk, padre de la futura criatura. Tras la muerte de María Tudor, la hermana del rey con la que se había casado a espaldas de este, puso sus atenciones en su pupila, hija de mi más querida dama de compañía para convertirla en su nueva esposa. La muerte de mi cuñada fue un duro golpe para todos, para mí más que para la mayoría. La princesa María siempre estuvo de mi parte en aquel brete. Una vez, según me contaron, incluso insultó a Ana Bolena delante del rey, asegurando que jamás la reconocería como reina. La añoro.

Enrique habla sin rodeos:

—He venido para daros la oportunidad de retractaros y poner fin a este desatino.

«No puede ser».

—¿Otra vez? ¿Tanta molestia para esto? Vuestra amante no estará contenta, me consta que le disgusta sobremanera cualquier acercamiento entre vos y yo.

—Es vuestra obstinación por dirigiros a ella en semejantes términos lo que os ha llevado a esto, Catalina. Tengo entendido que vuestra salud en los últimos meses se ha deteriorado mucho y es una de las razones por las que autoricé vuestro traslado a este lugar, menos húmedo. Mas un traslado no es sinónimo de una cura. Si os congraciáis conmigo y con la reina Ana accederéis a los privilegios de la corte, entre los que se encuentra contar con la mejor asistencia médica.

—Me pedís un imposible, mi señor, y lo sabéis.

—Nunca os tuve por una mujer tan orgullosa como para echar a perder no solo vuestro presente, sino también el de vuestra hija.

—Sabéis bien que no se trata únicamente de orgullo. Es algo de una envergadura mayor, una cuestión trascendental que afecta al espíritu y, aunque admito que una vez os creí capaz de comprenderlo, sospecho que nunca lo habéis hecho. Quizá en una reflexión profunda deis con los motivos que hay detrás de mi obstinación, los reales, los auténticos, los que ni siquiera la voluntad puede doblegar, pues sois inteligente. Sin embargo, dudo que los comprendáis porque no compartís ese espíritu tan ligado a la conciencia, ni una conciencia tan ligada a Dios; ya lo habéis demostrado. Vuestra hija María, en cambio, lo comprende muy bien, y eso será lo que le dé fortaleza para afrontar los infortunios que vos le infligiréis, no yo.

Vi cómo se hinchaba una vena serpenteante en la sien de Enrique.

—No tenéis por qué abocaros a una vida en su ausencia ni por qué castigarla a ella sin la compañía de una madre.

—Como ya he dicho, eso son penitencias que imponéis vos, majestad, no yo. No pienso faltar a mi fe y reconocer en vuestra concubina un título y una condición que me pertenecen y que sigo ostentando, por mucho que actuéis como si me los hubierais arrebatado. No solo lo fingís, sino que lo creéis, mas la verdad es inmune a vuestros caprichos, Enrique.

—¿Y quién decide qué es verdad, mujer, vos? Encontré el modo.

—No, solo se trata de una artimaña, nada más. Vuestra hija ya conoce la diferencia entre título y circunstancia, ahora deberías meditarla vos. Sigo pensando en mí como reina de los ingleses, y muchos de ellos lo hacen en mí del mismo modo, como bien sabéis aunque os empecinéis en ignorarlo.

—¡Lo que piensen mis súbditos no cambia la realidad, Catalina, tampoco lo que penséis vos! Vuestra obstinación os pierde.

—No hablo de realidades, Enrique, pues de esas hay muchas. Hablo de la Verdad, y la Verdad es lo que nos encontramos cuando miramos la muerte a los ojos, porque tras la muerte está Dios, y Él todo lo sabe y todo lo conoce. Yo no tengo miedo porque he sido honesta; vos sí deberíais tenerlo. No cederé.

Veo en sus ojos el malestar que le han generado mis palabras; leo la ira en el rictus de sus labios finos enmarcados por la barba pelirroja.

—No puedo daros más oportunidades —dice.

—No os las he pedido. Y admitid que no estáis aquí por mí, que no habéis venido movido por un arrebato de generosidad.

—¿Qué queréis decir?

—Os conozco, Enrique. Veo la inquietud en lo más profundo de vuestras pupilas. Estáis aquí rogándome que rectifique porque os mortifica el temor a haber desafiado al Señor, porque en el fondo sois católico, majestad. Apostaría todo lo que tengo, si bien no es mucho, a que cuando os informaron de vuestra excomunión no lograsteis conciliar el sueño en, por lo menos, una semana. Y quizá haya sido una pesadilla lo que os ha traído aquí hoy, una que os ha llenado de una culpa que os ha espoleado hasta mi puerta. Vuestra conciencia os susurrará mi nombre hasta que abandonéis este mundo, esperemos que dentro de muchos años.

Enrique me mira con un velo neblinoso en la mirada. Agacha ligeramente la cabeza y aprieta los puños.

—Era tan consciente de que iba a obtener una negativa por vuestra parte como lo sois vos de las razones que me han hecho venir. —Suspira—. Supongo que en algún momento llegamos a amarnos de veras, ¿no es cierto?

Ignoro el vuelco que me da el corazón cuando le oigo decir estas palabras.

—Yo a vos sí. Aún lo hago, aunque a veces lo dude. Pues sois mi esposo y el padre de mi hija.

Sus ojos azules son como dagas hundiéndose en los míos. La barba rojiza les confiere severidad. Siento dolor en el pecho, las heridas de tanto amor vuelto cenizas.

—No soy vuestro esposo, Catalina. —Permanezco en silencio, sosteniéndole la mirada. Él la desvía, incapaz de resistir el contacto—. La mayor parte de los días solo siento enfado, rencor. Hoy... hoy simplemente me hallo cansado. Pero ahora tengo otra hija, y pronto tendré un hijo. Ana se esfuerza mucho... Son tan familia mía como lo fuisteis vos.

Esbozo una media sonrisa amarga.

—Seguís sin entender, Enrique. Da igual cuánto se esfuerce Ana, pues nunca lo intentará más de lo que lo hice yo... y no bastó. Se hará la voluntad del Señor, nada más.

—Si insinuáis que va a castigarme sin un heredero varón como respuesta a los agravios que os he infligido, a los pecados que he cometido, recordad que fue ese el argumento que yo mismo esgrimí para anular nuestro matrimonio.

—No he insinuado eso. No había segundas lecturas en lo que he dicho, majestad. Cuando hablo de que se hará la voluntad del Señor quiero decir eso y solo eso. Nadie puede predecir qué pasará mañana, ni siquiera vos, por muy rey que seáis. Al final, la vida transcurre a pesar de nosotros, no por nosotros; a pesar de nuestros miedos, sueños, ilusiones o penas. La vida transcurre y nos lleva con ella. Eso es todo lo que pasa. Es posible que acabéis teniendo un sucesor varón y que sea un buen rey. Pero también que no lo tengáis... y que la buena reina sea María. O incluso Isabel, si me apuráis. El mañana es inescrutable.

El rey me da la espalda y sé por qué lo hace. En su rostro se vería reflejada la añoranza de las confidencias compartidas, pues Enrique siempre necesitó de mis consejos, incluso cuando ya no era pertinente pedirlos. Jamás hablamos del divorcio en esos encuentros, pero sí de todo lo demás. Mi esposo siempre valoró mis ideas o como mínimo las tuvo en consideración, aunque algunas las desechara al decidir que no las compartía. Sé que con Ana no tiene esa clase de complicidad, pero no necesito mencionarlo, pues es algo que flota en el ambiente, entre los dos. Y él, aunque jamás lo admitirá, lo lamenta.

—No tengo nada más que deciros, Catalina, por lo tanto debo despedirme de vos —anuncia mientras se vuelve de nuevo hacia mí, y es en este instante cuando me doy cuenta de que es un último adiós.

—Antes de marcharos, majestad, os imploro, os suplico, que me dejéis ver a María.

Enrique cierra los ojos y respira hondo, como si hubiera querido librarse de esta petición y le fastidiara no haberlo conseguido.

—Lo lamento, pero ni ella ni vos aceptáis el Acta de Supremacía, un delito cuya pena es la muerte, como bien sabéis. Que no vaya a aplicárosla no significa que quedéis exentas de sanción.

Trago saliva y alzo el mentón.

—Es mi hija, Enrique. Y sabéis que no estoy bien de salud.

—Verla está en vuestra mano, Catalina, no en la mía. Adiós.

Se encamina hacia donde los hombres y los caballos aguardan y me quedo inmóvil, como si mis pies hubieran echado raíces.

«Así que aquí termina todo —pienso—. Aquí termina. De esta manera».

Alzo la vista y contemplo la siniestra silueta de Kimbolton, a la que ni siquiera los rayos de sol consiguen arrancar un destello, una luz. Me mantengo quieta hasta que la modesta cohorte real desaparece en el horizonte.

Sopla el viento, revuelve las telas de mi vestido. Pienso en lo que Enrique acaba de hacer, en el viaje clandestino que ha realizado para verme movido por su conciencia y, quizá, por la necesidad de despedirse de mí de forma definitiva. Después de todo, hemos compartido demasiada vida el uno con el otro.

Recuerdo los primeros bailes, los primeros besos. Recuerdo la noche en la que se consumó nuestro matrimonio, sus dedos en mi piel, su «Ansío convertiros en mi esposa, Catalina. No como futuro rey, sino como hombre, y haré todo lo que esté en mi mano para que suceda» cuando se me declaró. Recuerdo la primera vez que lo vi, la danza que compartimos con motivo de mi enlace con su hermano y cuánto me hizo reír pese a no ser más que un niño. De eso ya hace más de treinta años.

Me envuelve el frío.

Epílogo

Enero de 1536

María de Salinas sostenía en brazos a su señora. La lealtad que le profesaba como súbdita era grande y, aun así, menor que la que le profesaba como amiga.

La respiración pesada de la reina se apagaba por momentos. Ya había recibido la extremaunción. Podía irse. Recostada en el lecho, María acunaba a Catalina.

—No me puedo creer que desoyerais las órdenes de Enrique y consiguierais llegar hasta mí —musitó Catalina con un hilo de voz—. Pero Dios sabe que me alegro mucho.

María esbozó una sonrisa. También ella se alegraba. Llevaba más de un año intentando reunirse con su reina, mas desde la corte se lo habían impedido. Ante las nuevas que aseguraban que Catalina estaba al límite de sus fuerzas, la mujer no había podido hacer otra cosa: se escabulló y, en secreto, viajó hasta Kimbolton. Una vez allí nadie osó contravenirla.

—Volvería a hacerlo sin dudar.

—Lo sé. —Una sonrisa fue perceptible en la voz de Catalina—. Velad por mi hija, os lo ruego —susurró a continuación.

Era la cuarta vez que se lo pedía, porque aquello no era la orden de una reina, sino la petición de una mujer moribunda. A lo largo de su vida, Catalina había aprendido que las cosas importantes no debían ordenarse, sino solicitarse, porque algo que nace de la libre voluntad es más fiable y duradero que aquello que se hace desde la coacción o el deber.

—Os lo juro —volvió a decir la dama en el mismo tono íntimo y susurrado que se desprendía de la voz tenue de su señora.

El otoño inglés había hecho mella en el corazón de Catalina de Aragón, al que fue despojando de vida poco a poco, como despojaba de hojas los árboles. El invierno fue el hachazo definitivo. El día anterior, Catalina halló fuerza en su ya perpetua flaqueza y recuperó cierto vigor, tanto como para caminar, comer e incluso reír. Quizá hubiera sido un milagro de Epifanía, o quizá fuera lo que cualquier persona que hubiera vivido lo suficiente podía sospechar: aquel repunte de vida que solía preceder a la muerte en quienes languidecían lentamente. María estaba mentalizada, igual que Catalina.

«Padezco del corazón —solía decir. Lo llevaba diciendo meses—. Será lo que me mate». Quizá fuera su corazón el que estaba enfermo, María no lo ponía en duda. Después de todo, había motivos para creerlo. Lo mucho que habían hecho padecer a su amiga bien podía proporcionar la clase de dolencia que te lleva a la tumba. Sin embargo, esa tarde no parecía que a Catalina le doliera el corazón tanto como a ella, que se veía obligada a tragar saliva constantemente para suavizar el nudo de lágrimas que atenazaba su garganta. ¿Qué era el mundo sin Catalina? No podía imaginarlo. ¿Qué sería Inglaterra sin su reina?

Una tierra baldía y sin rumbo.

Su hija, Catherine, simpatizaba con el protestantismo. Aquello nunca habría sucedido en un reino decente como en el que había nacido. Y, sin embargo, María se sentía inglesa, de algún modo. Igual que Catalina, quizá. Pero no ahora, cuando estaban allí solas, hablando en castellano.

—¿Sabéis qué veo? —musitó la reina.

María de Salinas suspiró.

—Espero que no me digáis que el rostro de sir Tomás Moro —bromeó.

Catalina esbozó una sonrisa en la que se dieron cita la diversión y la tristeza. La muerte de su viejo amigo a manos, precisamente, del rey y su deriva protestante había sido como un puñal en el corazón, aunque sospechaba que la hendidura provocada no era tan profunda como la del propio Enrique.

Habían transcurrido ya seis meses desde entonces, seis meses que encerraban miles de vidas, las de todos los que, guiados por su ejemplo y embravecidos por la fortaleza de su reina, decidieron aferrarse al catolicismo a costa de la propia seguridad.

—Aún no, aunque sé que será pronto. No. Veo los campos de Castilla, esos campos que en verano relucen como el oro y compiten en intensidad con el azul del cielo. Veo las amapolas rojas tiñendo las laderas como sangre derramada. Oigo el crotoreo de las cigüeñas.

Las dos amigas tenían las respectivas manos izquierdas entrelazadas. María sintió cómo la aflojaba su señora y se asustó. No deseaba perderla todavía. Aún no. Pero entonces ¿cuándo?

«Nunca».

—¿Por qué creéis que os viene España a la mente en un momento así? —quiso saber. Tenía que mantenerla despierta, y obligarla a hablar era la mejor manera.

Notó que, de forma casi imperceptible, la reina se encogía de hombros.

—Supongo que porque allí está mi infancia. Uno nunca conoce tanta paz como cuando es niño, ¿no creéis? Como cuando no comprende nada.

—Es verdad.

—Tengo la sensación de que si regresara... Si regresara...

—¿Qué?

—Tengo la impresión de que todo sería igual, María. De que mis padres aún vivirían, de que rejuveneceríamos al poner un pie en las costas cántabras, vos y yo. Volvería a nosotras el aspecto y la lozanía que teníamos cuando nos marchamos. Mi hermana no habría enviudado ni estaría encerrada en una torre. Lutero no habría sacudido el mundo con sus tesis. América todavía sería una incógnita.

—Lo sigue siendo, en parte.

—No como antaño. Al final, el tiempo todo lo descubre. La verdad es su hija más incuestionable.

—Fue lo último que dijisteis a la vuestra —recordó María, pues había sido ella quien había redactado la carta clandestina, el día anterior, al dictado de su señora.

—Sí. También fue lo que le dije en uno de mis últimos encuentros con ella. Es importante que lo tenga presente.

—Lo entiendo.

Cómo no hacerlo. Después de todo, María había quedado relegada a la bastardía una vez que se declaró nulo el matrimonio de Enrique con Catalina. Pero para quienes no habían dado la espalda a la Iglesia, Catalina seguía siendo la reina y María la princesa. Y así sería siempre, aunque ninguno de ellos viviera para ver reconocida esa verdad.

—Me alegra teneros conmigo, María.

Una lágrima resbaló por la mejilla de la mujer.

—No hay mayor honor, Catalina. —En la soledad del aposento en el que la reina de Inglaterra pasaba recluida sus últimos días, inundado por la luz crepuscular de un invierno inmisericorde, María supo que ese sería el ocaso que se la llevaría consigo—. Mi recuerdo más lejano os tiene a vos como protagonista —prosiguió. Su presencia no bastaba. Debía usar también su voz para que la reina se sintiera tan acompañada como si estuviera rodeada de toda su familia—. Fue en Segovia. El alcázar me sobrecogió, pues nunca había estado en lugar más ilustre, pero vos… vos me hicisteis comprender para qué clase de personas se construían los lugares así. Éramos niñas, y aun así la grandeza de vuestro espíritu se hizo evidente a mis ojos. Mis padres se congratulaban de ser sirvientes cercanos de Sus Majestades y yo… yo quise imitar sus pasos y entendí que serviros a vos sería el único camino para honrarlos a ellos y también a mí misma.

—Lo recuerdo —susurró Catalina—. Era febrero.

—Es posible.

—Sí. Era la primera vez que... —Una tos cruel interrumpió el relato de Catalina—. Era la primera vez que veía la nieve tan de cerca, hasta poder tocarla. Aquel frío me hizo añorar Granada profundamente, pero la nieve lo compensó. Un paisaje helado, inmaculado, blanco como la luz de una estrella.

Más tos.

—No hagáis esfuerzos. Dejadme a mí.

Catalina se acomodó de nuevo en su pecho y cerró los ojos, pero todavía le sujetaba la mano.

—Los hijos de los nobles que se alojaban entonces en la corte recibimos permiso para jugar en la nieve con dos de las infantas, vos y vuestra hermana Juana. Si cierro los ojos aún veo cómo el sol pálido se derramaba sobre el manto níveo que cubría la tierra y le arrancaba destellos rubios que, a su vez, se reflejaban en vuestro cabello. Oigo el crujir de la nieve bajo nuestro calzado. Veo, también, la sonrisa taimada de vuestro padre, Fernando, que nos contempla desde el portón como si quisiera unirse a nosotros, mas la conversación con uno de los barones de la corte le retiene. Y veo los ojos acerados de Isabel, vuestra bendita madre, que no deja de observaros mientras atiende a sus damas, atenta por si alguno de nosotros sufre un accidente. Mi memoria no es capaz de reconstruir nada más, pero esas imágenes laten en mi mente como si acabaran de llegar a ella. Y fue hace ya... ¿qué?, ¿cuarenta años? Sí, algo así. Qué implacables son los días... Pueden con todo menos con la memoria. En alguna ocasión...

Fue entonces cuando María lo notó. La debilidad en la mano de Catalina. La repentina quietud de su cuerpo. Permaneció inmóvil unos segundos, temiendo romper el hechizo que se había apoderado de ellas, la postura familiar en la que se encontraban, porque sabía que, en cuanto lo hiciera, habría perdido a su amiga de forma definitiva. Allí, congelada en las demandas de sus anhelos, aguardó a que la luz, que ya moría en el horizonte, besara la piel de Catalina una última vez. Después, en penumbra, lo hizo ella; posó con suavidad los labios en la frente de su señora y apretó los ojos con fuerza.

Sollozó mientras la colocaba cuidadosamente en la cama hasta dejarla en la postura serena y digna que merecía y que su condición exigía. La miró sin verla, pues las sombras de la noche no hacían concesión alguna. A pesar de todo, la dama no lo necesitaba; siempre recordaría su cabello oscuro y ondulado con varios mechones grises, su piel de marfil, sus rasgos endurecidos por los años pero de carácter hermoso y naturaleza gentil.

Eso era todo.

—Por fin descansáis —susurró, con el sabor salado de una lágrima en los labios.

María de Salinas se santiguó y respiró hondo. Acto seguido, abandonó la habitación para anunciar al servicio la muerte de su señora, la reina Catalina de Aragón y Castilla.

FIN

Si no fuera por su sexo, [Catalina de Aragón] podría haber desafiado a todos los héroes de la historia.

THOMAS CROMWELL

Nota de la autora

Cuando uno se adentra en la historia de Inglaterra, especialmente en la del siglo XVI en adelante, se encuentra con planteamientos y declaraciones que sugieren, y a veces afirman, que Ana Bolena fue la mujer más decisiva de la historia de Inglaterra, ya que fue ella quien motivó a Enrique VIII a querer divorciarse y, ante la imposibilidad de hacerlo por los medios permitidos, a escindirse de la Iglesia católica y fundar su propia Iglesia, la anglicana, por la que aún se rige Reino Unido hoy en día. Lo que los divulgadores son reacios a reconocer es que esa «imposibilidad» de divorcio tenía nombre y apellidos: Catalina de Aragón y Castilla.

El historiador estadounidense Garrett Mattingly (1900-1962) defiende la importancia y el impacto histórico de la figura de la reina Catalina en la exhaustiva biografía que redactó sobre ella, arguyendo que «es muy improbable que Enrique VIII, intelectualmente tímido, dogmáticamente ortodoxo y desordenadamente engreído en sus relaciones con el papa y con los grandes soberanos de Occidente, hubiera roto jamás con Roma sino como reacción revulsiva frente a una amarga decepción y azotado por una pasión dominadora. Si Catalina se hubiera retirado a un convento, Enrique habría permanecido en el aprisco de Roma y en sus tiempos la teología protestante no habría encontrado apoyos cerca del trono. Tal como se desarrollaron las cosas en Europa, eso habría supuesto más tarde una diferencia incalculable. Con la cooperación inglesa, el Concilio de Trento podría haber tenido un resultado distinto; sin la oposición inglesa, la Contrarreforma podría haber unificado la cristiandad».*

Esa es una conclusión a la que llegué antes de leerle, pero cuando lo hice comprendí que no se trataba de una mera ocurrencia sino de una hipótesis muy sólida. A Catalina la presionaron de todas las formas posibles para que pusiera las cosas fáciles tanto a Enrique como a la Iglesia católica y abriera el camino al divorcio o a la anulación de su matrimonio: la condenaron al ostracismo, la privaron de muchos de sus bienes y le prohibieron ver a su única hija. Si cedía, recibiría un trato excelente y toda clase de comodidades. En definitiva, una vida plácida y sin complicaciones. Tan solo tenía que renunciar a su postura con relación a su legitimidad como reina y esposa de su marido. Sin embargo, no lo hizo.

Por otra parte, Enrique VIII se encaprichó casi hasta la locura de otra mujer.

No quiero quitar mérito a la tenacidad de Ana Bolena ni

* Mattingly, G., *Catalina de Aragón*, Madrid, Ediciones Palabra, 2012.

negar la habilidad que necesariamente tuvo que poseer para moverse en la corte Tudor como lo hizo y llegar hasta donde llegó. No obstante, en cuanto a tesones, creo que el de Catalina fue más firme y resulta más difícil de encontrar en cualquier otra mujer que no fuera ella.

Enrique era un hombre de carácter apasionado que arrastraba una frustración e insatisfacción por su matrimonio con Catalina desde antes de que Ana apareciera en escena. Si no hubiera sido la joven Bolena, quizá hubiera sido otra. Por supuesto, todo esto son conjeturas que, además, hago desde mis valoraciones personales. Pero son estas valoraciones las que me llevaron a sentir fascinación y hasta admiración por la reina Catalina, por la valentía, dignidad e integridad de su persona, así como por su relevancia en el ámbito histórico, por lo distinto que podría ser el mundo en la actualidad si ella hubiera tomado otras decisiones.

Empecé a interesarme por la Inglaterra Tudor hace más de diez años y supongo que, en el fondo, siempre supe que escribiría algo al respecto, ya que la historia es una disciplina por la que siento una innegable atracción, pero no fue hasta hace tres o cuatro años que decidí que mi primera incursión en el género giraría bien en torno a Catalina, o bien en torno a María, su hija. Al final, la primera fue Catalina; María deberá aguardar su turno, que espero poder atender en un futuro no muy lejano.

La elección de la madre sobre la hija vino motivada por varios factores: para cuando sentí la llamada de la escritura de ficción histórica estaba mucho más familiarizada con la primera mitad del siglo XVI que con la segunda, y además me fui a vivir a Alcalá de Henares. Empecé a pasar muy a menudo por delante del palacio arzobispal en el que nació Catalina, donde se encuentra una estatua que la ciudad erigió en su honor. Comencé a sentir una cercanía especial para con ella y, cuando finalmente tomé la decisión de convertirla en protagonista de mi siguiente novela, los trayectos que me hacían pasar frente a su estatua se convirtieron en una suerte de peregrinación que me imbuyó de una solemnidad y determinación particulares a la hora de escribir sobre ella.

Llevaba ya un par de años dedicando mi tiempo libre a estudiar la Inglaterra Tudor. Por fortuna, empecé a recopilar libros del tema cuando germinó ese primer interés en mí hace ya una década, así que tenía material en el que zambullirme. Aun así, durante la elaboración del texto, adquirí más. Algunos de los que me resultaron más útiles fueron la ya mencionada biografía escrita por Garrett Mattingly, *Catalina de Aragón*; *The Tudor Treasury*, de Elizabeth Norton; *The Little Book of the Tudors*, de Annie Bullen; *Enrique VIII. El rey y la corte de los Tudor*, de Alison Weir, así como la completísima biografía que María Jesús Pérez Martín redactó sobre María I de Inglaterra, *María Tudor. La gran reina desconocida*.

Debo recalcar que, aunque esto es una obra de ficción en la que, como tal, la prioridad no es el rigor, sino la calidad y el carácter literario, sí he procurado mantener cierto equilibrio entre la subjetividad de mi visión personal, las demandas de mi sensibilidad artística y la fidelidad histórica. La cercanía que he sentido hacia la figura de Catalina me ha impedido obviar la naturaleza y veracidad con las que acontecieron determinados sucesos de su vida. Así, no hay ningún personaje inventado ni datos referentes a Catalina que no estén en consonancia con lo que la historiografía nos permite conocer de ella. Muchos de los diálogos que aparecen son verídicos, otros sabemos que tuvieron lugar pero no tenemos constancia de qué fue lo que se dijo, y es ahí donde me he tomado la licencia poética de especular con base en mi entendimiento del personaje, que, a su vez, he tratado de construir de manera próxima a la figura histórica. Ciertos episodios son enteramente de mi cosecha porque detecté huecos en el relato que creí conveniente rellenar con contenido que bien podría haber ocurrido. Por ejemplo, no tenemos documentos que indiquen que Eustace Chapuys regalara un ejemplar de la Biblia Políglota Complutense a la reina Catalina; sin embargo, dado que de las seiscientas que se imprimieron solo conservamos algo más de un centenar y desconocemos qué fue del resto, no sería descabellado pensar que, quizá, un miembro de la corte española de Carlos V quiso regalar una a la hija menor de los Reyes Católicos, que además era reina de Inglaterra. Tampoco se tiene constancia de que Enrique visitara a Catalina en Kimbolton durante el verano de 1535, pero dado que fue el último verano de su vida, quise concederles una correcta despedida aunque fuera en mi ficción. ¿Quién sabe realmente cuándo fue la última vez que se vieron y qué se dijeron?

Como es lógico, en el torrente interno de pensamiento y conciencia de doña Catalina es donde más se pone de manifiesto mi inventiva y mi imaginación. Es un ejercicio estimulante a la par que exigente ponernos en el lugar de otra persona e intentar descifrar los secretos de su fuero interno, sobre todo si de ella te separan quinientos años. Aun así, lo he hecho con la clase de afecto y admiración que se imponen a las distancias del tiempo, con cierto aire romántico, quizá, pero con la honestidad y la responsabilidad que merece en el marco de la literatura.

Mayo de 2023, Alcalá de Henares

Agradecimientos

Escribir un libro es, por lo general, una tarea muy solitaria. Durante meses, incluso años, uno se halla envuelto en una narrativa que nadie más conoce y nadie más puede ver de la misma manera, ni siquiera aunque se la expliquen. Con el escritor conviven las penas y las desventuras de sus personajes (es curioso que durante la construcción de la ficción dediquemos más tiempo a pensar en lo trágico que en lo alegre) y las sufre en silencio hasta que alguien más, un lector considerado, se anima a leer el texto en el que se deshilvana todo ese secreto.

Una tarea solitaria. Ardua a veces. Gratificante casi siempre.

Sin embargo, a su dificultad intrínseca se añadiría amargura si, además, uno no contara con el apoyo, el respaldo y la compañía de personas que le hicieran más llevadero el proceso, ya sea porque le prestan su ayuda y se interesan por su trabajo o porque, simplemente, están ahí. Hay gente cuya presencia te motiva; otra cuya presencia te reconforta.

Todas merecen un hueco aquí.

El primero sin duda corresponde a don Antonio Basanta, que tuvo la amabilidad de leer *Palabra de reina* prácticamente antes que nadie para darme su valiosa opinión al respecto, y cuál fue mi sorpresa cuando me contestó apenas dos días después con un correo lleno de elogios y, por supuesto, algunas sugerencias de mejora que me vinieron de perlas. Que su opinión sobre mi novela fuera tan positiva me dio la seguridad necesaria para intentar sacarla adelante, dado que, al ser una obra tan diferente a las anteriores, despertaba en mí más incertidumbre de la habitual. Antonio no solo es una grandísima figura de la edición en nuestro país —responsable, por cierto, de los libros con los que yo misma aprendí a leer—, sino que también es un gran lector, y esa es siempre la mejor de las garantías.

Hay un gracias perpetuo que corresponde a mis padres por mostrarme los caminos, llevarme de la mano, dejarme volar y seguirme con la mirada por si quiero aterrizar y vuelvo a necesitar que me guíen.

Gracias a Tano, el historiador de la familia, por ser mi amigo además de mi hermano y desarrollar con destreza ese don que solo tienen los hermanos para darte al respecto de lo que haces opiniones brutalmente sinceras con tanta naturalidad que no puedes tomártelas a mal y, de hecho, te benefician.

Gracias también a mi tía Ana por ser una de mis lectoras más fieles. A mis primos Lito y Alejandro por su entusiasmo e interés incansables. A mi yaya Blasa por todo lo que me ha permitido ver a través de su experiencia. A mi yaya Isabel por haberme legado una inclinación más aparte de la escritura, algo que no se ha manifestado en mí hasta hace poco pero que, si he heredado, lo he hecho de ella y me ha acompañado durante los últimos meses: pintar se ha convertido en un jardín de meditación perfecto, un retiro para la mente cuando me pide descanso, y redactar textos como este exigen respetar esos descansos. Además, sé que habría disfrutado de esta novela de una manera personal y especial; ojalá hubiera podido discutirla con ella.

Doy las gracias asimismo a mis primas Isa y Sandra porque con ellas vi la Alhambra y con ellas quise disipar un poco mi soledad de escritora hablándoles de Catalina de Aragón y de su infancia allí. Marta Rufs no se lo espera, pero también merece su espacio aquí, porque en los últimos meses había tenido la oportunidad de visitar el palacio en el que nació Catalina, el castillo en el que murió y la catedral en la que está enterrada, lugares a los que fui a modo de peregrinación habiendo escrito ya su historia con la intención de sentirme más cerca de ella, pero me faltaba Granada, la ciudad en la que creció y que pude contemplar con esta nueva sensibilidad gracias a un viaje que nadie que no fuera Marta habría organizado mejor.

Gracias a Jon por arroparme cuando necesité refugio y por vivir conmigo los avances finales de esta novela y seguirlos de corazón.

Gracias a Victoria Álvarez por ser una inspiración, además de una amiga. A Silvia Aliaga por sus amables y entusiastas palabras cuando le dije que esta historia iba a ver la luz. Creo que desconoce que fue una de las primeras personas en saberlo.

Gracias a Andrea D. Morales por darme una llave que al final abrió una cerradura.

Y, finalmente pero no menos importante, sino todo lo contrario, gracias al equipo de Ediciones B en general y a Clara Rasero en particular por su labor como editora, por haber confiado en *Palabra de reina* y haber querido darle un hogar.